Onderstroom

LINDA JANSMA

Onderstroom

DE CRIME COMPAGNIE
Crème de la Crime

Omslagontwerp: Margo Togni
Foto omslag: © Ebru Sidar, Arcangel
Boekverzorging: Michiel Niesen, ZetProducties, Haarlem

ISBN 978 94 6109 869 6
NUR 305

Meer informatie over De Crime Compagnie op www.crimecompagnie.nl

'The deeper the waters are, the more still they run.'

– KOREAANS GEZEGDE

Levenloos ligt ze half op de keien langs het water; haar benen bewegen op het ritme van de golfjes die kalm en gestaag tegen de kant klotsen. In het riet rondom haar dobbert een paartje kleine karekieten dat geen enkele interesse toont in het lichaam dat hun gebied is binnengedreven. De wind laat het riet ruisen en spoelt het water over haar naakte rug en billen. Haar huid is bleek en lijkt op rijstpapier: gaaf en zijdeachtig. Slechts enkele blauwe plekken ontsieren haar armen, die naast haar hoofd op de keien liggen.

Over niet al te lange tijd zal ze gevonden worden door een voorbijganger die zijn hond uitlaat. Hij zal zijn hond meteen aanlijnen om hem bij haar weg te houden en met zijn mobiel het alarmnummer bellen.

Een ambulance zal komen. Ze zullen haar op de kant tillen, de gapende wond aan de zijkant van haar hoofd ontdekken. Ze zullen speculeren over wat er gebeurd kan zijn en gezien haar naakte lichaam zullen ze ervan uitgaan dat ze geen natuurlijke dood is gestorven. Ze zullen zich afvragen waar haar kleren zijn, hoe ze in het water terecht is gekomen en waar ze vandaan komt.

De politie zal de plek waar ze gevonden is afzetten als een plaats delict. Ze zullen naar sporen zoeken, aanwijzingen die licht kunnen werpen op de omstandigheden van haar dood, maar ze zullen niets vinden.

Haar familie zal verwittigd worden. Ze zullen haar moeten identificeren en haar over een aantal dagen naar haar laatste rustplaats brengen.

Dat zal later allemaal gebeuren; nu ligt ze daar nog stil en eenzaam. Vredig bijna, in het koude, meedogenloze water dat zijn geheim niet prijsgeeft. Maar ergens, niet ver weg, is er iemand die precies weet hoe ze stierf. En waarom…

-1-

Ik herinner het me als de dag van gisteren. De lijnen die tegen de mast klapperden, de wind die het grootzeil liet bollen. De verwachtingsvolle gezichtjes van de twee kinderen in oranje reddingsvesten die gespannen in de kuip zaten en toekeken terwijl hun derde zeilmaatje het grootzeil van de ene naar de andere kant overzette. Ik vroeg de kinderen hoe deze manoeuvre werd genoemd en op het moment dat uit alle drie de monden 'Gijpen!' werd geroepen, zag ik hem staan. Op de steiger die het dichtst bij de zeilschool lag. Zijn armen hingen verslagen langs zijn lichaam en ik wist meteen dat het mis was.

'Ze hebben haar gevonden,' zei hij zacht, zodra ik had aangemeerd. De drie kinderen – twee meisjes, één jongen, alle drie dertien jaar oud – waren meteen aan de slag gegaan met het nachtklaar maken van de zeilboot en hadden niet door dat de woorden een einde maakten aan mijn geluk.

Ik weet nog dat ik niets zei. Behalve het feit dat ik niets wíst te zeggen, kón ik het ook niet. Er waren geen woorden die konden omschrijven wat er door me heen ging, wat ik voelde. De zin 'ze hebben haar gevonden' drukte het onweerlegbaar in al zijn gruwelijkheid uit: ze was dood. En ik stond daar maar. Totdat Gerlof me uiteindelijk in zijn armen nam en tegen zich aandrukte. Pas toen kwamen de tranen.

Ze zijn nog jong, de kinderen die in een rijtje op de steiger staan. Hun haren zijn vochtig van de zojuist afgeronde zeilles en ik kan zien dat ze stuk voor stuk genoten hebben. Hun ogen glinsteren en Meike, met haar tien jaar de oudste van deze groep, kan van opwinding bijna niet stil blijven staan.

Ik glimlach. Hier hou ik het meest van: lesgeven aan de kleintjes. Ze zijn altijd zo onbevangen, zo… onschuldig. Ze slurpen de informatie op als een spons, met een enthousiasme dat ik ze zo graag wil laten behouden. Meestal lukt dat ook wel; heel wat kinderen die hier leren zeilen komen elk jaar terug en eindigen soms zelfs als instructeur. Zoals Felix. En Thymen. Roelie. Nou ja, Roelie is nu nog assistent-zeilinstructeur, maar doet over een poosje examen voor CWO-3 – de Nederlandse diplomalijn voor alle watersportopleidingen – en mag daarna een proeve van bekwaamheid afleggen om toegelaten te worden tot de cursus instructeur 2.

'En wanneer is een zeilboot bestuurbaar?' vraag ik aan de groep.

'Als er wind is!' roept een van de jongens.

'Ja,' zeg ik. 'Dat is natuurlijk wel een beetje zo, maar…?' Ik kijk ze een voor een aan en als geen van hen snapt waar ik op doel, ga ik verder met: 'Waar zorgt de wind voor?'

'Voor snelheid,' zegt Meike.

Ik knik. 'En dus?'

'Als hij snelheid heeft!' roept Meike nu.

'Juist,' beaam ik. 'Een zeilboot is alleen bestuurbaar als hij snelheid heeft.' Ik laat mijn blik weer langs de kinderen gaan. 'Want bewegen en besturen zijn twee verschillende dingen. Om te kunnen sturen moet het water langs het roer stromen om effect te kunnen hebben op het roerblad. En dat gebeurt alleen als de boot snelheid heeft.'

Er wordt driftig geknikt.

'Goed, dan gaan we ons nu even opknappen en wachten tot de andere boten binnen zijn voordat we gaan eten,' zeg ik, terwijl ik de kinderen een voor een voor me uit van de steiger leid. 'Morgen gaan we aan de gang met schootvoeren. En wie alvast wil weten wat dat is, kan het opzoeken in het boek.'

De helft ervan gaat dat doen, weet ik inmiddels. Onder anderen Meike. Die is zo enorm gedreven. Een kind zoals zij zit er altijd wel bij en zij zijn het die me elke keer weer doen beseffen dat ik niets anders zou willen doen dan dit.

Ik loop nog even op en neer over de steiger om te checken of de boten allemaal goed vastliggen, controleer hier en daar of de landvast op de juiste manier om de kikker geknoopt zit en onthoud bij wie dat niet zo is, zodat ik diegene morgen nog wat extra instructies kan geven.

Terwijl ik mijn automatische reddingsvest openklik voel ik de zon op mijn gezicht branden. We hebben geluk dit jaar; het is een topzomer. Misschien dat de volgeboekte zeilweken eindelijk het begin inluiden van betere tijden. De afgelopen twee jaar waren moeilijk, vooral na die dag. Gerlof had me beloofd dat we het gingen redden. Dat de pijn minder zou worden. Inmiddels weet ik dat dat niet zo is. De pijn blijft, alleen je weet het beter te verbergen. Ik wel, in elk geval. Gerlof bleek er toch wat minder goed mee om te kunnen gaan en verliet mij en de kinderen vorig jaar, vlak voor de zomer. Hij liet alles achter, mij, onze kinderen Jort en Silke, ons huwelijk. En de zeilschool die toen al in de rode cijfers verkeerde. Ik heb geen idee waar Gerlof nu is en het interesseert me ook niet. De kinderen vragen nooit naar hem en dat vind ik prima. Maar mochten ze hem ooit willen opzoeken, dan zal ik ze niet tegenhouden; hij blijft tenslotte hun vader.

'Hester.'

De stem doet me opschrikken en ik kijk opzij naar de iets gezette man met lichtblond haar die naast me is opgedoken. 'Jelmer,' zeg ik verrast.

De man bekijkt me met een intense blik en ik weet wat hij ziet: een vrouw van tweeënveertig, lang en slank, misschien zelfs iets te mager, kort, krullend donkerblond haar en groenblauwe ogen die iets te diep in hun kassen liggen. Ik ben niet op mijn best, ook dat weet ik. Toch glimlacht hij.

'Wat fijn je weer te zien,' zegt hij.

'Ja,' reageer ik. 'Hoe heb je gereserv...'

'Via Jort,' onderbreekt hij me. Opnieuw glimlacht hij, nu een beetje verontschuldigend. 'Ik wist niet of je ons wel wilde zien.'

Ons?

Nu pas merk ik de tweede man op, vlak achter Jelmer. Jong, gespierd, zongebruinde benen onder een witte short en net zulk blond haar als zijn vader.

'Timo?' vraag ik.

Jelmer slaat zijn arm om de schouders van de jongen – hoe oud zal hij nu zijn, twintig? Niet ouder in elk geval – en trekt hem tegen zich aan. 'Timo wilde eigenlijk niet mee,' zegt hij. 'Maar ik heb hem overgehaald.'

Timo kijkt me kort aan en slaat dan zijn ogen neer. Ik kan er niets aan doen dat ik hem weer voor me zie. Twee jaar geleden. Met Insa, mijn jongste dochter. In de zomer die haar laatste zou zijn. Gek was ze op hem. En hij op haar. Gerlof noemde het kalverliefde. Tenslotte was Insa pas zestien en Timo achttien. Toch leek het me toen behoorlijk serieus.

'Hoe gaat het met je, Timo?' vraag ik.

'Goed.' Het komt er zo snel uit dat het me er meteen van overtuigt dat het helemaal niet goed gaat. Hij was er kapot van, toen Insa... toen ze... nadat ze gevonden was. Hij wilde meteen naar huis, leek gebroken. Maar er was nog iets. Iets waar ik mijn vinger niet op kon leggen. De blik in zijn ogen toen hij in de auto van zijn vader stapte... Ik las er niet alleen verdriet en pijn in. Nee, er was meer. Schuldgevoel leek het wel, heel diep schuldgevoel. En op dat moment kon ik me niet aan de indruk onttrekken dat hij meer wist over wat er met Insa gebeurd was.

'Vorig jaar wilde hij ook al niet,' gaat Jelmer verder, alsof Timo er helemaal niet bij staat. 'Maar hij moet nu toch echt trainen voor zijn CWO-certificaat Vergevorderde.'

Ik kijk naar Timo, die niet van plan lijkt deel te nemen aan het gesprek. Dat verbaast me; hij was altijd een gemakkelijke prater, zat nooit om woorden verlegen. Net als Insa; die twee konden uren met elkaar kakelen, daar was een vol kippenhok niets bij.

'Dat kun jij wel zeggen, maar Timo moet het ook willen,' zeg ik. 'Timo?'

Hij haalt zijn schouders op en mompelt iets.

'Natuurlijk wil hij dat,' zegt Jelmer, terwijl hij Timo weer tegen zich aan trekt. 'Toch, jongen?'

Timo knikt, maar het is niet van harte.

'Dan gaan we daaraan werken,' zeg ik. 'Je kunt trainen in de Randmeer. In die boot kan Thymen je goed begeleiden.' En tegen Jelmer: 'Hebben jullie binnen al gemeld dat jullie zijn gearriveerd?'

'Nee, dat gaan we nu doen.' Hij wijst over zijn schouder naar de gloednieuwe, zilverwitte Polestar die voor de deur van het hoofdgebouw staat. 'Even onze tassen pakken.' Hij draait zich om en beent met grote stappen van ons weg.

Ik kijk hem na en richt mijn blik dan weer op Timo. Die schuifelt met zijn voeten en kijkt me van onder zijn krullende wimpers even kort aan. Het lijkt alsof hij iets wil zeggen, maar hij doet het niet.

'Ik wil Meike de Groot eigenlijk in een andere groep zetten,' zeg ik die avond tijdens het overleg, nadat iedereen verslag heeft gedaan van de afgelopen dag. 'Ze leert zo snel, de anderen kunnen haar niet bijhouden.' Ik kijk de groep rond en mijn blik blijft hangen op Thymen de Jong, een van onze vaste zeilinstructeurs. Hij is een knappe jongen, met kort, ravenzwart haar, een zongebruinde huid en donkere ogen. Half onderuitgezakt zit hij op zijn stoel en tikt met een pen op tafel. Hij lijkt mijlenver weg met zijn gedachten. 'Thymen?' vraag ik. 'Kun jij er nog eentje bij hebben?'

Roelie Franken, onze zestienjarige scholiere die hier in de vakanties als assistent-instructeur werkt, geeft hem een stevige por met haar elleboog als hij niet reageert.

Meteen schiet Thymen overeind en werpt haar een boze blik toe, maar merkt dan dat alle anderen rond de tafel naar hem kijken. 'Sorry,' zegt hij. 'Ik was even ergens anders met mijn gedachten.'

Bij je eigen zeilboot, zeker.

Ik denk het, maar zeg het niet hardop. Dat zou ook wel erg onaardig zijn. Thymen spaart al jaren voor een zeiljacht waarmee hij de wereld rond kan varen. Iedereen hier weet dat en iedereen hier vraagt zich ook af of hij het ooit voor elkaar gaat krijgen. Hij is zeventwintig, werkt al sinds zijn twintigste bij Het Skûtsje en niemand weet hoeveel geld hij inmiddels bij elkaar heeft gespaard.

'Ik vroeg of je er nog een leerling bij kunt hebben,' zeg ik. 'Meike de Groot, ze gaat te snel voor mijn groepje.'

Thymen knikt. 'Geen probleem.' Hij kijkt opzij naar Roelie, die haar blik met een verlegen glimlach neerslaat. Ik heb al eerder gemerkt dat ze een crush heeft op Thymen. Ik hoop dat hij verstandig genoeg is om de boot af te houden, om maar bij nautische termen te blijven.

'Mooi,' ga ik verder.

'Ik wil morgen met het groepje gevorderden naar het grote meer,' zegt Felix Voskuyl, onze tweede vaste instructeur. Hij kan zeilen als de beste en heeft al menig prijs gewonnen. Helaas gaat hij na de zomer naar de universiteit om geneeskunde te studeren. Voorlopig blijft hij gelukkig lesgeven in de vakanties, maar uiteindelijk zal ik toch op zoek moeten naar een nieuwe vaste instructeur.

'Goed idee,' hoor ik Jort zeggen. 'Zullen we onze groepen samenvoegen? We kunnen de polyvalken nemen.'

'Niet meer dan twee,' zeg ik. 'Ik heb er 's middags eentje nodig.'

Ik kijk naar Jort, mijn zoon en eveneens instructeur sinds hij van de middelbare school af is. Zeilen en lesgeven zijn zijn leven en dat is ook duidelijk te merken aan de manier waarop hij elke keer weer zijn cursisten tot het uiterste van hun kunnen weet te pushen. Verschillende van zijn oud-leerlingen hebben het al ver geschopt in het wedstrijdzeilen.

'Twee is genoeg,' zegt Jort. 'Vier cursisten in de ene en drie in de andere.' En met een blik op Felix: 'Eens kijken of ze zichzelf kunnen redden.'

Silke, mijn dochter – tweeëntwintig, drie jaar ouder dan Jort – doet ook een duit in het zakje en zegt: 'Het weer zit in ieder geval mee. Volgens de voorspellingen moet er een stevig briesje komen.'

'Dat werd tijd,' zegt Jort. 'Het is behoorlijk heet de laatste paar dagen.' En tegen Roelie: 'Wees maar blij dat je examen al voorbij is. Ik kan me dat van mij nog wel herinneren. Met z'n allen in die kleine gymzaal van de school gepropt.'

Roelie lacht en dat doet haar gezicht oplichten. Ze is een behoorlijk knap meisje, met een belachelijk gave huid, grote blauwe kijkers en lang blond haar met lichte slagen. Jongens draaien hun hoofd en kijken haar na als ze voorbijloopt. Je zou zeggen dat dat haar zelfverzekerd moet maken, maar het zorgt er bij haar juist voor dat ze nogal verlegen is. Behalve als ze lesgeeft, dan lijkt ze een heel ander meisje. Volgens mij heeft ze niet veel vriendinnen, viel ze er op school altijd een beetje buiten. Ik hoop dat het beter gaat op haar vervolgopleiding; ze gaat mbo Verpleegkunde doen.

'Mooi,' zeg ik weer. 'Dan is dat geregeld. Maken jullie een schema?'

Jort en Felix knikken allebei.

Mijn blik gaat nu naar de forse man schuin tegenover me. Walt den Otter, de man die ik mijn hele leven al ken en die al zo lang ik het me kan herinneren de keuken van de zeilschool runt. 'In de keuken alles oké?' vraag ik hem.

'Kan niet beter,' zegt hij. 'Morgen ga ik even naar de groothandel, dus mocht iemand nog een speciaal verzoek hebben voor iets...'

'Een pot augurken,' zegt Silke direct.

Iedereen kijkt meteen in haar richting. Ook ik.

'Wat?' zegt ze, terwijl haar blik vragend van de een naar de ander gaat. 'Ik ben nou eenmaal verzot op augurken.' En tegen mij: 'Toch, mam?'

'Nou ja, eh... ja,' zeg ik.

Ik zie hen ineens voor me, Silke en Insa, acht en vier jaar oud. Naast elkaar voor de geopende koelkast, de pot tafelzuur in Insa's beide handjes, Silke die het deksel probeert open te draaien maar daar niet in slaagt. Insa's ongeduldige getrappel omdat het niet lukt, Silke die haar probeert te kalmeren. Het deksel dat openschiet, het vocht uit de pot dat over hun pyjama's gutst. Hun gegiechel dat nog erger werd toen ik hen betrapte.

'Mam?'

In één klap ben ik weer terug aan de tafel. Iedereen kijkt naar me. Walt staat vlak naast me en heeft zijn hand op mijn schouder gelegd. Niet-begrijpend kijk ik hem aan.

'Je was helemaal van de wereld,' zegt hij.

Mijn ogen gaan van hem de kring rond en eindigen bij Silke, haar blik ongerust.

'Gaat het wel goed?' vraagt Walt.

Goed? Ik weet al heel lang niet meer wat 'goed' is. Sinds Insa's dood niet meer.

Ik glimlach. 'Ja hoor.' En met een blik op Thymen: 'Ik was gewoon even ergens anders met mijn gedachten.'

Even nog kijkt Walt me aan, met een blik die ik niet kan thuisbrengen. Dan klopt zijn hand op mijn schouder en gaat hij weer zitten. 'Ik zal een grote pot augurken voor jou meenemen,' zegt hij tegen Silke, alsof er niets is gebeurd. Er ís ook niets gebeurd. Ik was inderdaad gewoon even ergens anders met mijn gedachten.

Bij mijn dochters. Bij Insa. Ze is er al bijna twee jaar niet meer, maar soms zie ik haar zó levensecht voor me dat ik haar zou kunnen aanraken. Af en toe zie ik haar ook lopen, bij de boten waar ze zo graag was. In een winkel, tussen de rekken met shorts. Bij de bakker, om *sûkerbôle* te kopen waar ze gek op was. Dollend met Timo, met onze hond Bisky. En natuurlijk met haar zus achter een pot augurken, bolle wangen, zuur dat langs haar kin druipt.

Ik duw de herinnering zo ver mogelijk weg en kijk de tafel rond. 'Zijn er verder nog dingen waar we het over moeten hebben?'

Er klinkt wat gemompel, sommigen schudden hun hoofd, maar er komt verder niets.

Ik sta op en zeg: 'Prima. Dan zie ik jullie morgenochtend weer voor de dagplanning.'

Voorzichtig duw ik even later de deur naar buiten open. Naast me op de mat van de bijkeuken staat Bisky, onze Friese stabij, trappelend te wachten. Ze schiet direct naar buiten zodra ze haar smalle lichaam door de kier kan wringen en verdwijnt in het donker.

Ik volg haar en sluit zacht de deur achter me. Vanuit de grote verblijfsruimte in het hoofdgebouw – de oude boerderij die mijn ouders aan het begin van hun huwelijk hadden laten ombouwen tot zeilschool – klinkt gelach en gejoel. De kinderen vermaken zich weer prima, zo te horen. Elke avond wordt er wel wat voor hen georganiseerd, wat een zeilvakantie bij ons tot een waar feestje maakt. Dat staat tenminste regelmatig in de reviews die we krijgen. Ik vond het verschrikkelijk dat ik de school vorig jaar bijna kwijt was door financiële problemen. We zijn er nog steeds niet helemaal bovenop, maar met alle boekingen voor deze zomer hoop ik dat straks wel te zijn.

Mijn blik gaat naar de grote schuur die Gerlof en ik zo'n tien jaar geleden, vlak nadat we de school van mijn ouders overnamen, hebben laten verbouwen tot vijf slaapzalen en drie gezinskamers. Het was een enorme investering, iets wat toen financieel gezien niet zo'n probleem was, en wat ben ik blij dat we dat toen gedaan hebben. Er zijn veertig bedden, en dan tel ik de gezinskamers niet mee. Die worden meestal gebruikt voor families die een zeilvakantie willen houden. Soms bekijk ik hen van een afstandje en wens ik dat wij ook nog zo'n gezin vormden. Maar dat is verleden tijd.

Achter me klinkt een zacht geluid. Ik kijk over mijn schouder maar zie niets. Een windvlaag laat de lijnen tegen de masten klapperen. Ik hoor het water tegen de zeilbootjes klotsen en steek mijn handen wat dieper in de zakken van mijn lange vest. Silke krijgt gelijk: er is meer wind op komst en dat is meer dan welkom. Jort en Thymen zullen in hun nopjes zijn morgen. Om nog te zwijgen over de cursisten, die de tijd van hun leven zullen hebben op het water.

Langzaam loop ik de steiger op waaraan de Optimisten liggen, de kleine eenpersoonsbootjes voor de jongste cursisten, zoals de groep die ik momenteel train. Tegenwoordig voel ik me bij de jeugd meer op mijn gemak dan bij volwassenen. Ze zijn onbevangener, hebben zelden bijbedoelingen en komen voor maar één ding: om te leren zeilen. Maar bovenal zie ik in hen mijn dochter. Twee maanden geleden zou ze achttien zijn geworden.

'Alles goed?' klinkt het achter me.

Geschrokken veeg ik een traan weg die ongemerkt over mijn wang loopt en ik kijk om. 'Walt,' zeg ik. 'Ik dacht dat jij al naar huis was.'

Walt trekt zijn broek wat hoger over zijn buik en komt naast me staan. 'Het is nog vroeg,' zegt hij bij wijze van antwoord.

Vroeg? Het loopt tegen halfelf en meestal heeft hij zich dan al teruggetrokken in een van de twee kleine arbeiderswoningen achter de zeilschool, niet ver bij mijn eigen huis vandaan. Daar woont hij al jaren en hij beschouwt het als zijn heiligdom. In het huis naast hem woont Menno, onze terreinmeester, al zo lang ik het me kan herinneren.

'Je hebt je niet toevallig vermaakt bij de jeugd in de zaal?' vraag ik met een lachje.

'Doe me een lol,' zegt hij. 'Ik vind kinderen leuk, maar dát hoeft voor mij niet meer.' Hij zucht. 'Daar ben ik inmiddels een beetje te oud voor.'

'Je bent zo oud als je je voelt,' zeg ik. Mijn blik gaat naar Bisky, die met haar tong uit haar bek de steiger op komt rennen.

'Gaat het wel met je?' vraagt Walt na een korte stilte.

Ik aai Bisky over haar kop en laat mijn blik over het water gaan. De lucht wordt donkerder; in het westen is de laatste oranje gloed van de zon te zien. En dan volgt er wéér een lange nacht, en vervolgens een nieuwe dag. Een nieuwe dag zonder Insa.

'Ja hoor,' zeg ik. 'Hoezo?'

Walt haalt zijn schouders op. 'Ik mis al een poosje de Hester van vroeger,' zegt hij. 'Dat vrolijke meisje, dat op mijn knie paardjereed.' Hij legt zijn hand op mijn arm en vervolgt: 'Hoe gaat het écht met je?'

Nu ben ik het die mijn schouders ophaalt. 'Als altijd,' zeg ik. 'Elke dag een beetje beter.'

Dat is tenminste wat ik iedereen vertel.

'Ik zag dat Timo en zijn vader er ook weer zijn,' merkt Walt op.

Ik knik.

'Hoe voelt dat?'

Nu kijk ik opzij. 'Gaan we voor psychiater spelen?' zeg ik met een lachje.

'Natuurlijk niet,' werpt hij tegen.

Er valt opnieuw een stilte. Bisky is inmiddels uitgerend en is hijgend naast me komen zitten. Ik krijg het ineens ontzettend koud en voel een onverklaarbaar verlangen om mijn bed in te kruipen en het dekbed tot aan mijn kruin over me heen te trekken.

'Ik, eh... ga naar bed,' zeg ik. 'Morgen is het weer vroeg dag, en net wat je zegt: wij zijn niet meer zoals die jongelui die amper slaap nodig lijken te hebben.'

Walt antwoordt niet, kijkt me alleen maar aan met die bezorgde blik van hem. Ik glimlach een tweede keer, draai me om en loop terug de steiger af.

'Hester,' klinkt zijn stem.

Ik kijk om.

'Ik mis haar ook,' zegt hij zacht.

-2-

Hij wilde dat het voorbij was. Dat ze weer naar huis gingen en hij dit alles achter zich kon laten. Alles herinnerde hem aan Insa. De zeilschool, de boten, het zeilen, Jort, Silke. En Insa's moeder. Voorál haar moeder. Behalve dat Insa sprekend op haar had geleken, was er ook dat schuldgevoel dat hem bijna dwong uit haar buurt te blijven. Hij kon niet met haar praten. Niet zonder dat zijn hart zo hard begon te bonken dat iedereen dat wel moest horen.

Met zijn handen in de zakken van zijn short slenterde Timo langs het meer achter de zeilschool. Het behoorde tot de school, had Insa hem verteld. Dat meer. Net als het kleine strandje verderop. Eigen terrein, zo kon je het opvatten. Behalve de boten van de school mocht niemand anders er komen. Aan de overkant van het water was een smal kanaaltje waardoorheen je naar het Slotermeer kon varen. Het grote meer. Waar de gevorderde cursisten nog weleens naartoe gingen met een paar instructeurs. En waar hij ook geweest was, met Insa. In een Feva, toen hij een stuk jonger was en nog niet zo heel goed kon zeilen. Insa wel, die was heel bedreven geweest en had kunnen zeilen als de beste.

Langzaam liep hij het strandje op tot aan het water en staarde over het meer. Dit was zijn favoriete moment van de dag, zo vroeg op de ochtend. Hij hield van de stilte. Dan was het alsof al zijn problemen naar de achtergrond verdwenen. Alsof niet bijna twee jaar geleden zijn beste vriendin stierf. Alsof hij helemaal niet wist waar ze die avond was geweest. Soms wilde hij dat hij het niet had gedaan. Dat hij alles meteen verteld had toen hij terugkwam. Het was immers toch geen opzet geweest?

Maar toch...

Insa was in het water gevonden. Aan de andere kant van het Slotermeer, tussen het riet. Dat was niet waar hij haar had achtergelaten. Bij lange na niet. Hoe was ze daar gekomen? Een vraag die al twee jaar lang door zijn hoofd spookte.

Vorig jaar had hij niet op zeilkamp gewild. Omdat Insa er niet meer bij was. Omdat hij haar moeder niet onder ogen kon komen. Maar dit jaar... Hij had een plan. Hij zou teruggaan naar de plek waar hij Insa had achtergelaten. Naar een verklaring zoeken hoe ze in het meer terecht was gekomen.

'Mooi is het hier!'

De stem kwam zo onverwacht dat hij van schrik een stap opzij deed en met zijn voeten in het water terechtkwam.

'Oeps,' zei de stem nu. 'Sorry dat ik je liet schrikken.'

Timo keek van zijn natte slippers naar het meisje dat naast hem was opgedoken. Hij legde zijn hand boven zijn ogen tegen de opkomende zon en liet zijn blik over haar heen gaan. Hij schatte haar op een jaar of twintig. Ze was niet groot, had lang haar en een smal gezicht. Hij zag er iets bekends in. Had hij haar al eens eerder gezien?

Het meisje zweeg en staarde met opgetrokken schouders over het water. 'Kom je hier vaker?' vroeg ze.

'Ik, eh... Ja, eigenlijk wel,' zei hij.

Het meisje snoof diep. 'Kan ik me voorstellen. Het is hier prachtig.' Nu richtte ze haar blik op hem. 'Ook een vroege vogel?'

'Wat?'

'Ik ben altijd al heel vroeg op,' legde ze uit. 'En jij blijkbaar ook.'

Timo wist niet goed wat hij moest antwoorden. Vroeger bleef hij soms wel tot elf, twaalf uur slapen en had zelfs dan nog moeite zijn bed uit te komen. De dood van Insa joeg hem tegenwoordig nog vóór zonsopkomst naar buiten. En dat was niet alleen hier op de zeilschool, ook thuis zwierf hij regelmatig al vroeg over straat.

'Eh, ja,' zei hij daarom alleen maar.

Opnieuw staarde het meisje over het water. Ze zei niets meer, leek van de stilte en de omgeving te genieten.

Even nog bekeek hij haar van opzij, daarna liet ook hij zijn blik over het meer gaan.

Na een poosje draaide ze zich naar hem toe en zei: 'Ik ben Amanda.'

'Timo,' zei hij.

Ze knikte. 'Je bent hier met je vader, hè?'

'En wat zou dat?' Het klonk defensief en zo was het ook bedoeld.

'Rustig maar,' zei ze. 'Het was me gewoon opgevallen.' Ze keek opnieuw over het water en toen weer terug naar hem. 'Ik bedoelde er niets mee. Ik heb je vader gisteren gesproken en ik vond hem aardig.'

Hij staarde haar aan. 'Bedoel je nou dat mijn vader jou op mij af heeft gestuurd?'

Ze schoot in de lach. 'Natuurlijk niet. Ik was aan het klooien met het nachtklaar maken van de boot en hij hielp me. Ik ben nog maar een beginneling, snap je?'

Een beetje beschaamd over zijn kribbige reactie trok hij een schouder op en produceerde een scheef lachje. 'Sorry,' zei hij. 'Ik ben gewoon een beetje chagrijnig.'

'Verkeerde been uit bed gestapt?'

'Niet echt.' Hij wreef over zijn neus. 'Te veel aan mijn hoofd.'

Haar wenkbrauwen schoten omhoog. 'Jij? Joh, jij moet lol maken. Lekker chillen en zo.'

Lol maken? Ooit, ja.

'Vind je het niet leuk hier?' ging ze verder.

'Jawel,' begon hij aarzelend. 'Maar ik heb… Er is… was…' Hij slikte en sloeg zijn blik neer. 'Sorry, ik wil er niet over praten,' fluisterde hij.

'Dat geeft niet,' zei Amanda. 'Soms is iets te pijnlijk om te delen.' Ze glimlachte naar hem en liep toen zonder nog iets te zeggen bij hem weg.

-3-

Vijf dagen waren we haar kwijt. Helaas kan ik niet zeggen dat de politie erg snel in actie kwam. Ze was zestien, zeiden ze, en was vast op sjouw met vrienden. Bovendien was ze al vaker van huis weggelopen en zelfs een keer na een ruzie met Gerlof een avond en een nacht onvindbaar geweest. Maar deze keer was er geen sprake van ruzie. We hadden 's avonds gegeten – jambalaya, haar favoriete gerecht – en daarna was ze met Timo nog even het water op gegaan in een Optimist. Hij zei dat hij bij terugkomst naar bed was gegaan en Insa niet meer had gezien.

Pas tegen de avond van de tweede dag begon de politie te beseffen dat dit niet een geval van 'opnieuw weglopen' was en startte een zoekactie op, die eindigde in de grootste nachtmerrie die je je als moeder kunt voorstellen.

Toen ze gevonden werd, mochten we haar niet meteen zien; er moest sectie worden verricht, maar ook daarna moesten we wachten tot ze haar 'toonbaar' hadden gemaakt. Tot op de dag van vandaag probeer ik niet te veel over dat gegeven na te denken, over hoe ze eruitzag toen ze haar uit het water haalden. Of het erg veel verschilde van hoe we haar op die tafel onder dat laken zagen liggen, kan ik me moeilijk voorstellen; het was afgrijselijk.

Nadat de ochtendbriefing over de dagplanning is afgerond, besluit ik met mijn groepje de geplande theorieles buiten aan een van de picknicktafels op het binnenplein te doen. Bij de oudere deelnemers wordt de theorie 's avonds gegeven, na het eten, maar omdat de kleintjes dan maar een halfuurtje recreatietijd zouden hebben (ze moeten van ons om halfnegen naar bed), doe ik het voordat we het water op gaan.

Ik geef de vijf kinderen opdracht hun boekje te halen en terwijl ik buiten op hen wacht, laat ik mijn blik over de gebouwen van de zeilschool gaan. Nog steeds ben ik trots dat we nog bestaan. Het was kantje boord vorig jaar. En al zijn er vele momenten geweest dat ik er de brui aan wilde geven – wat kon mij die zeilschool schelen, mijn dochter was dood! – nu ben ik blij dat ik dat niet heb gedaan. Oké, met wat hulp van Jort en Silke. Als zij er niet waren geweest, hadden ze mij net als Insa ergens uit het water kunnen vissen. Hoe vaak ik niet met de gedachte heb rondgelopen er een einde aan te maken. Eén keer is het me zelfs bijna gelukt. Het was Jort die me bijtijds vond, en het verdriet van hem en Silke hebben me weerhouden van verdere pogingen.

Aan de andere kant van het binnenplein zie ik Jelmer en Thymen mijn kant op komen. Ze blijven buiten gehoorafstand staan, terwijl Jelmer iets zegt. Blijkbaar zint dat Thymen niet, wat duidelijk te zien is aan zijn geagiteerde houding. Thymen schudt zijn hoofd, zegt iets terug. Dan maakt hij een wegwerpgebaar en loopt weg in de richting van de steigers.

'Denk erover na!' hoor ik Jelmer nu roepen, maar Thymen reageert niet.

'Meningsverschil?' vraag ik als Jelmer dichterbij is gekomen.

'Welnee,' zegt hij meteen. 'Ik vroeg hem iets voor me te doen. Of eigenlijk voor Timo, maar hij, eh... weet nog niet of het mogelijk is.'

'Wat niet?' wil ik weten.

'Niet belangrijk,' zegt hij meteen. Hij kijkt opzij en ik volg zijn blik, die op Thymen gericht is. Juist op dat moment kijkt Thymen om en werpt Jelmer een dodelijke blik toe. Nou, wat Jelmer hem ook gevraagd heeft, Thymen is er niet blij mee.

Jelmer lijkt zich er niets van aan te trekken en richt zijn aandacht nu op mij. 'Trek je het een beetje?' vraagt hij.

Ik hoor een tedere ondertoon in zijn stem en gek genoeg doet dat me goed. De laatste tijd denkt iedereen dat de rouw om mijn dochter voorbij is. 'Je moet alles een keertje meemaken zonder haar,' zei iemand niet zo heel lang na die vreselijke dag. 'De eerste verjaardag, de eerste kerst, de eerste zomer. Als dat allemaal voorbij is, wordt het makkelijker.'

Degene die dat zei, ik weet niet meer wie, heeft duidelijk nog nooit een dierbare verloren. Er staat geen vaste tijd voor een rouwperiode. Het wordt niet makkelijker. En al helemaal niet als je een dochter verliest. Het is gewoon niet zoals het hoort; ouders horen hun kind niet te begraven. Het hoort andersom te zijn. Maar na een jaar wordt je verdriet eenzamer en vraagt niemand meer hoe het gaat. Of je het trekt. Behalve Jelmer.

Ik haal mijn schouders op. 'Ik red me wel,' zeg ik bij wijze van antwoord.

'Dat vraag ik niet,' zegt hij. Hij komt wat dichter bij me staan en legt zijn hand tegen mijn rug. 'Je kunt altijd met me praten, dat weet je, hè?' Hij ademt even diep in. 'Insa was een prachtmeid,' gaat hij dan onbevangen verder. 'Ze had niet alleen een knap snoetje, maar ook een mooi karakter.'

Het is fijn dat iemand eens zo open over Insa praat; de meeste mensen vermijden haar naam. Toch verbazen zijn woorden me. Niet dat ze een knap snoetje had, want dat was inderdaad zo, maar wel over haar karakter. Zo goed kende hij Insa niet; ze trok eigenlijk altijd alleen met Timo op en die paar keer dat Jelmer met zijn zoon meekwam is amper genoeg om haar werkelijk te kunnen beoordelen.

'Ze leek heel erg op haar moeder,' gaat Jelmer zacht verder. Hij is ongemerkt dichter bij me komen staan en ik voel zijn lichaamswarmte tegen mijn arm. Het voelt niet onaangenaam.

Ik glimlach. 'Charmeur,' zeg ik.

'Het is gewoon zo,' voegt hij toe. 'Ze had haar fraaie uiterlijk in ieder geval niet van een vreemde.' En dan, terwijl hij over zijn neus wrijft: 'En ook niet van Gerlof.'

Nu schiet ik in de lach. Gerlof is inderdaad niet vreselijk knap, maar ook niet lelijk. Eigenlijk gewoon doorsnee. En als je verliefd bent zie je alleen maar de mooie dingen van elkaar, zoals ik ook in Gerlof zag. Eerlijkheidshalve moet ik bekennen dat het niet vanwege zijn karaktereigenschappen was dat hij bij ons wegging; hij kon gewoon niet meer dealen met het verdriet dat voortdurend tussen ons in hing.

'Fijn dat je toch weer een beetje kunt lachen,' zegt Jelmer. Hij brengt zijn gezicht wat dichter bij dat van mij en vervolgt zacht: 'Dat doet me goed.'

Mijn blik vindt die van hem en even kijken we elkaar alleen maar aan. Dan zeg ik: 'Ik zal toch verder moeten.'

Jelmer wil iets antwoorden, maar dan rent Michel, een van de kinderen uit mijn groepje, op ons af. Hij roept hard dat hij zijn boekje heeft. Vlak achter hem aan komen de andere kinderen.

'Ik moet aan het werk,' zeg ik met een glimlach tegen Jelmer.

Hij trekt een teleurgesteld gezicht. 'Jammer. Misschien kunnen we vanavond iets drinken?'

'Vanavond hebben we een speciaal avondprogramma met nautische spelletjes,' zeg ik. 'Om de theorie te oefenen.'

'Morgen dan?' probeert hij.

Ik denk even na. Niet omdat ik niet weet of ik dan tijd heb, maar meer omdat ik niet weet of ik dat wil. Het is allemaal nog zo kortgeleden, van Insa, en Gerlof.

Je moet weer gaan leven, mam!

Ik hoor het Silke nog zeggen, die keer nadat ik het bijna had opgegeven. Ja, ik moet weer gaan leven. Maar hoe doe ik dat als ik alleen maar bezig ben met óverleven?

Voor hen, schiet het door me heen. Voor Jort en Silke. Zij hebben me nodig. Insa zou niet anders gewild hebben. Ze was zo verstandig, mijn meisje. Ik vang Jelmers verwachtingsvolle blik en besef dan ineens dat ik écht verder moet. Gerlof komt niet meer terug en Insa al helemaal niet. Ik zal mijn leven zélf weer vorm moeten geven.

'Dat lijkt me leuk,' zeg ik.

'Om acht uur bij de bar?' stelt hij voor.

Ik schud mijn hoofd. 'Dan is er recreatie. Halfnegen is handiger, dan zijn de kleintjes naar bed en is het een stuk rustiger.'

'Halfnegen dan,' bevestigt Jelmer. En met een glimlach: 'Ik kijk ernaar uit.'

Als ik net met mijn cursisten aan de picknicktafel zit en ze allemaal hun boekje *Onder zeil!* hebben geopend, zie ik Timo achter het hoofdgebouw vandaan komen. Hij slentert langs de dubbele deuren in de richting van de steigers en lijkt diep in gedachten. Hij is veranderd in de twee jaar dat ik hem niet gezien heb. Toen was hij nog zo'n slungel, met ledematen die te lang leken voor zijn lichaam. Nu is hij een jongeman die gezien mag worden. Met zijn lichtblonde haar en gebruinde huid is hij knapper dan ik me herinner. Kortweg: hij is volwassen geworden. En dat raakt me. Dat hij ouder zal worden. Zijn leven zal leven, nieuwe mensen ontmoeten, een beroep zal leren. Misschien wel trouwen en kinderen krijgen. Opa zal worden. Terwijl Insa altijd zestien zal blijven.

Ik kijk hem na als hij de steiger af loopt en in een van de Pico's stapt. Hij ziet er eenzaam uit en voor het eerst besef ik dat ik niet de enige ben met de pijn van verlies. Jort en Silke zullen Insa net zo missen als ik. Haar vrienden en vriendinnen. En Timo…

Ik zie hem de boot losmaken. Wat gaat hij eigenlijk doen? Heeft hij geen les van Thymen in de Randmeer? Hij zal dat diploma niet in zijn schoot geworpen krijgen. Zeilen kan hij, maar om vaardigheidsniveau vier te halen zal hij wel wat moeten doen.

Ik wil net opstaan om nog even snel naar hem toe te lopen als ik Walt vanuit het hoofdgebouw naar buiten zie komen. Op weg naar zijn auto om naar de groothandel te gaan, vermoed ik. Hij wordt gevolgd door twee mannen die ik niet ken.

'Deze heren willen je even spreken, Hester,' zegt Walt. Zijn gezicht staat bezorgd, wat me doet vermoeden dat het niet om nieuwe cursisten gaat. De twee heren zijn op een afstandje blijven staan.

'Bekijken jullie het stukje over afvaren en aankomen maar even,' zeg ik tegen de kinderen, die stuk voor stuk met veel interesse naar de nieuwkomers kijken. 'Het begint op bladzijde 22.' En tegen de twee oudsten van tien: 'Jullie twee helpen de jongsten even, oké?'

Er wordt meteen driftig in de boeken gebladerd.

Ik sta op. 'Waar gaat het over?' vraag ik aan Walt, terwijl we naar de twee mannen toe lopen.

'Ze zijn van de politie,' zegt Walt.

'Politie?' herhaal ik. 'Wat komen ze doen?'

'Dat kunnen ze je beter zelf vertellen,' zegt Walt. 'Ik zie je zo binnen wel weer. Ik ben in de keuken.' Als hij langs hen loopt, knikt hij de politiemensen toe en laat mij bij hen achter.

'Mevrouw Van Oosterom?' vraagt een van hen, de langste en overduidelijk de jongste van het stel. Zijn haar is naar achteren gekamd en voorzien van een behoorlijke hoeveelheid gel. Of wax. Of wat ze ook gebruiken tegenwoordig. Zijn ogen zijn donker en hebben een nieuwsgierige uitdrukking.

'Dat klopt,' zeg ik. Ik kan er niets aan doen dat ik onwillekeurig in mijn hoofd naga waar mijn kinderen zijn. Silke geeft les aan de Learling-groep. Jort is met Felix en hun groepen bezig de polyvalken klaar te maken voor hun tocht naar het Slotermeer. Zij zijn in orde, dat kan niet anders. Is het dan misschien…

'Is er wat met mijn ex gebeurd?' vraag ik.

De lange politieman kijkt even opzij naar zijn collega – normale lengte, stroblond haar, lichte ogen en een jaar of vijftien ouder – en dan weer naar mij. 'Sorry?' zegt hij.

'Met Gerlof Wijbrants,' licht ik toe. 'Mijn ex. Is hij oké?'

'Dat... denk ik wel,' zegt de oudere politieman. 'Het is niet vanwege hem dat we hier zijn.'

Ondanks het feit dat Gerlof en ik al anderhalf jaar uit elkaar zijn en ik geen flauw idee heb waar hij zich momenteel bevindt, kan ik niet voorkomen dat ik opgelucht zucht.

'Ik ben Wouter de Groot, rechercheur,' zegt de oudste, terwijl hij een legitimatiepasje omhooghoudt. Hij wijst opzij. 'Dit is mijn collega Peter Kleinsma.' Zijn blik gaat even het binnenplein rond. 'Kunnen we ergens rustig praten?'

'In mijn kantoor,' zeg ik en ik ga hun voor het hoofdgebouw in. Bij de receptie zie ik Roelie staan en ik vraag haar of ze even op mijn groepje buiten wil letten. Daarna loop ik door naar het achterste gedeelte van de boerderij waar de kantoorruimten zich bevinden, en laat de twee politiemensen plaatsnemen op de stoelen die voor mijn bureau staan. Zelf ga ik erachter zitten.

'Afgelopen vrijdag is het lichaam van een jonge vrouw gevonden,' steekt De Groot van wal. 'Ze was al een paar dagen vermist. Misschien hebt u erover in de krant gelezen?'

Verbouwereerd staar ik hem aan. 'Wat? Ik... Nee, in de zomermaanden, als de zeilschool op volle toeren draait, lees ik geen kranten. Daar heb ik helemaal geen tijd voor.'

'Ze is in het water van het Slotermeer gevonden,' vult Kleinsma aan.

Gek genoeg valt me nu de ironie pas op. De kleinste van de twee heet De Groot en de lange heet Kleinsma. Hilarisch.

Mijn blik gaat van De Groot naar Kleinsma. 'Waarom komen jullie dat aan mij vertellen?' vraag ik. 'Is het vanwege... omdat Insa...'

De Groot trekt zijn wenkbrauwen op. 'Insa?'

‘Mijn… mijn dochter,’ zeg ik.

‘Het is niet uw dochter, mevrouw Van Oosterom,’ zegt Kleinsma. ‘Het betreft Marije van Steenwijk. Zij was…’

‘Marije?’ onderbreek ik hem. ‘Is Marije… is ze…’

‘Zij was cursist bij uw school,’ maakt Kleinsma zijn zin af.

‘J-ja,’ beaam ik. ‘In het laatste pinksterweekend. Geen blijvertje, dat wist ik meteen.’

‘En daar bedoelt u mee…?’

Mijn blik gaat naar de lange man. ‘Dat het eenmalig was. Ze vond zeilen leuk, maar het was niet haar passie. Ik wist vrijwel direct dat ze niet meer zou terugkomen.’

‘Was ze hier intern?’ vraagt Kleinsma. ‘Tijdens de cursus, bedoel ik.’

Ik schud mijn hoofd. ‘Ze woont hier niet zo ver vandaan, in Lemmer. Woonde…’ verbeter ik mezelf zacht. Ik sla mijn hand voor mijn mond als ik pas goed besef wat het betekent. ‘Wat is er eigenlijk gebeurd? Is ze…’

‘Daar kunnen we nog niet verder op ingaan,’ zegt De Groot. ‘U hebt haar niet gezien? In de week van 4 juli?’

Weer schud ik mijn hoofd. ‘Hoezo? Waarom zou ze hier naartoe komen? Ze had geen cursus geboekt. En zoals ik al zei, verwachtte ik dat ook niet.’

‘Marije dacht daar zelf blijkbaar anders over,’ zegt Kleinsma. ‘Tegen haar ouders had ze gezegd dat ze zeilen heel erg leuk vond en graag deze zomer nogmaals een cursus wilde gaan volgen.’

Sprakeloos staar ik hem aan. Marije had niet bepaald uitgeblonken in enthousiasme, dat pinksterweekend. Ze was op me overgekomen als een gemakzuchtig meisje: als ze ergens haar best voor moest doen, dan hoefde het voor haar niet meer. En aangezien de zeilkunst niemand zomaar komt aanwaaien, was het voor mij overduidelijk dat haar bezoek eenmalig zou zijn. Nee, ze had meer interesse in jongens gehad en had dat ook duidelijk tentoongespreid.

'Dat verbaast me,' zeg ik. 'Ik zal het dan wel verkeerd hebben gezien.'

'Maar ze heeft dus geen contact met uw zeilschool gehad over een eventuele vervolgcursus?'

Voor de derde maal schud ik mijn hoofd. 'Misschien wilde ze volgend jaar nog een keer,' zeg ik. Al kan ik me dat écht niet voorstellen.

Kleinsma's ogen haken in die van mij. 'U begon net over uw dochter, Insa. Bent u bang dat haar iets overkomt?'

Ik staar hem aan. Bedoelt hij nou dat hij écht niks weet over Insa?

'Insa...' begin ik, maar mijn stem klinkt zo schor dat ik eerst mijn keel moet schrapen. 'Mijn dochter,' zeg ik dan. 'Insa. Ze is dood. Ik dacht dat... omdat zij ook in het Slotermeer is gevonden, dat jullie om haar... vanwege dat feit langskwamen.'

Het blijft stil. Niets wijst erop dat ze het wisten. Of niet wisten. Ze zijn hier omdat Marije bij ons op kamp is geweest. Om navraag te doen of we haar gezien hebben. Of ze misschien een nieuwe cursus is komen boeken.

'Het spijt me,' zegt Kleinsma. 'Van uw dochter.'

Mij ook, wil ik zeggen, maar ik doe het niet. Wat heeft het voor zin?

'Ik weet dat u geen details kunt geven,' zeg ik. 'Maar is er misschien... Ik bedoel, er is nooit een dader gepakt voor de... de moord op mijn dochter. Is er misschien een verband?'

De Groot wil iets zeggen, maar Kleinsma heft zijn hand. 'Daar gaan we zeker naar kijken, mevrouw Van Oosterom. We houden u op de hoogte.'

Tien minuten later zit ik nog steeds roerloos achter mijn bureau. De twee rechercheurs zijn allang weer weg, maar toch kan ik me er niet toe zetten om terug te gaan naar mijn cursisten.

Marije. Hoe oud was ze geweest, zeventien? Niet ouder in ieder geval. Eerder jonger. *Zestien? Net zo oud als Insa toen?*

Kou trekt in me omhoog.

'Hester?'

Het is Walt die in de deuropening van mijn kantoor staat.

'Wat hadden ze?' vraagt hij.

Ik ga rechtop zitten, duw mijn rug tegen de leuning van mijn stoel. 'Ze hebben Marije gevonden,' zeg ik. 'Dood.'

'Marije?'

'Marije van Steenwijk. Ze was hier met Pinksteren.'

Walt schudt zijn hoofd. 'Ik kan me haar niet herinneren,' zegt hij.

Dat is ook niet zo heel gek. Als kok heeft hij veel minder contact met de cursisten dan de instructeurs. Soms zit er iemand tussen die hij beter leert kennen, Timo bijvoorbeeld. Maar Marije, van wie ik had gedacht dat ze jongens toch een stuk interessanter vond dan zeilen, dat was een van die cursisten die komt en gaat, zonder echt indruk op iemand te maken, laat staan op Walt.

Of op mij.

'Ze was niet zo enthousiast,' zeg ik. 'Of tenminste, dat dacht ik.'

'Hoe bedoel je?'

Ik kijk naar hem op. 'Volgens de politie heeft ze tegen haar ouders gezegd dat ze een vervolgcursus bij ons wilde gaan doen. Omdat ze zeilen zo leuk vond.'

'Dus daarom kwamen ze hier,' deduceert Walt. 'Omdat ze hier een cursus heeft gevolgd.'

'En omdat ze blijkbaar dus toch nieuwe lessen wilde boeken.'

Walt wrijft over zijn kin. 'Hebben ze het nog over Insa gehad?'

'Nee. Daar wisten ze volgens mij niet eens iets van.' Terwijl ik het zeg vraag ik me af of ze het werkelijk niet wisten. Het was een enorme opschudding, de dagen dat Insa vermist werd, en al helemaal nadat ze gevonden was. Elke agent bij de Friese politie zal zich dat toch wel herinneren? Of denk ik dat alleen maar omdat ik Insa's moeder ben? Omdat ze geen seconde uit mijn gedachte is?

‘Ze zien geen… verband?’ hoor ik Walt vragen.

Zijn aarzeling valt op en ik glimlach. Nog altijd wil hij me sparen. Wil hij de pijn van alles wat met Insa te maken heeft bij me weghouden. Wanneer beseft hij nou eens dat dat onmogelijk is?

‘Vooralsnog niet,’ zeg ik. ‘Ze zouden ernaar kijken.’

Walt zwijgt, terwijl hij nog steeds in de deuropening staat. ‘Het is vast gewoon toeval,’ zegt hij uiteindelijk.

‘Ja,’ zeg ik automatisch. Maar diep vanbinnen knaagt een akelig gevoel.

-4-

De medelijdende blikken waren het ergst. Ik kon nergens naartoe zonder dat de mensen naar me keken, hun hoofden naar elkaar toe bogen en met elkaar fluisterden. Vonden ze me zielig? Waren ze dankbaar dat het niet hún kind was dat uit het water was gevist? Of beschuldigden ze me ervan een slechte moeder te zijn? Dat ik beter op mijn dochter had moeten passen? Misschien vonden ze wel dat het Insa's eigen schuld was, dat ze erom gevraagd had. Tenslotte was ze ontkleed gevonden. Naakt.

Toen ze me dat vertelden, ging mijn eerste gedachte naar Insa als baby toen ze haar vlak na haar geboorte in mijn armen legden. Naar haar verrimpelde velletje, de dichtgeknepen oogjes, haar tot vuisten geknepen handjes, haar minuscule voetjes. Helemaal volmaakt. En naakt. Zoals ze geboren was, zo was ze gestorven. Gek genoeg was dat een soort troost. Alsof haar onschuld als baby alles uitwiste wat de ontvoerders met haar hadden gedaan.

Ik heb nooit willen weten wat er met haar gebeurd is in die vijf dagen dat ze vermist was. Als ik terugdenk aan Gerlof, aan de uitdrukking op zijn gezicht nadat ze hem op de hoogte hadden gesteld, vermoed ik dat haar dood niet pijnloos was; dat die vijf dagen verschrikkelijk voor haar moeten zijn geweest. En dan vraag ik me af: welk kind zou daar in godsnaam om vragen?

'Is het echt waar?' vraagt Felix bij het stafontbijt in de kleine ruimte naast de recreatiezaal. Hij graait een beschuit onder de handen van Roelie vandaan en legt hem op zijn bord.

Roelie werpt hem een nijdige blik toe. 'Wat is echt waar?' wil ze weten, terwijl ze een nieuwe rol beschuit pakt en met haar nagel het lipje om de verpakking te openen omhoogwipt.

'Dat ze een lijk hebben gevonden in het Slotermeer,' zegt Felix. Hij pakt de boter en schraapt er met zijn mes een flinke krul uit.

'Iets subtieler kan ook wel,' bromt terreinmeester Menno met een blik op mij.

Door die opmerking lijkt Felix ineens te beseffen wat hij eigenlijk zei en ook hij kijkt naar mij, geschrokken. 'Sorry,' zegt hij. 'Dat had ik beter anders kunnen verpakken.'

'Het geeft niet,' zeg ik. Ondanks de rauwheid van zijn woorden moet ik eigenlijk een beetje lachen. Felix is nog jong, net negentien, en ik kan hem zijn jeugdige geestdrift niet kwalijk nemen.

'Je moet eerst eens nadenken voordat je wat zegt,' gaat Menno verder. Hij heeft een boterham met kaas op zijn bord liggen waar hij kleine stukjes af snijdt die hij vervolgens met zijn vork in zijn mond stopt. Niemand hier aan tafel gebruikt een vork. Alleen hij. Maar hij is dan ook een beetje een vreemde man. Hij is lang en pezig, met een lichtelijk bolle rug, heeft halflang stroblond haar, groene ogen en een gebronsde huid. Ik schat dat hij al richting de zestig loopt. Jaren geleden heeft Gerlof hem in dienst genomen en sindsdien is hij niet meer weggegaan. Hij doet zijn werk naar behoren en soms zelfs nog iets beter. Maar hoelang hij hier ook al rondloopt en hoe vaak ik hem ook zie, klussend, opruimend, ik kan hem niet doorgronden.

'Tuurlijk, Menno,' mompelt Felix, die wel beter weet dan ertegenin te gaan. Want ondanks het feit dat Menno een einzelgänger is, kan hij uit zijn slof schieten voor drie.

'Maar is het nou zo?' vraagt Roelie met haar blik op mij gericht. 'Hebben ze...'

'Ja,' zegt Silke in mijn plaats. 'Ze hebben een lichaam gevonden.'

'Jeetje,' mompelt Roelie zacht. Ze heeft eindelijk de rol beschuiten open en vist de bovenste, in stukken gebroken, eruit.

'Weten ze wie het is?' vraagt Thymen. Hoewel het pas kwart voor zeven is, ziet hij er onberispelijk uit, in een witte short en een witte polo met een paar subtiele gekleurde streepjes langs de mouwen. Zijn haar is vochtig, waardoor het alle kanten op piekt, wat hem een charmante uitstraling geeft. Misschien een beetje té charmant.

'Marije van Steenwijk,' zeg ik. Het heeft geen zin dat te verzwijgen; de meesten zullen haar vast nog wel kennen.

'Wat?' zegt Felix. 'Die heeft hier toch een cursus gedaan? Wanneer was dat ook alweer?'

'Met Pinksteren,' zegt Thymen. 'Ik heb haar toen les gegeven in een Splash. Ging niet van een leien dakje. Ze bezeerde haar enkel ook nog. Toen moest Menno met haar naar de Spoedeisende Hulp voor een röntgenfoto.' Hij kijkt naar de terreinmeester. 'Toch?'

Menno heeft zijn boterham inmiddels op en legt zijn mes neer. 'Geen idee,' zegt hij terwijl zijn blik die van Thymen vasthoudt. 'Kan ik me niet meer herinneren.'

'Niet?' gaat Thymen verder. 'Je hebt haar nog in de auto getild.'

Er valt een stilte. Dan zegt Menno, nog steeds met zijn blik op Thymen: 'Dat kan ik me niet herinneren.' Hij staat op en schuift zijn stoel aan. 'Als jullie me willen excuseren? Ik heb een boel te doen.'

Niemand zegt iets, maar als Menno weg is, lijkt er opgelucht ademgehaald te worden. Dat is me vaker opgevallen – als Menno ergens is, houdt iedereen zijn adem in.

'Weten ze al wat er is gebeurd?' vraagt Jort. Hij leunt met zijn armen op de tafel en kijkt naar mij.

Ik schud mijn hoofd. 'De politie was hier omdat Marije blijkbaar een vervolgcursus wilde boeken. Ze vroegen of ze hier was geweest, ergens begin juli. Ik heb gezegd van niet.'

'Ze heeft in ieder geval geen cursus geboekt,' zegt Silke. 'Dat had ik moeten weten.'

'Volgens mij heb ik haar gezien,' zegt Roelie. Met gefronste wenkbrauwen kauwt ze op een stukje beschuit terwijl ze diep lijkt na te denken.

Dat juist zij Marije gezien zou hebben lijkt me sterk. Meestal is ze met heel andere dingen bezig dan haar omgeving. Zeilen en jongens. En dat mag ook, wat mij betreft, ze heeft er de leeftijd voor.

'O ja?' wil Silke weten. 'Wanneer dan?'

Roelie haalt haar schouders op. 'Dat weet ik niet meer. Ze praatte met iemand.'

'Was het hier bij Het Skûtsje?' vraagt Jort nu.

'Ik zeg toch dat ik dat niet meer weet,' snauwt ze.

Jort heft zijn handen in een kalmerend gebaar. 'Rustig maar. Ik vreet je niet op.'

Iedereen schiet in de lach, inclusief Roelie. Ook ik moet glimlachen. Het is zo'n fijne groep die we hebben. Iedereen kan goed met elkaar overweg en hulp is nooit ver weg als je die nodig hebt. Mijn blik gaat naar de deur waardoor Menno zojuist is verdwenen. Alleen hij valt erbuiten.

Als ik die middag op de steiger sta te kijken hoe mijn jonge cursisten hun boten klaarmaken om het water op te gaan, zie ik Menno met een stapel afdekzeilen langs het botenhuis lopen. Zijn blik is strak gericht op Thymen, die op de eerste steiger een meisje uitleg staat te geven. Het is Amanda, zie ik, een nieuwe cursiste die nog nooit eerder gezeild heeft en die een dag of wat later arriveerde dan de anderen. Blijkbaar heeft ze extra instructies nodig. Ze lachen en Thymen raakt even Amanda's schouder aan, subtiel en nonchalant. Dat is Thymen, een charmeur van de bovenste plank. Hij weet zelf dat hij er mag zijn en dat alle jonge meiden graag in zijn buurt zijn en niets liever willen dan les van hém krijgen. En ik weet dat het misschien onschuldig is, maar toch moet hij daarmee oppassen. Voor hij het weet heeft hij een aanklacht wegens ongewenste intimiteiten aan zijn smetteloos witte broek hangen.

Mijn blik gaat weer naar Menno, die nu stilstaat, nog steeds met de dekzeilen in zijn armen. En nog steeds kijkt hij naar Thymen. Dan verplaatst hij zijn blik naar mij en staart me strak aan. Vier, vijf seconden. Dan draait hij zich om en loopt verder.

Ik kijk hem na en weet niet goed wat ik moet denken. Het voelde niet prettig zoals hij naar me keek. Alsof hij… Ik weet het niet precies. Alsof hij me ergens van beschuldigde?

'Hester!' Merel, een van de jonge cursisten, trekt aan mijn mouw. 'We zijn klaar. En we hebben de schoten niet vastgemaakt!'

Ik glimlach. Ze leren snel, die kleine opdonders. Maar dat is ook het leuke aan het lesgeven aan deze leeftijdsgroep.

'Nou, dan gaan we maar, hè?' zeg ik. 'Heeft iedereen een reddingsvest aan?'

Het loopt tegen halfvijf als we weer thuiskomen. De kinderen hebben een geweldige middag gehad. En daardoor heb ik ook genoten. Het viel me op hoe leergierig en vrolijk deze groep is, en vooral saamhorig; ze helpen elkaar met alles.

'Voordat we ons gaan omkleden voor het eten doen we… wat?' vraag ik aan de kinderen, die met natte haren op de steiger staan.

'De boten nachtklaar maken!' roept Mees, het broertje van Merel en veruit de kleinste van de groep wat lengte aangaat.

'Juist,' zeg ik. 'Laat maar zien wat jullie inmiddels geleerd hebben.'

Meteen stuiven ze allemaal terug naar hun bootje en gaan aan de slag.

Een halfuurtje later zijn alle boten klaar voor de nacht en rennen de kinderen achter elkaar aan het binnenplein over naar de slaapzalen om zich om te kleden. Om zes uur is de warme maaltijd, dus ze hebben nog tijd. En ik ook. Kan ik mooi nog even onder de douche voordat Walt het eten opdient.

Terwijl ik alvast mijn haarband uit mijn stugge krullen trek, loop ik naar het hoofdgebouw. Bij de achterste steiger zijn Thymen en Jort bezig te checken of de boten goed zijn afgemeerd. Alsof hij voelt dat ik naar hen kijk, draait Thymen zijn hoofd in mijn richting. Hij grijnst, met dat scheve lachje dat hem altijd zo'n jongensachtige uitstraling geeft, en knipoogt dan naar me.

Meteen wend ik mijn blik af. Ik loop haastig door en voel mijn wangen gloeien. Pas als ik het hoofdgebouw binnenga, vraag ik me af waarom ik hem niet direct op zijn plaats heb gezet. Ik ben verdorie zijn werkgever, niet een van die jonge meiden die hij kan versieren.

Bij de receptie staat Geraldine, een al wat oudere dame die in het hoogseizoen een paar uur per dag achter de balie werkt en ook een stukje boekhouding doet ter verlichting van onze vaste boekhouder. Daarnaast houdt ze de jaarboeken bij.

Jaarboeken zijn een idee van mijn vader. Al vanaf het begin hield hij bij welke cursisten er elk jaar kwamen en wat hun vorderingen waren. Hij tekende op wanneer ze welke diploma's haalden, of ze wedstrijden wonnen en of ze verder gingen in de zeilsport. Als vanzelf hadden Gerlof en ik dat gebruik voortgezet, later zelfs met foto's erbij, waardoor we nu een hele kast vol met jaarboeken hebben. Op papier – digitaal zou de charme ervan volledig tenietdoen.

'Jelmer Nieuwburg zoekt je, mam,' zegt Silke, terwijl ze opkijkt van de papieren waar zij en Geraldine mee bezig zijn.

'Jelmer?' vraag ik. 'Waarvoor?'

Ze haalt haar schouders op. 'Geen idee. Het leek belangrijk.'

'Ik zie hem wel bij het eten,' zeg ik. 'Ik wil eerst even onder de douche.' En zonder op een reactie te wachten loop ik door naar de zijingang die in de tuin naast de zeilschool uitkomt, de snelste route naar mijn huis. Maar ik ben de deur amper door of ik bedenk dat ik het pakje dat de post vanmorgen afleverde en dat door Geraldine in mijn kantoor is gelegd nog moet ophalen. Ik weet wat het is: het nieuwste boek van Jo Claes, een van mijn favoriete schrijvers, en ik kijk ernaar uit om erin te beginnen. Misschien vanavond, in bed. Als het tenminste niet te laat wordt met Jelmer.

Ik wijzig mijn koers en terwijl ik me afvraag of Jelmer me misschien zocht vanwege onze afspraak, zie ik Menno uit mijn kantoor komen. Ik blijf staan en bekijk hem met gefronste wenkbrauwen. Menno merkt me niet op. Hij sluit de deur voorzichtig achter zich en pas als hij opkijkt, vangt hij mijn blik. Acuut verstijft hij, met zijn hand nog op de deurkruk.

'Zoek je wat?' vraag ik hem. Een vraag die ik eigenlijk niet hoef te stellen; Menno heeft geen enkele reden om in mijn kantoor te zijn, behalve als ik hem gevraagd zou hebben daar naartoe te komen. Maar dat heb ik niet.

'Ik, eh... zocht Jort,' zegt hij.

'Jort is op het water,' zeg ik. En dat weet Menno best.

'Dan spreek ik hem later wel,' zegt hij. Hij slaat zijn blik neer en loopt langs me heen.

Ik kijk hem na. Wat had hij in vredesnaam in mijn kantoor te zoeken? Peinzend open ik de deur en laat mijn blik door de ruimte gaan. Er is niets geks te zien. Alles staat nog waar het hoort; er is niets wat opvalt. Ik werp een blik over mijn schouder de gang in waardoor Menno verdween en haal dan mijn schouders op. Menno is ook niet meer een van de jongsten; misschien kan hij de dingen niet meer zo goed onthouden. Zoals het rooster van de instructeurs, iets wat hij een paar jaar geleden tot op de minuut nauwkeurig wist op te lepelen. Ik pak het pakketje van mijn bureau en loop terug naar de receptie, waar Silke en Geraldine nog steeds over de papieren gebogen staan.

'Geraldine,' zeg ik. 'Heb jij Menno naar de kantoren zien gaan?'

Geraldine kijkt op. 'Menno?' Ze schudt haar hoofd.

'Maar je hebt hem net toch wel gezien toen hij terugkwam?'

'Nee, sorry. Ik heb er eerlijk gezegd ook niet op gelet. Silke en ik hebben een probleempje met de reserveringen voor volgende maand.'

'Kan ik helpen?' vraag ik.

'Laat het nou maar aan ons over, mam,' zegt Silke. 'Jij moet eens leren delegeren en wat meer tijd besteden aan leuke dingen.'

Ik glimlach. Dat is typisch Silke, dat bezorgde. Dat zat er al heel jong in en is na Insa's dood alleen maar sterker geworden. Vooral toen Gerlof ons verliet vond ze dat het haar taak als oudste was om me op te vangen. En hoewel dat niet haar verantwoordelijkheid was, moet ik bekennen dat ik het fijn vond. Haar arm om me heen, haar lieve woorden, haar troost. Jort was er ook wel voor me, maar anders. Hij is echt een jongen en is zorgzaam op zijn eigen manier. Het moet voor hen ook niet makkelijk zijn geweest. En dan bedoel ik niet alleen Insa's dood en de tijd erna. Ook daarvoor al waren zij regelmatig de dupe van de grillen van Insa. Insa, de jongste. Insa, de wildste. Insa die ons hele gezin op zijn kop kon zetten. Maar we hielden van haar zoals ze was, en daarom vergaven we haar elke keer weer.

'Ha, daar ben je!'

In één klap ben ik weer terug bij de receptie. Het is Jelmer die vanuit de recreatiezaal binnenkomt en naast me komt staan. Zijn haar zit lichtelijk in de war en zijn ogen glinsteren.

'Ik heb me bedacht,' zegt hij.

'Je wil niet wat gaan drinken?' vraag ik, ervan overtuigd dat hij dat bedoelt. En misschien ben ik niet eens teleurgesteld; ik zie er eigenlijk een beetje tegen op – ik zou niet weten waar we het over moeten hebben.

'Nee,' zegt hij. 'Nou ja, eigenlijk wil ik liever iets met je gaan eten,' verbetert hij zichzelf. 'Maar niet hier. Ergens anders. Er is vast wel een eettentje in de buurt.'

Niet echt, wil ik zeggen, maar Silke is me voor.

'Wat een leuk idee!' roept ze. En tegen mij: 'Toch? Zo vaak ga je niet uit.'

Ik werp haar een geïrriteerde blik toe voordat ik zeg: 'Eh, nee, dat niet.'

Niet meer sinds Insa.

'Mooi,' zegt Jelmer. 'Kun je iets aanbevelen?' Dat laatste vraagt hij aan Silke.

'In Sloten zitten een paar leuke restaurants,' reageert Silke meteen. 'De Mallemok bijvoorbeeld heeft een geweldige kaart. Mam weet wel waar het zit. Hè, mam?'

'Ja,' geef ik toe, terwijl ik naar een goede smoes zoek. 'Maar ik, eh… ik kan toch niet zomaar weg? We hebben de nabespreking nog, en de theorieles om halfacht.'

'Geen zorgen,' zegt Silke. 'Dat kunnen Jort en ik ook wel. Of Thymen en Felix.'

Ik aarzel. Na de dood van Insa en het vertrek van Gerlof ben ik amper van huis geweest. Zelfs in de winter niet. Boodschappen liet ik bezorgen, en Menno zorgde voor het onderhoud van het terrein, de boten en de spullen die daarvoor nodig waren. Eigenlijk weet ik niet of ik er al aan toe ben om weer uit te gaan.

'Mam.' Silke legt haar arm om mijn schouders. 'Doe eens gek. Het is veel te lang geleden dat je iets leuks deed. Ik weet zeker dat Insa dat niet gewild zou hebben.'

Nee, dat weet ik. Insa zat vol leven, die zou het belachelijk hebben gevonden dat ik me uit het mijne zou terugtrekken om haar.

Ik glimlach en knik dan. 'Oké,' zeg ik.

'Yes!' Silke trekt me tegen zich aan. 'Je gaat het vast gezellig hebben, mam.'

'Reken daar maar op,' zegt Jelmer. 'Daar zorg ik wel voor.'

-5-

Insa was altijd al de meest dwarse van onze drie kinderen. Driftig, ongeduldig en temperamentvol. Ze was een controlfreak die wilde dat de dingen op haar manier gebeurden en die niet begreep dat dat niet altijd mogelijk was.

Ook met zeilen was ze zo. Fanatiek op het obsessieve af. Behalve als ze lesgaf. Dan was ze zo vol begrip, zo vol geduld. Nooit werd ze kribbig als iemand iets wéér niet begreep, of als een kind meer tijd nodig had om bepaalde vaardigheden aan te leren. Daarom had ik toen ook Timo aan haar toegewezen.

Timo was allesbehalve verlegen; hij wist zich goed uit te drukken en was net zo'n rappe prater als Insa. Maar hij had iets kwetsbaars over zich. Iets eenzaams, een uitstraling alsof hij door de hele wereld in de steek was gelaten en zijn gevoelens daarover verborg achter een muur van branie. Ik wist dat hij juist door zijn bravoure het zeilen weleens wat minder makkelijk zou oppakken en dat Insa de aangewezen persoon was om door zijn pantser te breken en hem een goede, solide basis mee te geven. Als hij eenmaal het vrije gevoel dat zeilen gaf had ervaren, zou hij misschien inzien dat hij kon zijn wie hij was en dat dat oké was.

Ik had alleen nooit gedacht dat hun band zo sterk zou worden.

In mijn badjas en met natte haren sta ik voor mijn kledingkast en laat mijn ogen over de hangers met jurken, blouses en shirtjes gaan. Wat moet ik in godsnaam aantrekken? Gezien de temperatuur zou een zomerjurkje het meest geschikt zijn. En dan een vestje meenemen voor als het kouder mocht worden.

Ik trek een mouwloze jurk tevoorschijn, petrolkleurig met kleine witte motiefjes die vanaf een afstand wat op stippen lijken. Aan de voorkant zitten vanaf borsthoogte kleine plooitjes. Misschien is dat wat.

Niet veel later heb ik mijn haar droog geföhnd en wat lichte make-up aangebracht. Ik vang mijn eigen blik in de spiegel en moet bekennen dat ik er beter uitzie dan een paar maanden geleden. Nog steeds liggen mijn ogen diep in de kassen en is mijn huid bleek, maar door de make-up valt dat minder op. Misschien moet ik toch maar weer eens wat meer op mijn uiterlijk gaan letten. Oké, als ik lesgeef op het water maakt het niet zo veel uit, maar daarom kan ik er nog wel voor zorgen dat ik er goed uitzie.

In de keuken vul ik een glas met water en ik zie dat mijn hand waarmee ik de kraan opendraai trilt. In een reflex knijp ik mijn vingers tot een vuist en ik besef dat ik gespannen ben. Het is ook al een hele poos geleden dat ik uit eten ging. Dat was met Gerlof, toen we zestien jaar getrouwd waren. In 2015.

Onwillekeurig moet ik glimlachen. Waar blijft de tijd? Zelfs van Insa is alweer twee jaar geleden, al voelt het voor mij eerder als twee maanden – alsof de tijd is vertraagd en zich slechts voortbeweegt op amper een achtste van de normale snelheid.

Met mijn glas water in de hand stap ik de achtertuin in en richt mijn gezicht naar de zon. Ik heb nog een halfuurtje voordat Jelmer voor de deur staat en misschien kan ik nog een beetje echte kleur op mijn wangen krijgen.

Een serene rust daalt ineens op me neer. Ik voel me zoals ik me lang niet gevoeld heb: relaxed. Ontspannen, misschien zelfs wel tevreden, iets waar ik me diep vanbinnen een beetje schuldig over voel. Alsof ik dat sinds Insa niet meer mag zijn.

Na een poosje wordt het me te warm en terwijl ik mijn water

drink, loop ik naar de enorme eik die tussen mijn huis en de zeilschool staat. Rondom de metersdikke stam heeft Gerlof ooit een bank gemaakt, waar ik vroeger altijd met de kinderen zat. Het was Insa's lievelingsplekje om te lezen. Als we haar kwijt waren, was ze of de hort op (vaak) of ze zat onder de eikenboom (regelmatig). Sinds haar dood ben ik niet meer op die plek geweest, maar nu voel ik dat ik moet. Als ik mijn leven weer op de rit wil krijgen, en ik ben vast van plan daar hard voor te werken, zal ik bepaalde dingen moeten accepteren. Of eigenlijk moeten loslaten. Zoals de dingen van vroeger. Niets is meer zoals het was, en zo zal het ook nooit meer worden. Behalve dan misschien Het Skûtsje.

Opnieuw glimlach ik terwijl ik me op de bank laat zakken. Ja, de zeilschool is het enige wat juist terug naar vroeger moet. Naar de tijd dat het een bloeiend bedrijf was, met wachtlijsten voor de zeillessen, volgeboekte zomercursussen en zeilkampen en hordes kinderen die hier de zomer doorbrachten. En ik moet zeggen dat het dit jaar voor het eerst weer gelukt is. Weliswaar met wat hulp van Jort en Silke. En van Walt. Als hij er niet was geweest, me niet uit een al veel te lang durende lethargie had gehaald, dan had Het Skûtsje nu niet meer bestaan en dan was het faillissement vorig jaar al uitgesproken geweest.

Mijn blik wordt ineens naar Thymen getrokken, die een eindje verderop vanaf de zijkant van de recreatiezaal achter het gebouw langsloopt. Hij is zoals altijd gekleed in het wit en zijn gebruinde huid – gezicht, benen, armen – tekent daar scherp tegen af. Hij ziet me niet; hij kijkt recht voor zich uit, met die altijd aanwezige zelfverzekerdheid.

Bewegingloos volg ik hem met mijn ogen. Hij weet best hoe goed hij eruitziet in het wit. Dat is ook de reden dat hij zich zo kleedt. Hoeveel van zulke outfits zou hij in zijn kast hebben hangen? Meer dan één, schat ik zo in. Mijn blik gaat naar zijn gespierde armen en ineens betrap ik mezelf erop dat ik mijn ogen niet van hem af kan houden.

Geschrokken wend ik mijn blik af en terwijl ik mijn wangen voel kleuren schuif ik opzij op de bank zodat ik hem niet meer kan zien. Waar ben ik mee bezig? Strikt genomen kan hij mijn zoon zijn, qua leeftijd.

Voorzichtig kijk ik langs de boom en zie dat Thymen nu stilstaat. Hij kijkt om en vervolgens weer voor zich. Hij wacht op iemand, dat is duidelijk. Maar op wie? En waarom op deze plek? Ik zie Thymen op zijn horloge kijken; hij lijkt ongeduldig. Geïrriteerd. Ineens kijkt hij mijn kant op en geschrokken trek ik me terug achter de boom. Mijn hart klopt in mijn keel, al weet ik niet waarom.

Er gebeurt niets en nogmaals werp ik voorzichtig een blik langs de boom. Thymen staat er nog steeds. Opgelucht besef ik dat hij me niet heeft gezien.

Ineens vraag ik me af waarom dat me oplucht. Ik zit hier verdorie in mijn eigen tuin, sterker nog, dit hele terrein is van mij, inclusief het meertje. Ik hoef me helemaal niet te verbergen en al helemaal niet voor mijn personeel.

Net als ik opsta, hoor ik iemand mijn naam roepen. Ik kijk om en zie Jelmer vanaf de andere kant de tuin in komen. Hij ziet er piekfijn uit in een lichte broek met daarop een donkerrode polo. Hij lacht breeduit. 'Ben je er klaar voor?' vraagt hij al vanaf een afstandje.

'Helemaal,' zeg ik, terwijl mijn blik nog even teruggaat naar Thymen. Maar die is verdwenen. In de verte zie ik hem lopen. Met Roelie.

'Mevrouw.' Jelmer trekt hoffelijk een stoel voor me achteruit en laat me plaatsnemen aan het tafeltje. Daarna gaat hij tegenover me zitten en wenkt een ober. 'Wijntje?' vraagt hij aan mij en ik knik.

Terwijl Jelmer met de ober overlegt over welke wijn ze aanraden, kijk ik het etablissement rond. Het is alweer een poosje geleden dat ik hier was, maar erg veel is er niet veranderd.

'Ik heb een merlot gekozen,' zegt Jelmer. 'Is dat oké voor jou?'

'Prima,' zeg ik. Mijn blik blijft hangen op een stel van middelbare leeftijd een paar tafels verderop. De vrouw haakt haar ogen in die van mij en ik zie dat ze me herkent. Het geeft me een ongemakkelijk gevoel, vooral als ze zich over haar tafeltje naar haar man buigt en hij daarna omkijkt.

De mensen zijn het nog steeds niet vergeten.

Nee, dat is duidelijk. En vanzelfsprekend. Iedereen hier in het dorp kent de zeilschool. Iedereen kent mij en Gerlof. En ze kenden Insa. Het is wishful thinking dat ze alles wat er gebeurd is zijn vergeten en dat alles weer is zoals het was. Ik zal altijd 'de moeder van' blijven, al dan niet in positieve zin.

'Alles goed?' hoor ik vragen.

Ik kijk weer naar Jelmer. 'Ja hoor,' zeg ik.

Hij kijkt over zijn schouder en ziet het echtpaar naar me kijken. Als ze zien dat Jelmer hen in de gaten heeft, richten ze hun blik op elkaar.

'Het blijft hangen, hè?' zegt hij dan. 'Van Insa.'

Ik knik. Dat hij haar naam zo gemakkelijk hardop kan uitspreken irriteert me een beetje. Omdat ik dat zelf op een of andere manier niet kan; het doet te veel pijn. Maar meer nog voelt het troostend. Insa mag niet vergeten worden, haar naam moet blijven klinken.

'Ik ben het gewend,' zeg ik zacht.

'Dat zal best. Maar ik vind het behoorlijk onbeschoft, dat gestaar.'

Die laatste zin zegt hij met forse stemverheffing, waardoor ik zeker weet dat het bewuste echtpaar het gehoord moet hebben. Ze zien er ineens ook helemaal niet meer zo ontspannen uit en hebben hun ogen alleen nog maar op hun bord gericht. Ik kan er niets aan doen dat ik erom moet grinniken.

'Wat?' vraagt Jelmer.

Ik maak een afwerend handgebaar dat het niets is, nog steeds lachend.

'Wat?' herhaalt hij, terwijl hij nu ook lacht. 'Wat is er?'

'Niets,' zeg ik. 'Nou ja...' Ik kijk weer naar het echtpaar dat onze kant niet meer op durft te kijken en richt mijn blik terug op Jelmer. 'Dank je wel,' zeg ik zacht.

'Waarvoor?'

'Voor wie je bent,' zeg ik. 'Voor dit etentje.'

Hij schuift zijn hand over de tafel en legt hem over die van mij. 'Daar hoef je me niet voor te bedanken. Ik ben wie ik ben. En op dit moment ben ik de gelukkigste kerel op aarde, omdat ik hier met de prachtigste vrouw op aarde aan een tafeltje zit.'

'Doe niet zo gek,' zeg ik. Voorzichtig trek ik mijn hand onder die van hem vandaan, en om maar wat te doen pak ik het servet dat naast mijn bestek ligt en verplaats hem naar de andere kant.

De ober komt naar onze tafel toe en schenkt twee wijnglazen vol.

'Op jou,' zegt Jelmer, terwijl hij zijn glas heft. 'En ook een beetje op mij.'

Ik glimlach en tik mijn glas tegen dat van hem. Voorzichtig neem ik een slokje en ik moet toegeven dat het een voortreffelijke wijn is. Jelmer heeft een goede smaak op dat gebied.

'Lekker?' vraagt hij.

'Heel lekker,' beaam ik en ik neem nog een slokje.

'Geniet er maar van,' zegt hij. 'Dat heb je verdiend.'

Of dat zo is, weet ik niet. Of eigenlijk vraag ik me af waarom dat zo zou zijn. Ik ben toch niet anders dan andere mensen? Behalve misschien dat ik een groot verlies heb geleden, maar ook daarin zal ik niet de enige zijn. Het doet me er ineens aan denken dat Jelmer een zoon heeft. Hoe zit het met een echtgenote?

'Zeg je dat ook tegen je vrouw?' probeer ik.

Hij glimlacht. 'Maak je daar maar geen zorgen over,' zegt hij. 'Mijn vrouw is al ruim vijftien jaar mijn vrouw niet meer. Ze wilde naar het buitenland in het kader van haar carrière' – hij maakt aanhalingstekens in de lucht bij dat woord – 'en kon daar mij en zelfs Timo niet bij gebruiken.'

'Ze liet jullie achter?' vraag ik vol ongeloof.

'Flitsscheiding. Dat kon toen nog. In drie dagen was ze van mij en haar zoon af, en sindsdien heb ik haar niet meer gezien of gesproken.'

Ik staar hem aan en heb moeite om te bevatten dat een moeder zomaar haar kind kan achterlaten. 'Dus Timo is zonder moeder opgegroeid?'

Jelmer knikt. 'Op z'n tijd was er weleens een vrouw in ons leven, maar dat is nooit iets geworden. Dus ja, ik heb Timo helemaal zelf opgevoed. In mijn eentje.'

'Dan heb je goed werk verricht,' zeg ik.

'Ach,' zegt Jelmer afzwakkend.

'Nee, echt,' benadruk ik. 'Timo is een geweldige jongeman geworden. Niets op aan te merken. En Insa was stapelgek op hem.'

Jelmer knikt. 'Dat weet ik,' zegt hij zacht.

Er valt een stilte en voor het eerst besef ik dat Jelmer weleens een bepaalde verwachting kan hebben gehad over de relatie tussen zijn zoon en Insa. Dat hij het niet, zoals Gerlof, had afgedaan als kalverliefde.

Nu ben ik het die mijn hand over die van hem legt. 'Hij mist haar, hè?'

'Understatement,' zegt hij. Ik zie hem slikken. 'Hij is nooit meer de oude geworden.'

We zwijgen allebei. Ik trek mijn hand terug en denk weer aan dat vreemde gevoel dat ik kreeg toen ik Timo twee jaar geleden in de auto van zijn vader zag stappen nadat Insa was gevonden. Een gevoel dat me van tijd tot tijd nog steeds dwarszit.

Ik schraap mijn keel en vraag dan: 'Heeft Timo het nog weleens over haar? Over wat er gebeurd is?'

Jelmer schudt zijn hoofd. 'Amper.'

'Hij weet dus echt niet wat ze die avond is gaan doen?'

'Dan had hij dat heus wel verteld.'

Ja, daar mag je van uitgaan. Maar waarom ben ik daar dan helemaal niet van overtuigd? 'Ze heeft hem ook niet verteld wat haar plannen waren?' probeer ik toch nog.

'Nee, hij zegt van niet.' Jelmer kijkt me onderzoekend aan. 'Twijfel je daaraan?'

Ik haal mijn schouders op en wend mijn blik af.

'Hester…'

Mijn blik gaat terug naar Jelmer.

'Geloof me. Als Timo ook maar iets wist over die avond, dan had hij het verteld. Daar durf ik mijn hand voor in het vuur te steken.'

Eigenlijk weet ik niet zo goed hoe ik daarop moet reageren en het is maar goed dat juist op dat moment iemand onze bestelling komt opnemen.

Als de ober weer is vertrokken, zegt Jelmer: 'Nu we het toch over Timo hebben, hoe gaat het met zijn lessen?'

Ik vouw mijn handen en leun er met mijn kin op. 'Na een paar dagen? Wat verwacht je?'

'Dat hij vorderingen maakt.'

Ik zie de ernst in zijn ogen en weet dat hij het niet kwaad bedoelt. Toch vind ik dat hij Timo te veel pusht. En als hij daar lang mee doorgaat, kan zijn zoon zomaar een afkeer krijgen van alles wat met zeilen te maken heeft.

'Het komt wel goed,' zeg ik. 'Hij is een goede zeiler.'

'Ja, maar dat examen is al gauw. Hij moet…'

'Hij moet het zelf willen,' val ik hem in de reden. 'Dat is het belangrijkste.' Ik zucht als ik zijn blik zie. 'Dwing hem niet, Jelmer. Vergeet niet dat hij terug is op een voor hem heel beladen plek. Geef hem tijd om de dingen op een rij te zetten.'

Hij knikt zonder me aan te kijken. 'Ik weet het,' zegt hij. 'Maar ik wil zo graag dat hij weer doet wat hij altijd zo graag deed. Het lijkt wel of hij er geen plezier meer in heeft nadat... nadat...' Hij zwijgt.

Het is voor het eerst dat hij Insa's naam niet zegt. Is hij bang dat ik denk dat hij haar de schuld geeft? Dat hoeft helemaal niet. Want het is waar. Insa's dood heeft meer dingen kapotgemaakt behalve Timo's plezier in het zeilen. Mijn huwelijk. Mijn gezin. Mijn leven. Niet dat Insa dat bewust wilde. Natuurlijk niet. Maar toch is zij er de oorzaak van dat alles niet meer is zoals vroeger. Dat het allemaal nét even wat donkerder is.

'Timo is sterk,' zeg ik. 'Hij redt het wel. Met een beetje hulp van jou.'

'Van mij?'

'Heb geduld. Laat hem het zelf uitvogelen, maar wees er voor hem als hij je nodig heeft. Dat is de beste hulp.'

Hoor wie het zegt, denk ik cynisch. Alsof je er zelf bent geweest voor Silke en Jort.

'Denk je?' vraagt Jelmer. Het klinkt onzeker, iets wat ik niet van hem ken.

Ik knik. 'Heel zeker.'

Hij kijkt me aan en glimlacht. 'Wat ben je toch een lieve vrouw,' zegt hij zacht. 'Ik hoop echt dat we dit vaker gaan doen.'

'Wat, zo'n diepgaand gesprek hebben?' vraag ik, om de sfeer wat te verlichten.

Nu lacht hij hardop. 'Samen wat eten,' zegt hij. 'Zullen we afspreken dat we vanaf nu alleen maar over leuke dingen praten?'

'Zoals?' wil ik weten.

'Nou, over het eten, bijvoorbeeld,' zegt hij en hij knikt naar de ober die aan komt lopen met diverse schalen op zijn arm.

'Deal,' zeg ik.

-6-

‘Wat ben je aan het doen?’

Van schrik frommelde hij bijna de kaart die voor hem op de tafel lag in elkaar.

‘Niks,’ zei hij kortaf tegen Amanda, die naast hem was opgedoken.

‘Timo...’ Het kwam eruit als een soort lange zucht, terwijl ze tegenover hem ging zitten. ‘Zeg dat op die manier tegen iemand anders en ze weten meteen dat je met iets bezig bent wat ze niet mogen zien.’

‘Ik ben helemaal niet...’ begon hij. Pas toen zag hij de twinkeling in haar ogen. ‘Je zit me te stangen,’ zei hij.

Amanda haalde haar schouders op. ‘Misschien een beetje.’ Ze knikte naar de kaart. ‘Maar zoals je bezig bent, ziet het er wel uit alsof niemand ervan mag weten.’

‘Hoezo?’

‘Nou, de manier waarop je over je papieren gebogen zit. Je arm die je er beschermend voor houdt. Het heimelijk om je heen kijken.’

Timo snoof. ‘Zoals jij het zegt lijkt het wel alsof ik een spion ben.’

‘Ik zal het tegen niemand zeggen, erewoord, maar dan moet je me wel vertellen waarnaar je op zoek bent.’

Hij reageerde niet meteen. Vond ze het leuk om hem op de kast te jagen, of zo? Nou, hij ging haar echt niet vertellen dat hij probeerde te achterhalen waar Insa en hij die avond geweest waren. En waar hij haar dus had achtergelaten. Niet dat hij er inmiddels ook maar iets mee was opgeschoten; hij wist na twee jaar gewoon niet meer waar het was.

'Nou?' klonk Amanda's stem.

Hij besloot zo dicht mogelijk bij de waarheid te blijven en zei: 'Ik zoek een plek waar ik een poosje geleden ben geweest met... een vriendin. Maar ik weet niet meer precies waar het was.'

'En je wil die plek vinden omdat...?'

'Omdat ik er nog eens naartoe wil natuurlijk, waarom anders?' snauwde hij.

Ze lachte. 'Je bent nogal gauw aangebrand, hè?' zei ze.

'Dat valt wel mee,' mompelde hij.

Met een voorzichtige beweging schoof ze zijn hand, die hij in een reflex over de kaart had gelegd, opzij. 'En jij denkt die plek op deze kaart te kunnen vinden?' Ze schudde haar hoofd. 'Daar zijn tegenwoordig andere methodes voor. Kom mee.'

Ze stond op en wachtte tot hij ook zou opstaan. Maar hij was te verbaasd en kon alleen maar naar haar opkijken. 'Wat bedoel je?' vroeg hij.

'Dat we het huis van je vriendinnetje sneller gaan vinden met Google Earth.'

'Het huis van wie?'

'Je vriendinnetje. Ik neem tenminste aan dat je daarom die plek wil vinden. Ze heeft je een keer mee naar huis genomen, heeft je daarna als een baksteen laten vallen en nu wil je haar opzoeken om te zeggen dat het je spijt. Of zoiets.'

Even staarde hij haar aan. Toen schoot hij in de lach. 'Dat slaat nergens op,' zei hij.

'Weet ik toch,' zei ze. 'Maar je lacht tenminste. En dat is al heel wat. Luister,' zei ze, toen hij wilde opmerken dat hij ook niks had om om te lachen. 'Het gaat me niet aan, oké? Je zult je redenen wel hebben en ik wil je helpen. Maar met die kaart kom je niet verder. We hebben een laptop nodig, en laat ik die nou toevallig hebben meegenomen.'

Nog steeds staarde hij haar aan. Toen stond hij langzaam op. 'Waarom zou je mij willen helpen? Je kent me niet eens.'

'Je heet Timo en je hebt een leuke vader,' zei ze. 'Voldoende voor mij. O nee, je hebt ook nog een geheim,' vulde ze aan. 'Een geheim dat je pijn doet. Genoeg om mijn meelevend hart te prikkelen en mijn padvindersknop om te zetten.'

Weer moest hij om haar lachen. Hij kon er niets aan doen. Het gemak waarmee ze sprak, haar rake woorden die ze verpakte in luchtige anekdotes... het was zo anders dan hij gewend was.

'Ik heb geen geheim,' loog hij, terwijl hij de kaart opvouwde.

'Tuurlijk niet,' beaamde ze. 'Kom nou maar mee.'

Amanda's laptop was een gloednieuwe MacBook Pro met een 16 inch scherm. Een duur ding dat hij zelf ook graag had willen hebben maar niet kreeg van zijn vader.

Tersluiks bekeek hij haar van opzij. Ze zat vlak naast hem aan de tafel en hij voelde de warmte van haar blote arm tegen die van hem. Ze was best knap. Niet héél knap, eerder innemend. Ze had een bepaalde uitstraling die hem aan Insa deed denken. Al had Insa een heel ander uiterlijk gehad. Donker, in alles. Haren, huid, ogen. Bij Amanda was alles licht: blond haar, blauwe ogen, roomwitte huid. Maar haar charisma. Net als van Insa.

'Kijk,' klonk het, waardoor hij in één klap weer op zijn stoel belandde. 'Nu is het een kwestie van de juiste plek zoeken. Waar was het?'

'Hè?'

'Stad, dorp?'

'O, eh...dat weet ik niet precies.'

Ze wierp hem een sceptische blik toe. 'Dan wordt het moeilijk zoeken, hè? Je kunt wel in Lutjebroek zijn geweest.'

'Dat zou ik écht wel geweten hebben, hoor,' beet hij haar toe. 'Als het al bestond.'

Ze grijnsde. 'Lutjebroek is een echt dorp, hoor. Mijn tante woont er. Het ligt in West-Friesland.'

'Serieus?' Hij had eigenlijk altijd gedacht dat de naam van dat dorp verzonnen was. Een verzinsel als uitdrukking voor een of ander gat.

'Yep.'

'Nou, waar ik geweest ben met... haar was niet in West-Friesland,' zei hij. 'Het was een halfuurtje fietsen hiervandaan.'

'Hm,' humde Amanda, terwijl ze wat dingen intypte. 'Dan moet het in dit gebied rondom het Slotermeer zijn geweest.'

Samen bekeken ze de Google-kaart op het scherm.

'Dat is een groot gebied,' merkte Timo op. Hij wees onder op de kaart. 'Die kant was het op. We zijn door een bos gereden, en dat heb je niet ten noorden van het meer.'

Amanda verschoof het beeld wat naar het zuiden.

'Daar. We zijn door dat dorp gefietst. Ik herken de naam.' Zijn ogen gingen over alle andere plaatsnamen en toen zag hij het. 'Dat is het! Nu weet ik het weer!' Hij tikte op het beeldscherm.

'Dat is maar een klein dorp,' zei Amanda. 'We zullen zo eens met Google Street View kijken. Weet je herkenningspunten?'

Hij schudde zijn hoofd. 'Er was niks. Behalve dat huis. Het stond aan het eind van een smal weggetje langs de weilanden. O, en dat weggetje ging over in een fietspad!'

Amanda mompelde wat binnensmonds. 'Deze vier plekken voldoen aan die criteria,' zei ze na een poosje. Ze sleepte het Street View-poppetje naar de eerste plek en liet hem daar los. Meteen verscheen de straat in beeld en ze liet de camera draaien, terwijl ze verwachtingsvol een korte blik op Timo wierp.

'Nee. Te veel huizen. En daar staat een boerderij. Die was er niet.'

Ze klikte terug naar het vorige beeld en sleepte het poppetje naar de volgende plek.

Maar ook dit was niet de plaats die hij zich herinnerde. Het was een stillere plek geweest. Meer afgelegen. Er was niks in de buurt geweest; het eerstvolgende huis was op zijn minst honderd meter verderop geweest.

Amanda liet het poppetje los boven de derde plek en net toen Timo opnieuw zijn hoofd wilde schudden, zag hij het: de wegwijzer naar een bed and breakfast.

'Die herinner ik me,' zei hij. 'Daar zijn we langs gefietst.'

Amanda veerde overeind. 'Dan blijf ik in Street View en wandelen we door de buurt.' Ze klikte een paar keer op de mousepad en liet toen de camera weer ronddraaien. 'En?' vroeg ze.

Hij bekeek het beeld aandachtig. Nee. Dat was het niet. Of wel? Wacht. Dat ijzeren hek, voor dat smalle paadje dat bijna onzichtbaar tussen de bomen liep. Met die brievenbus eraan. Die herkende hij. Ze hadden zich nog afgevraagd waarom die brievenbus daar hing. Voor de konijnen die achter dat hek woonden, of zo? Insa en hij hadden er behoorlijk de slappe lach om gehad.

En nog geen halfuur daarna had hij haar...

Hij slikte. 'Die weg in,' zei hij snel en hij wees naar de smalle verharde weg die rechts van het hek liep. Aan de rechterkant waren weilanden, het huis moest links staan, maar dat was nog wel een stuk verder.

Amanda voerde hen virtueel over het smalle weggetje. Ze passeerden een oude stacaravan op een verder leeg terrein. Het ding leek bewoond; dat was de vorige keer niet zo, toen hij er in het echt was met Insa. Daarna kwamen ze langs de B&B en nog iets verderop langs een tweede huis. Vervolgens een poosje niets. Er volgde een flauwe bocht in de weg en toen hield het ineens op bij twee paaltjes die de toegang naar het fietspad erna verhinderden en Street View dus niet verder ging. Amanda draaide de camera en daar stond het huis. Verscholen tussen hoge bomen, met rondom een grasveld dat er bijna onaards groen uitzag en omgeven door een hoog, ijzeren sierhek.

Onwillekeurig hield Timo zijn adem in. 'Dat is het,' fluisterde hij.

'Mooi huis,' zei Amanda. 'En daar woont je vriendinnetje?'

Hij wierp haar een giftige blik toe.

‘Haar vader moet een boel geld hebben,’ ging Amanda echter verder. ‘Zo’n huis, ik denk dat we het hebben over anderhalf miljoen. Wat doet hij voor de kost? Voetballen voor Oranje? Of is hij soms een BN’er?’

‘Eén: daar woont niet mijn vriendinnetje, en twee, ik heb geen idee wat haar vader doet, maar erg rijk is hij niet. Denk ik.’

‘Ah, maar je hebt dus wel een vriendin? En ze woont niet daar?’ Ze richtte haar blik weer op de laptop. ‘Maar waarom wil je dat huis dan vinden?’ Ze veerde op. ‘O, er woont echt een BN’er!’

‘Nee, er woont geen BN’er,’ wierp hij tegen. ‘Er woont een… Ik weet niet wie er woont, oké? Maar het is géén BN’er.’

‘Jammer,’ zei Amanda. ‘En wat ben je nu van plan? Ga je naar ik-weet-niet-wie-er-woont toe?’

‘Waarom zou ik?’

Nu zuchtte Amanda diep. ‘Timo, ik ben niet achterlijk. Je zoekt niet zo verbeten naar een huis als je niet van plan bent ernaartoe te gaan. Wat heb je daar te zoeken? Ken je de bewoner?’

Hij zweeg; wist niet meer zo goed wat hij kon zeggen. Amanda was inderdaad niet gek; haar om de tuin leiden ging echt niet lukken. Maar hij wilde haar ook niet vertellen van wie dat huis was. Hij zou dingen moeten uitleggen die hij niet kón uitleggen. Ze zou erachter komen dat hij gelogen had over die avond. Ze zou het kunnen melden, aan Hester, of Jort. Of de politie.

‘Nee.’ Hij schraapte zijn keel.

Dicht bij de waarheid blijven!

‘Mijn vriendin ging daar wat ophalen. Een… belangrijk boek. Ik wil het voor haar terugbrengen.’

Met opgetrokken wenkbrauwen keek Amanda hem aan. ‘Je meent het…’

Hij zei niets. Het was ook een belachelijke smoes. Maar iets beters had hij zo snel niet kunnen bedenken.

‘En kan je vriendin dat belangrijke boek niet zelf terugbrengen?’

'Ze is er niet m… Ze is er niet. Buitenland,' mompelde hij erachteraan. Hij voelde zijn wangen kleuren. Hoezo, dicht bij de waarheid blijven?

'Oké,' zei Amanda toen. 'Ik wilde dat ik zo'n goede vriend had die iets voor me deed zonder dat ik verdere uitleg hoefde te geven.'

'Hè?'

'Ja, nou ja, ik bedoel, jij moet dat boek voor haar terugbrengen maar ze geeft geen adres?'

'Zij wilde dat niet, ík wilde dat,' zei hij. 'Ik had dat boek hier toevallig nog liggen en dacht… Nou ja…'

Verwachtingsvol keek ze hem aan. Het maakte hem nijdig.

'Weet je, het kan me niet schelen wat jij vindt, oké?' Met een ruk stond hij op en liep om de tafel heen. 'Dank je wel voor je hulp.' En met die woorden draaide hij zich om en beende weg.

-7-

De eerste keer dat Insa in haar eentje ging zeilen, is ze bijna verdronken. Ze had pas een paar lessen van Gerlof gehad en vond dat ze het nu wel alleen kon. Toen Gerlof tegen haar zei dat dat absoluut niet aan de orde was en dat ze voorlopig alleen nog onder begeleiding het water op mocht, liep ze stampvoetend naar haar kamer.

Diezelfde avond, toen Gerlof en ik de aanwezige cursisten theorieles gaven in de recreatiezaal, glipte ze weg en ging ze in haar eentje het meer op, in een van de Splashes, een boot waar ze te jong en nog veel te licht voor was. Misschien was er niets gebeurd als het weer zich goed had gehouden, maar uit de die middag al samentrekkende wolken ontstond een fikse onweersbui die gevoed werd door een aantal dagen tropische hitte en een benauwende luchtvochtigheid. De wind trok aan en ik hoor de lijnen nog tegen de masten klapperen, de golven tegen de steigers beuken nadat Silke ons kwam vertellen dat haar kleine zus in haar eentje op het water was en wij naar buiten waren gerend. Ik heb Gerlof nog nooit zo snel een boot zien optuigen en zien uitvaren. En nog nooit eerder was ik zo bang.

Op het moment dat Gerlof twintig ongelooflijk lange minuten later terugkwam met een doornatte maar ongedeerde Insa aan boord en de Splash op sleeptouw, wist ik dat we haar altijd in de gaten zouden moeten houden. Ze was toen zes jaar oud. En toch ontsnapte ze tien jaar later aan onze aandacht. Met alle gevolgen van dien.

De volgende ochtend is het al vroeg broeierig warm. De wind is stevig en verkoelend, en ik geniet ervan om vanaf de steiger toe te kijken hoe de zeilschool tot leven komt. Ik voel me uitgerust en op een vreemde manier tevreden. Misschien komt dat wel doordat ik sinds lange tijd weer eens goed geslapen heb.

De avond met Jelmer heeft me een enorme oppepper gegeven. Behalve het feit dat ik me gezien voelde, was het fijn om met iemand te praten die Insa's naam niet uitsprak alsof het iets breekbaars was. Want natuurlijk hadden we de rest van de avond niet alleen over het eten gekeuveld. We hadden het toch weer over Insa gehad en over Timo. Over hun relatie.

Het was bevrijdend geweest en alhoewel het eerst leek alsof het allemaal wat stroef liep, was daar later niets meer van te merken. We zaten op één lijn, dat werd me al snel duidelijk.

Na afloop bracht hij me thuis. Nou is dat niet zo heel bijzonder, tenslotte staat mijn huis vlak bij de slaapvertrekken van de school, maar toch vond ik het fijn. Hij drukte een zoen op mijn wang vlak voordat hij me bij mijn voordeur achterliet, en dat waardeer ik. Geen poging om me over te halen samen binnen nog wat te drinken, geen enkele aanwijzing dat hij méér van me wilde. Slechts een enkele zoen, een 'slaap lekker' en dat was het.

Ik adem diep in en draai me om om over het meer te kijken. Golven klotsen over de stenen langs de kant, water slaat over de steiger. Mijn blik gaat naar het kanaaltje dat naar het Slotermeer leidt. Daar voorbij, aan de overkant van het grote meer, vonden ze Insa. Ik ben er al ontelbaren keren naartoe geweest, eerst om te rouwen, later om antwoorden te zoeken die ik niet kon vinden. Tegenwoordig ga ik er alleen nog maar naartoe om te gedenken.

Mijn gedachten gaan ineens naar Marije, het meisje dat ze net als Insa ergens uit het Slotermeer hebben gehaald. Waar precies? Was het in de buurt waar Insa werd gevonden of heel ergens anders? Het meer is behoorlijk groot, hoeveel kans is er dat het op exact dezelfde plek is?

Ik probeer me Marijes gezicht voor de geest te halen, maar verder dan een vaag beeld kom ik niet. Ze heeft echt niet veel indruk op me gemaakt, blijkbaar. Het enige wat ik me herinner is dat ze niet zo enthousiast was, dat ze meer aandacht voor de jongens had, en voor Thymen in het bijzonder.

Na een laatste blik over het water draai ik me om en loop terug naar de openstaande deuren van de recreatieruimte. Binnen zijn er een paar seizoenshulpen bezig de tafels te dekken voor het ontbijt. Ze groeten me stuk voor stuk opgewekt. En daar word ik zelf ook vrolijk van, meer dan anders. De avond met Jelmer zit nog steeds in mijn systeem en ik had het gemeend toen ik zijn vraag of een vervolgafspraak denkbaar was volmondig met ja had beantwoord.

Net als ik de klapdeuren naar de receptie wil openduwen, komt Walt de keuken uit. Op zijn armen draagt hij een stapel schone borden waar de damp nog vanaf komt. Die komen vast rechtstreeks uit de vaatwassers. Hij loopt langs me en observeert me met opgetrokken wenkbrauwen.

'Je ziet er goed uit vandaag,' zegt hij.

Ik glimlach naar hem terwijl ik de deuren openduw. 'De zon schijnt, iedereen heeft plezier, wat is er nog meer nodig om het tot een mooie dag te maken?'

Walt laat de stapel borden op een van de lange tafels langs de muur zakken en draait zich naar me om, zijn blik verheugd, maar ook een tikkeltje wantrouwend. 'Het is inderdaad een mooie dag,' zegt hij. 'Maar dat zal niet lang duren. Er is storm op komst.'

Dat had ik zelf ook al bedacht. De broeierigheid, de wind, de hitte die maar voortduurt; het zal allemaal in één klap verdwenen zijn als het onweer losbarst. Ik hoop alleen dat het niet het einde betekent van het mooie weer. Vooral de kinderen genieten toch meer als het zonnetje schijnt.

'Kan geen kwaad,' zeg ik. 'Goed voor de natuur.' Ik loop de receptie in en laat de deuren achter me dichtvallen. Een glimlach trekt over mijn gezicht. Walt kent me door en door, dat blijkt maar weer. Misschien vertel ik hem later wel hoe het komt dat ik me wat beter lijk te voelen. Want dat is zo – alsof alles om me heen weer kleur krijgt en de beelden niet meer zo zwart-wit zijn als eerst. Maar nu nog niet, daarvoor is alles nog te pril.

Te pril.

Bijna schiet ik in de lach. Ik ben alleen maar uit eten geweest met een man, is dat een reden om aan te nemen dat er iets van een relatie kan ontstaan?

Maar je mag hem graag, of niet dan?

Ik moet toegeven van wel. Hij heeft praatjes, kan soms behoorlijk pedant zijn en verbergt voor niemand dat hij een dikke, vette bankrekening heeft. Nou is dat laatste niet iets wat me interesseert; als ik de zeilschool weer terug op zijn oude niveau heb, zijn mijn geldzorgen voorbij en kan ik mezelf en de kinderen heel goed onderhouden. Méér dan goed zelfs.

Ik loop langs de keurig opgeruimde balie. Geraldine is wat dat betreft een behoorlijke neuroot; nooit zal ze naar huis gaan zonder de receptie in onberispelijke staat achter te laten. Dat is iets wat ik enorm in haar bewonder, want ik ben zelf verre van ordelijk. Het enige wat er nu op de balie staat is een vaas verse bloemen. Ik ruik ze vanaf hier. Misschien moet ik daar ook maar weer eens mee beginnen: verse bloemen in huis halen. Al kun je je afvragen waarvoor; in het zeilseizoen ben ik meestal buiten te vinden en kom ik alleen thuis om te douchen en te slapen. En voor Jort en Silke hoef ik het ook niet te doen. Ze wonen dan nog wel bij mij – logisch, ze werken hier – maar net als ik zijn ze meestal bij de boten of op het water te vinden.

Ik denk ineens aan Marije. Gek genoeg spookt de hele tijd haar naam door mijn hoofd. Ik kan er niets aan doen dat ik, sinds de politie hier was, een onzichtbaar lijntje heb getrokken tussen haar en Insa. Een lijntje dat ik met geen mogelijkheid meer loskrijg.

Zodra ik mijn kantoor binnenloop zie ik het meteen: de deur

van de kast met jaarboeken staat op een kier. Dat is vreemd; ik doe hem altijd op slot om te voorkomen dat een per ongeluk verdwaalde cursist in het kantoor komt en zijn of haar nieuwsgierigheid niet kan bedwingen. Tenslotte is het toch persoonlijke informatie die in de kast is opgeborgen, en dan heb ik het niet alleen over de jaarboeken. Facturen, aanmeldformulieren, namenlijsten, de hele mikmak van voorgaande jaren ligt hier opgeslagen. En helemaal onderin, in grote bakken, bewaren we reservespullen voor op de boten: lijnen, haken, tape, zeilbinders, valklemmen, stoppers en allerhande ander klein spul. Zou Geraldine vergeten zijn hem af te sluiten? Dat is helemaal niets voor haar. Of zou Menno soms weer…

Ik schud mijn hoofd. Natuurlijk niet.

Geen spijkers op laag water zoeken, Hester.

Wat zou Menno nou met de jaarboeken moeten? Of met reserveonderdelen – hij heeft nog nooit een voet op een zeilboot gezet! En dat hoeft hij natuurlijk ook niet; hij is alleen verantwoordelijk voor alles hier op het vasteland, zoals de steigers, schuren, opslagplaatsen, slaapgebouwen.

Met mijn vinger ga ik langs de ruggen van de dikke, zwarte schriften, en stop bij het laatste, van dit jaar. Ik trek het uit de kast, ga ermee aan het bureau zitten en sla het open.

Algauw heb ik haar gevonden. Marije van Steenwijk. Zestien jaar. Examenjaar havo, wil juwelier worden. Ik glimlach. Volgens mij paste dat beroep wel bij haar, zo veel mogelijk geschitter. Mijn blik gaat naar de foto en vrijwel direct zie ik haar zó voor me. Halflang kastanjebruin haar, bruine ogen, een iets te brede mond en niet al te groot. Net als Insa.

Onzin!

Met een klap sluit ik het jaarboek. Insa had niet zulk haar, die was net als ik donkerblond geweest. Melkboerenhondenhaar, zoals Gerlof het altijd noemde. En dan hun ogen, die van Marije waren bruin, terwijl die van Insa meer naar donkergroen hadden geneigd. Oké, Insa was klein en tenger geweest en volgens mij was Marije ook niet erg lang, maar als dat de enige overeenkomst is...

Voor de tweede keer zoek ik Marijes foto op en kijk er een poosje naar. De uitdrukking in haar ogen, besef ik ineens. Dat gretige. Dat vurige. Dát is wat me aan Insa doet denken. Dat, en die expliciete onafhankelijkheid die van haar gezicht afstraalt.

Een geluid doet me opkijken. De deur naar de gang die ik open had laten staan beweegt licht en ik hoor zachte voetstappen. Geraldine?

Ik sluit het schrift en zet het terug in de kast. Ik moet eens ophouden om altijd en overal Insa in te zien. Silke heeft gelijk, het wordt tijd dat ik mijn leven weer oppak, hoe moeilijk dat ook is.

Deze keer sluit ik de kastdeur zorgvuldig af en check het nog eens extra. Misschien is het verstandig als ik de code van het cijferslot een keer verander; dat is al zolang we de kast hebben nog nooit gedaan.

Na een laatste blik door mijn kantoor verlaat ik de ruimte en trek de deur achter me dicht. De receptie is nog steeds verlaten. Geen Geraldine die haar plaats achter de balie heeft ingenomen. Ik kijk naar de klok en besef dat het daar ook veel te vroeg voor is, het is net halfacht. Ik moet het me verbeeld hebben. Dan valt mijn blik op een pen die op de balie ligt. Die lag er net niet. Toch?

'Walt, ben jij in het archief geweest?' vraag ik zodra ik de keuken in loop.

Walt staat bij de geopende koelcel de inhoud te controleren. 'Nee,' zegt hij zonder zijn blik af te wenden. 'Hoezo?'

'Omdat de kastdeur openstond.'

Nu kijkt hij wel naar me. 'En?'

'Ik sluit dat ding altijd af.'

'Misschien ben je het de laatste keer vergeten,' zegt hij, terwijl hij zijn aandacht weer op de spullen in de koelcel richt.

Ik reageer niet meteen en frons mijn wenkbrauwen. Kan ik inderdaad vergeten zijn de kast op slot te doen? Maar dat is niets voor mij. Ik ben de laatste twee jaar misschien niet op mijn best, maar met mijn gezonde verstand is niets mis. Of wel? Vergeet ik dingen en weet ik dat niet? Ik kon me Marijes gezicht ook niet meer voor de geest halen. En dan die pen op de balie. Had die er nou wel of niet gelegen? Ik ben er ineens helemaal niet meer zo zeker van.

De hele ochtend is het drukkend en benauwd. De wind is gaan liggen en heeft plaatsgemaakt voor opbollende stapelbewolking. Met mijn groepje jonge cursisten ben ik niet het water op gegaan; het is levensgevaarlijk in een open boot op het water als het onweert. Bovendien zijn ze nog veel te onervaren om met slecht weer te zeilen en kan ik niet garanderen dat we bijtijds de wal bereiken als het losbarst. Ik moet er niet aan denken wat er kan gebeuren als we te laat terug zijn.

Ook de cursisten die wel het meer op gaan moeten volgens de regels in de buurt blijven, maar dat kan ik met een gerust hart aan mijn instructeurs overlaten. Zij weten precies wanneer het tijd wordt om terug te keren.

Vlak na de lunch barst het los. De wind trekt aan, de lucht is pikzwart en doorspekt met diepgrijze wolken omgeven door een zilveren rand. Het water lijkt alle kanten op gestuwd te worden en heeft een kleur die het midden houdt tussen donkergroen en diepblauw; witte koppen geven de golven een dreigende aanblik.

De jongste kinderen staan op een rijtje voor het raam naar het spektakel te kijken en sommige van hen krimpen ineen bij elke donderslag. Zelfs ik moet bekennen dat het lang geleden is dat het zo tekeerging.

‘Kom,’ zeg ik en ik haal ze bij het raam weg. ‘We gaan een spel doen.’ Ik wenk Sandra, van het entertainmentteam, die met haar collega’s bezig is om voor wat vermaak te zorgen tot de bui voorbij is. Zij neemt de kinderen mee naar de andere kant van de zaal. De oudere kinderen en enkele volwassenen zitten bij elkaar aan de lange tafels in het midden. Na het eten zijn ze blijven zitten om te wachten tot de storm is uitgeraasd, en ze discussiëren over wat er gedaan moet worden als je met een zeiljacht op open zee in een onweersbui terechtkomt. De vreemdste tips komen voorbij en ik glimlach als Jort en Silke zich in de discussie mengen en iedereen van de juiste adviezen voorzien.

Een diep gevoel van trots overspoelt me. Wat er ook is gebeurd, we hebben het toch maar mooi gered met z'n drieën. Oké, we zijn nog niet helemaal uit de financiële problemen, maar deze zomer zal ervoor zorgen dat we ons hoofd weer ruim boven water kunnen houden. Ik had graag gezien dat ons gezin compleet was gebleven, of dat op z'n minst Gerlof er nog deel van had uitgemaakt, maar het is zoals het is.

Mijn blik gaat naar de hoek van de zaal, waar Timo in zijn eentje aan een tafel zit. Zijn vader is zojuist opgestaan en vertrokken. Ik denk aan wat Jelmer me verteld heeft, dat zijn vrouw hem en Timo gewoon heeft achtergelaten, en medelijden welt in me op. Niet alleen voor Jelmer, maar meer nog voor Timo. Mijn eerste indruk van hem, toen hij hier vijf jaar geleden voor het eerst kwam, was juist geweest. Hij wás in de steek gelaten. En hij hád een muur om zich heen opgetrokken. Een muur die Insa steen voor steen had afgebroken, maar die nu weer in al zijn glorie is hersteld.

Een kort moment aarzel ik, dan ga ik toch naar hem toe en blijf naast zijn tafel staan. Ik zie dat hij een kaart van de omgeving bestudeert en met zijn vinger een bepaalde route volgt. Maar voordat ik kan zien waar hij naartoe wil, kijkt hij naar me op. Heel even zie ik paniek in zijn ogen, gevolgd door een intense woede die net zo snel verdwijnt als hij is opgekomen, en met een ruk staat hij op.

'Niet schrikken,' zeg ik en ik leg mijn hand ter geruststelling op zijn schouder. 'Ik ben het maar.'

Er gaat een lichte schok door hem heen en even denk ik dat hij ervandoor gaat. Maar dat gebeurt niet; hij blijft staan en kijkt me geschrokken aan.

'We hebben nog helemaal geen kans gehad om even te praten,' zeg ik, terwijl ik tegenover hem ga zitten.

Langzaam laat hij zich terug op zijn stoel zakken. Hij legt zijn armen beschermend over de kaart en haalt zijn schouders op. 'Het is er gewoon nog niet van gekomen,' zegt hij, met zijn blik omlaag gericht.

Ik reageer niet meteen, bestudeer zijn gezicht, dat gesloten en afstandelijk is. Helemaal niet zoals ik hem ken. Is hij écht zo veranderd door de dood van Insa? Of speelt er meer?

'Hoe is het met je?' vraag ik.

Opnieuw gaan zijn schouders omhoog. 'Gewoon,' zegt hij.

'Lukt het in de Randmeer?' Een vraag waar ik het antwoord al op weet: niet echt. Tijdens de briefings vertelde Thymen al dat het leek alsof Timo er met zijn hoofd niet bij is.

'Jawel hoor,' zegt hij.

Ik zwijg en zoek zijn blik.

Hij kijkt aarzelend op en haakt zijn ogen in die van mij. 'Nou ja, het kan beter. Maar dat zal Thymen je vast wel verteld hebben.'

'Min of meer,' zeg ik. Ik wacht even voordat ik verderga: 'En dat ben ik van jou niet gewend. Vind je zeilen niet leuk meer? Het is geen verplichting, hè, ongeacht wat je vader zegt.'

Een korte glimlach die geen vrolijkheid uitstraalt. 'Dat weet ik,' zegt hij. 'Ik ben gewoon...' Hij zoekt naar de juiste woorden en vervolgt dan: '... te snel afgeleid.'

Dat hoeft hij mij niet te vertellen. Mijn blik gaat naar de kaart die voor hem op de tafel ligt en vervolgens naar zijn gezicht, maar dat verraadt niets.

'Timo,' begin ik dan. Ik weet niet zo goed hoe ik dit moet aanpakken en besluit dan maar gewoon te vragen wat me al de hele tijd op het hart ligt. 'Timo, is het vanwege Insa?'

Hij zwijgt.
'Ik heb het idee dat je iets achterhoudt.'
Onrustig schuift hij heen en weer op zijn stoel, maar blijft zwijgen.
'Timo?'
Weer haalt hij zijn schouders op.
Ik zucht. Dit heeft geen zin. Hij is zo gesloten als een oester.
'Ik mis haar gewoon,' fluistert hij ineens. Hij kijkt me niet aan, blijft strak omlaagkijken.
'Dat begrijp ik,' zeg ik zacht. 'Jullie waren heel hecht. Maar ze zou niet willen dat jouw leven blijft stilstaan. Daarvoor hield ze zelf te veel van het leven.'
Hij knikt alleen maar. Hoewel ik weet dat hij haar enorm mist, weet ik ook dat er meer is. Ik merk het aan alles. Aan de manier waarop hij reageert, of juist niet reageert. De verdwenen bravoure. En het feit dat hij me niet aankijkt.
'Timo,' begin ik nogmaals. 'Weet jij echt niet méér over Insa's dood?'
Met een ruk kijkt hij op. 'Wát?' zegt hij.
'Ik denk namelijk dat jij weet waar ze die avond naartoe ging,' ga ik verder. 'Jullie waren samen weg geweest.'
Hij schudt zijn hoofd.
'Jullie waren zo close, ik kan me niet voorstellen dat ze je niets verteld heeft.'
Nog steeds schudt hij zijn hoofd. 'Nee,' zegt hij. 'Nee, ik weet niets. Ze is weggegaan zonder iets te zeggen. Ik... Ik voelde me... in de steek gelaten. Ze vertelde me nooit iets. Echt niet.'
Dat betwijfel ik, maar het is duidelijk dat ik niet moet aandringen. Zijn blik is paniekerig en ik ben bang dat hij volledig dichtslaat als ik doorga.
'Oké, jongen,' zeg ik en ik leg mijn hand op zijn arm. 'Het is al goed. Ik vind het alleen vervelend dat je je zo rot voelt.'
'Dat gaat wel over,' zegt hij ineens bot. Hij vouwt met een vlug-

ge beweging zijn kaart op en staat op. 'Je hoeft je geen zorgen te maken. Het heeft alleen tijd nodig.' En met die woorden haast hij zich de zaal uit.

Ik kijk hem na en vraag me af wat hij toch zo krampachtig verbergt.

-8-

Eigenlijk hadden we geen derde kind gewild. Zowel Gerlof als ik vond dat twee ons gezin compleet maakten en we waren dan ook verrast toen ik zwanger bleek te zijn. Ik moet eerlijk bekennen dat ik in eerste instantie een abortus overwoog; we zaten midden in het proces om de zeilschool van mijn ouders over te nemen, inclusief fikse verbouwingen die daaruit voortvloeiden, en een baby leek me daarbij niet praktisch – we hadden onze handen al vol aan Silke van drie en aan Jort, die net een jaar was geworden. Maar Gerlof wilde daar niets over horen.

De eerste maanden van de zwangerschap waren zwaar en pleegden een aanslag op mijn lichaam. Ik had veel meer last van kwaaltjes dan bij Jort en Silke, kreeg hoge bloeddruk en zwangerschapsdiabetes. Daarnaast had ik depressieve buien en soms wenste ik stilletjes dat ik een miskraam zou krijgen. Natuurlijk gebeurde dat niet.

Toen werd Insa geboren en ik was op slag verliefd. Alle pijn en ellende verdwenen in een enkel ogenblik naar de achtergrond. Hoe had ik ooit kunnen denken dat ik dit kind niet wilde? Dat ze te veel zou zijn? Ik overlaadde haar met liefde, net als Gerlof. Hij was stapeldol op haar.

Achteraf bezien kan ik niet anders dan concluderen dat wat er uiteindelijk met haar gebeurde mijn straf is. Dat ze alsnog van me is afgenomen omdat ik haar dood wenste toen ze het levenslicht nog niet eens had gezien.

Het noodweer houdt niet lang aan en zodra de eerste zonnestralen door het raam naar binnen vallen, haast iedereen zich naar buiten. Ik druk mijn hand tegen mijn voorhoofd en knijp mijn ogen dicht. Ik voel me opgejaagd en af en toe is mijn zicht wazig. Mijn vingers tintelen en ik weet wat dat betekent: dat ik meteen medicijnen moet gaan innemen voordat het te laat is en zich een migraineaanval aandient.

Als ik langs de achterkant naar mijn huis loop, verlaat in de verte Jelmer net het botenhuis, een enorme schuur waar we in de winter de zeilboten stallen. Op dit moment is hij helemaal leeg, op een paar boten na die reparaties moeten ondergaan, een taak van Menno. Behalve terreinmeester is Menno ook een regelneef; iedereen kan hem van alles vragen en als het mogelijk is zorgt hij ervoor. Was Jelmer daarom in het botenhuis geweest?

Ik wrijf over mijn slaap. Misselijkheid welt op en voor mijn ogen verschijnen zigzaglijntjes die de polka lijken te dansen. Ik moet nu echt gaan liggen. Ik zet een wankele stap naar voren, terwijl ik mijn ogen dichtknijp tegen het zonlicht. Maar net als ik denk dat ik onderuitga, pakt iemand me bij mijn arm.

'Gaat het?'

Ik open mijn ogen. Het is Thymen die naast me staat. Ik schud mijn hoofd. 'Migraine,' fluister ik.

Thymen slaat zijn arm om mijn middel als ik opnieuw onderuit dreig te gaan en ondersteunt me. 'Kom,' zegt hij. 'Ik breng je naar binnen.'

Via de tuindeuren strompel ik met behulp van Thymen naar binnen. Zijn greep om mijn middel is stevig maar niet pijnlijk, en als hij me de trap op helpt is zijn gezicht vlak bij dat van mij.

Eenmaal boven is mijn hoofdpijn zo erg dat ik amper nog wat zie. Ik merk vaag dat Thymen me naar mijn bed leidt en het dekbed over me heen slaat zodra ik lig. Ik voel iets warms langs mijn wang strijken – een hand? – en dan ben ik out.

Mijn hoofd lijkt uit elkaar te barsten als ik van ver het geluid van een telefoon hoor. Mijn mobiel? Weet ik niet. Laten bellen. Dan hoor ik stemmen. Vaag. Zacht. Gefluister? Ik heb geen idee, de pijn is te heftig, te scherp.

Als ik wakker word, is het schemerdonker in mijn kamer. Door de half openstaande balkondeuren waait een briesje dat de vitrages doet opbollen; de overgordijnen zijn voor een deel dichtgetrokken.

Ik draai me op mijn rug en probeer me te herinneren hoe ik in bed terecht ben gekomen. Mijn analoge wekker geeft halfzeven aan, maar ik heb geen idee of het ochtend of avond is.

Dan weet ik het weer. Hoofdpijn. Migraine. Iemand heeft me in bed geholpen. Wie was dat ook alweer? Thymen. Ja, het was Thymen. Die stond ineens naast me. In ieder geval is de misselijkheid verdwenen en het zigzaggende flitsen – de aura – ook. Alleen mijn hoofd voelt dof, maar dat zal straks wel wegtrekken.

Ik laat me onder het dekbed vandaan glijden en loop naar de balkondeuren, waar ik de overgordijnen verder openschuif. Van buiten drijven stemmen mijn kamer in en op mijn blote voeten stap ik het balkon op. Ik kan net langs de bijgebouwen van de zeilschool kijken en zie onze jongste cursisten in het water spelen. Jort en Felix zijn bij hen; blijkbaar doen ze een balspel. Het doet me meteen beseffen dat het geen ochtend is.

Mijn keel is gortdroog en ik slik een paar keer om het scherpe gevoel te laten verdwijnen. Ik moet iets drinken.

Ik loop naar de badkamer en drink daar een groot glas water, waardoor ik me meteen beter voel. Honger heb ik niet; dat heb ik nooit na zo'n aanval.

Beneden is het stil. Logisch ook; net als Jort zal Silke ook met de cursisten bezig zijn. In ieder geval heeft het onweer niet voor een enorme weersomslag gezorgd. De zon schijnt weer volop, al zal het niet meer zo lang duren voor hij ondergaat.

Pas als ik bij de achterdeur kom om naar buiten te gaan merk ik dat ik op mijn blote voeten loop. Wie heeft mijn schoenen uitgedaan? Ikzelf? Of Thymen?

Het bloed stijgt ineens naar mijn wangen. Hij is in mijn slaapkamer geweest. Hij heeft me in bed geholpen, mijn schoenen uitgetrokken. Ik lag onder mijn dekbed, dus hij heeft me ook nog eens toegedekt. Ik herinner me zijn greep om mijn middel, zijn gezicht vlak bij dat van mij. Het had op een vreemde manier goed gevoeld. Vertrouwd.

Doe niet zo gek!

Hij heeft me alleen maar geholpen. Naar boven. Naar bed. Verder niets.

Ik voel iets nats tegen mijn hand en kijk opzij. Het is Bisky die naast me staat en haar neus tegen me aan duwt. Even voel ik me schuldig. Ze mag dan in de zomer wel de vrijheid hebben om de hele dag over het terrein te lopen, erg veel gezelschap heeft ze dan niet. En terwijl ik het pad naar de recreatiezaal af loop, beloof ik haar dat we morgenochtend, als het wat koeler is, een lekker eind langs het water gaan lopen.

'Hé,' zegt Jelmer, als ik de zaal binnenkom. 'Waar ben jij de hele middag geweest? Ik miste je.'

Blijkbaar heeft Thymen hem niet gezegd hoe hij me had aangetroffen en ik waardeer zijn discretie. 'In bed,' zeg ik. En met mijn hand tegen mijn voorhoofd gedrukt: 'Migraine.'

Hij staat op van de barkruk en komt naar me toe. 'Je ziet er inderdaad niet zo goed uit. Gaat het wel?'

Ik knik. 'Beetje slapjes, maar dat gaat wel over. Wie heeft mijn groep overgenomen vanmiddag?' vraag ik aan Silke die net langsloopt.

'Thymen,' zegt ze, waaruit ik opmaak dat hij háár wel van de migraine verteld heeft. 'Zou je vanavond niet eens rustig aan doen?'

'Dat wilde ik ook net zeggen,' valt Jelmer haar bij. 'Misschien kun je beter thuis lekker relaxen. Als je wil, kan ik je gezelschap houden.'

Ik glimlach. Hij legt het er ook helemaal niet dik bovenop. Toch schud ik mijn hoofd. 'Liever niet,' zeg ik. 'Het is beter dat ik vroeg mijn bed in ga, dan ben ik morgen weer als nieuw.'

Zijn blik is teleurgesteld, maar dat probeer ik te negeren. De eerste uren na een aanval ben ik behoorlijk gedesoriënteerd en afwezig. En moe. Dan heb ik behoefte aan rust. En een warm bad.

'Een andere keer,' zeg ik.

Hij knikt. 'We hebben nog anderhalve week de tijd.' Hij legt zijn arm om mijn schouder en dat doet me goed. Ik vind hem echt leuk, ondanks het feit dat hij af en toe wat te zelfverzekerd is, en heel voorzichtig begin ik te denken dat er misschien een toekomst voor ons is.

Bij de dubbele deuren naar het binnenplein klinkt gelach. Thymen, Jort en de kinderen komen drijfnat binnen. De oudste kinderen hebben het hoogste woord en proberen elkaar om het hardst te overschreeuwen. Terwijl Jort hen tot kalmte maant, valt Thymens blik op Jelmer en zie ik dezelfde uitdrukking in zijn ogen als laatst: dodelijk. Alsof hij ergens woedend over is. Maar zodra hij ziet dat ik naar hem kijk, maakt die uitdrukking plaats voor iets anders, iets wat ik niet direct kan benoemen. En weer knipoogt hij naar me.

De rust die me overspoelt als ik niet veel later de keukendeur achter me dichtdoe is weldadig. Het doffe gevoel in mijn hoofd is nog niet weg en ik kan me nog steeds niet goed concentreren. Ik was graag in mijn nieuwe boek begonnen, maar ik weet nu al dat dat 'm niet gaat worden en ik besluit alles maar op zijn beloop te laten. Een warm bad, daarna nog even in mijn nachthemd op de bank en vervolgens vroeg onder de wol.

In de keuken geef ik Bisky haar eten en vervolgens zet ik boven in de badkamer de badkraan open en laat een bruisbal in het water glijden. Genietend snuif ik de frisse geur op. Dat bad gaat me goed doen, dat weet ik nu al.

Terwijl ik het raam alvast op een kier zet, valt mijn blik op een roerloos figuur dat tegen het botenhuis geleund zit. Timo. Helemaal alleen.

-9-

'Ben je nog boos?'

Geschrokken keek Timo op en zag het silhouet van Amanda vlak voor zich staan. Hij haalde zijn schouders op. 'Ik ben niet boos. En ook niet geweest.'

Ze liet zich naast hem tegen het boothuis zakken en trok haar knieën op. 'Zo kwam het op mij anders niet over,' zei ze.

Hij blikte opzij. 'Nou, sorry dan dat je het zo opvatte,' zei hij. Het klonk kribbig en zo was het ook bedoeld. Waarom konden ze hem niet gewoon met rust laten?

Amanda leek het niet op te merken, of ze deed alsof. 'Geen probleem, hoor,' zei ze. En na een korte stilte: 'Waarom zit je hier in je eentje?'

Weer haalde hij zijn schouders op. 'Gewoon,' zei hij.

'Gewoon...' herhaalde ze. 'Oké. Dus je zit hier vaker?'

'Soms,' zei hij. Waarom ging ze niet weg?

Er viel een stilte waarin ze allebei zwijgend voor zich uit staarden.

'Wil je erover praten?' vroeg Amanda ineens.

Hij had er helemaal geen behoefte aan om met wie dan ook over wat dan ook te praten. En dus schudde hij zijn hoofd.

'Echt niet?' Ze boog naar voren en zocht zijn blik. 'Ik zei al eerder dat er dingen kunnen zijn die te pijnlijk zijn om over te praten. Maar als ik jou zo zie, gaat het niet goed met je. Je kunt er ook aan onderdoor gaan, weet je dat?'

Met gefronste wenkbrauwen keek hij haar aan. 'Studeer jij psychologie, of zo? Man, wat een gelul.'

'Nou...' begon ze. 'Eerlijk gezegd is dat inderdaad zo. Dat ik psychologie studeer, bedoel ik. Tweedejaars. En wat doe jij in het gewone leven?'

Hij was zo verbaasd dat zijn mond een stukje openzakte. 'Ik, eh... Na de zomer begin ik aan mijn tweede jaar farmacie.'

'Ah, een apotheker in de dop.'

Hij kon er niets aan doen dat er een klein glimlachje om zijn lippen verscheen, al probeerde hij dat met alle geweld tegen te gaan. 'Ik wil helemaal geen apotheker worden,' zei hij, nors omdat hij niet wilde dat ze zag dat hij een beetje moest lachen. 'Ik wil het onderzoek in.'

'Farmaceutisch onderzoeker,' stelde ze. 'Cool.'

Dat vond hij zelf ook. Hij had inmiddels zijn master al uitgekozen, wilde de kant van de toxicologie op, risicobeoordelaar of zo. Dat leek hem gaaf.

'Ik wil een eigen praktijk beginnen,' zei Amanda. 'Gespecialiseerd in rouwverwerking. Weet je dat er een heleboel mensen rondlopen met aanhoudende, complexe rouw? Het is onlangs als een heuse aandoening opgenomen in het wereldwijde handboek voor de psychologie.'

Hij zweeg en probeerde te peilen of het werkelijk waar was wat ze zei, of dat ze dacht dat hij aan die aandoening leed en ze deze hele zogenaamde studie van haar verzon om hem aan het praten te krijgen. Maar toen hij haar blik zag, wist hij dat ze het meende. Zijn ogen gingen over haar heen en hij moest toegeven dat het ook wel wat voor haar was, psycholoog. Waarom wist hij niet. Misschien vanwege de kalme rust die ze uitstraalde? Of haar meer dan volwassen manier van praten?

'Nee,' zei hij. 'Dat wist ik niet.'

Ze knikte. 'Rouw is een heel beladen onderwerp. Het is niet zo dat na een jaar alles weer normaal is. Ja, wel voor buitenstaanders, maar niet voor degene die iemand verloren heeft.'

'Daar was ik inmiddels al achter,' mompelde hij zacht.

Amanda hoorde het niet, of ze negeerde het. 'De dood van een geliefde, of een vader, moeder, noem maar op, kun je geen "plekje geven" zoals men vaak zegt. Een meubelstuk geef je een plek, maar verlies en verdriet zit verankerd in een persoon zelf en zal altijd meegedragen worden.'

Hij slikte en dacht aan Insa. Haar dood zou hij sowieso nooit een plek kunnen geven. Zijn rouw was vermengd met schuldgevoel. Hij zou haar nooit kunnen vertellen hoeveel spijt hij had en zijn hele verdere leven met die verschrikkelijke pijn moeten rondlopen. Hij moest ermee dealen, hij had geen keus.

'Ik kan goed luisteren, Timo,' klonk Amanda's stem zacht. 'En ook zwijgen, als jij dat wil.'

Wilde hij dat?

Hij keek naar haar en zag haar blik. Geen medelijden, geen afwijzing of veroordeling. Alleen maar sympathie en oprechte belangstelling. Voor hem. Diep vanbinnen deed het hem goed, maar zijn angst voor wat ze zou zeggen als ze wist wat hij gedaan had, zwakte dat gevoel vrijwel meteen af. Toch twijfelde hij. Hij wilde er niet meer alleen voor staan, hij moest het met iemand delen. De pijn. Het berouw. Insa's moeder was geen optie. Zijn eigen vader ook niet. Verder was er niemand. Behalve Amanda dan.

Zou hij…?

Opnieuw slikte hij en hij stond net op het punt om alles aan Amanda op te biechten toen er een schaduw over hen heen viel. Geschrokken keek hij op en bij het zien van de twee mannen die boven hen uittorenden kwam hij meteen overeind.

'Timo Nieuwburg?' vroeg de langste van hen.

Hij knikte aarzelend.

'Kleinsma, recherche,' zei de man. 'Dit is mijn collega De Groot.'

Het suisde ineens in Timo's oren.

Pa!

'Is er wat met mijn vader?' vroeg hij.

'Nee nee, absoluut niet,' zei Kleinsma. 'We zijn hier eigenlijk vanwege Marije van Steenwijk.'

Timo keek opzij naar Amanda, die verbaasd naar de rechercheurs staarde, en toen weer terug naar de twee mannen.

'H-hoezo?' vroeg hij.

'Marije zat bij jou op school,' zei de kleine rechercheur. 'We hebben gewoon wat vragen.'

'Timo zit niet meer op school,' zei Amanda toen. 'Hij studeert.'

Beide rechercheurs glimlachten. 'Dat weten we. Maar toch willen we even met hem praten.'

'Ik kende haar niet,' zei Timo. Hij hoorde zelf hoe krakerig zijn stem klonk en schraapte zijn keel. 'Ze was jonger dan ik, ze zat een paar klassen lager.'

'Je kent haar niet, maar dát weet je wel?' Het was niet echt een vraag van Kleinsma, eerder een conclusie.

'Ja, dat is toch logisch?' zei hij zwakjes.

Kleinsma nam hem aandachtig op. 'Was je niet ook bevriend met Insa Wijbrants?' vroeg hij.

Hij slikte. 'En?'

'Insa overleed onder ongeveer dezelfde omstandigheden als Marije.'

'Daar heb ik toch helemaal niets mee te maken!' riep hij, harder dan zijn bedoeling was. Ze maakten hem ook zo zenuwachtig. Wat wisten ze?

'Dat beweren we ook niet,' zei De Groot. 'Maar wat Marije betreft hebben we wat vragen. Zou je even willen meekomen naar het bureau? Dan kunnen we daar jouw verklaring opnemen.'

Natuurlijk wil ik dat niet!

Hij dacht het, maar zei het niet. Behalve het feit dat zijn stem het dreigde te begeven, zou het niets uitmaken. Het zou hen alleen maar achterdochtig maken.

'Zal ik meegaan?' vroeg Amanda.

'Nee, dat is niet nodig,' zei hij. 'Ik, eh... red me wel.'

‘We brengen je straks weer netjes terug,’ zei Kleinsma.

Alsof de vraag hoe hij weer bij Het Skûtsje kwam zijn grootste probleem was.

Hij voelde Amanda’s hand op zijn arm en het kneepje dat ze gaf. ‘Ik wacht op je. Zal ik je vader inlichten?’

Geen goed idee. Er zouden nog meer ongemakkelijke vragen komen. Maar zeggen dat dat niet hoefde was ook geen optie; zijn vader zou er toch wel achter komen. Hij zag al enkele cursisten hun kant op kijken.

‘Doe maar,’ zei hij.

Het was een kaal kamertje waar ze in zaten. Een tafel en drie stoelen, meer stond er niet. Tegenover hem zaten de twee rechercheurs. Ze hadden gevraagd of hij wat wilde drinken, maar daar had hij voor bedankt. Nu zaten zij achter een bekertje koffie en zat hij met zijn handen tussen zijn bovenbenen geklemd te wachten op wat er komen ging. Hij moest gewoon rustig blijven. Alles ontkennen.

‘Marije van Steenwijk,’ begon Kleinsma. ‘Je weet wat er met haar gebeurd is?’

Hij knikte. ‘Nou ja,’ nuanceerde hij toen. ‘Ik weet dat ze... dood is. Vermoord. Toch?’ Hij keek vragend van Kleinsma naar De Groot.

‘Precies,’ zei Kleinsma. ‘We proberen nu een beetje haar dagelijkse leven in kaart te brengen.’

‘Haar dagelijkse leven?’ herhaalde hij. ‘Kunnen haar ouders dat niet vertellen? Ik neem aan dat die toch wel weten wat hun dochter allemaal deed?’

‘Vertel jij je vader alles?’ vroeg De Groot.

Timo wierp hem een achterdochtige blik toe. Wat was dat nou weer voor vraag? ‘Eh... nou ja, meestal... meestal wel, ja.’

‘Maar niet altijd.’

Timo zei niets. Als die smeris dacht dat hij zich uit zijn tent liet lokken, kon hij lang wachten.

'Marije zat bij jou op de middelbare school, hè?'
'Dat zei u, ja,' reageerde Timo.
'Je wist dat ze een paar klassen lager zat,' ging De Groot verder. 'Dat zei jíj.'
'Daar ga ik van uit,' zei Timo. 'Jullie zeiden dat ze bij mij op school heeft gezeten en ik wist dat ze een paar jaar jonger was dan ik. Logische gevolgtrekking.'
De rechercheurs zwegen. Het maakte hem nijdig. Wat wilden die gasten nou van hem?
'Zat Insa ook bij jou op school?' vroeg Kleinsma toen.
'Insa? Min of meer.'
Beide rechercheurs trokken hun wenkbrauwen op.
Timo zuchtte diep. 'De bovenbouw van het Zuyderzee Lyceum zit in Emmeloord,' zei hij. 'Ik deed vwo. Insa vmbo.'
'En dat zit dus in Lemmer,' stelde De Groot.
Timo wierp hem een peilende blik toe. Zouden ze dat echt niet geweten hebben? Hadden ze twee jaar terug het 'dagelijkse leven' van Insa dan niet nagetrokken?
'Je was close met Insa, hè?' vroeg Kleinsma.
'Nogal,' zei hij nors.
'Het moet een klap voor je zijn geweest toen ze gevonden werd.'
'Behoorlijk.' Ook dat klonk nors. Hij had zijn handen inmiddels op de tafel gelegd en staarde naar zijn vingers die de hele tijd in elkaar wriemelden. Vroegen ze nou maar eens wat ze wilden weten. Dan kon hij alles ontkennen en weer naar huis.
'Was jij bij Het Skûtsje toen Marije verdween?'
Met een ruk keek hij op. 'Wat? Nee. Natuurlijk niet. Ik...' Zijn blik schoot weer naar zijn handen. 'Na Insa's dood ben ik niet meer op de zeilschool geweest. Deze week is voor het eerst.'
'Waarom niet eerder? Je houdt van zeilen, toch?'
Weer keek hij op. Hoe wisten ze dat? Zijn ademhaling versnelde. Hadden ze hem nagetrokken? Maar hij was twee jaar geleden ook al ondervraagd. Toen hadden ze gezien hoe erg hij van slag

was geweest. Of wisten ze soms meer? Dat ze bij hem was die avond? Dat het allemaal zo gruwelijk uit de hand was gelopen?

Nee!

Nee, dat kon niet. Hoe zouden ze het moeten weten?

Hij haalde zijn schouders op. 'Ik heb er een goede vriendin verloren,' zei hij zacht. 'Dat moest ik eerst verwerken.'

Kleinsma knikte begrijpend. 'Dat snap ik. Maar ze is daar niet gevonden. Ze lag in het Slotermeer. Net als Marije. Dat is een onweerlegbare link, net als Het Skûtsje.'

Timo kon er niets aan doen dat hij in gedachte de zin verder hoorde gaan: *en jij*.

'Maar Marije kende je niet,' zei De Groot. 'Toch, Timo?'

'Nee,' antwoordde hij. 'Niet echt.'

'Dus er is geen link tussen haar en jou.'

Hij schudde zijn hoofd en keek opnieuw naar zijn handen op de tafel. 'Nee,' zei hij zacht.

Er viel een stilte, waarin hij de blikken van de rechercheurs op zijn kruin voelde branden.

'Maar Insa kende je wel,' ging De Groot verder. 'Wist je dat Marije bij haar in de klas heeft gezeten? Misschien is zij wel de link tussen jou en Marije.'

Hij voelde de woede vanuit zijn tenen omhoogkruipen. 'Wat een gelul,' snauwde hij. 'Er ís helemaal geen link! Insa is gewoon mijn beste vriendin. Wás. Was mijn beste vriendin. Ik was er kapot van dat ik... dat ze vermoord werd.' Zijn blik ging van De Groot naar Kleinsma en weer terug. 'Zeg nou eindelijk eens wat jullie écht willen!' schreeuwde hij.

Ze gaven niet direct antwoord, maar lieten Timo's uitbarsting over zich heen komen. Toen glimlachte Kleinsma. 'Het enige wat wij willen is de moordenaar van Marije van Steenwijk achter de tralies krijgen. En daarvoor moeten we nu eenmaal vragen stellen aan alle betrokkenen, zoals haar familie en vrienden. Meer niet.'

'Nogmaals, ik kénde Marije niet,' riep Timo. 'Ik was niet een van haar vrienden en al helemaal geen familie. Jullie zoeken in de verkeerde richting!'

Hij ademde zwaar; voelde zich opgelaten en min of meer in het nauw gedreven. Hij had zich net al bijna versproken. Was dat hun opzet? Dat hij zich verlulde? Hoeveel wisten ze eigenlijk van hem en Insa?

'Dat zal dan wel,' klonk Kleinsma's stem rustig. Hij stond op, gevolgd door zijn collega, en zei: 'Ik zal iemand halen die je terugbrengt. Bedankt voor je medewerking.'

-10-

Insa hield van de nacht. Als ik terugdenk aan haar kindertijd is dat altijd al zo geweest. Overdag kon ze uren slapen, maar 's nachts was ze vol activiteit. Gerlof en ik hebben zo vaak geprobeerd dat ritme om te draaien, maar wat we ook verzonnen, het hielp niet.

Als kleuter vonden we haar vaak zittend in de vensterbank, terwijl ze naar de sterren staarde. Daar kon ze geen genoeg van krijgen. Soms ging ik bij haar zitten en keken we samen omhoog. Pas tegen de ochtend werd ze dan moe en sliep ze nog een paar uur voordat ze naar school moest. Gelukkig heeft ze daar nooit problemen mee gehad. Ze was alleen altijd doodop als ze 's middags thuiskwam.

Tegenwoordig zijn er vaak nachten waarin ik de slaap niet kan vatten. Ik denk dan aan Insa en haar nachtelijke bedrijvigheid. In de puberteit was ze regelmatig gewoon hele nachten op stap, om 's ochtends vroeg pas weer terug te keren. Gerlof ergerde zich eraan, maar ik wist al vrij vlot dat het iets van Insa was. Dat het bij haar hoorde en dat we het haar met geen mogelijkheid zouden kunnen afleren.

In zulke nachten ga ik meestal, als het helder weer is, naar buiten om naar de sterren te kijken. Ik stel me dan zo voor dat Insa er een van is, en ergens in die onmetelijke ruimte haar eigen lichtje verspreidt. Soms zou ik daar dan ook willen zijn, om haar met mijn eigen licht te kunnen omhelzen, haar tegen me aan te drukken zodat we samen de helderste ster aan de hemel zijn. Maar de hemel is te ver, te groot en vooral onbereikbaar.

Een krap jaar na Insa's dood kwam Gerlof bij me in de tuin staan toen ik midden in de nacht weer eens naar de hemel keek. Hij sloeg zijn armen van achteren om me heen en hield me vast. Hij zei niets, kuste me uiteindelijk zacht op mijn haren en ging weer naar binnen. De volgende dag pakte hij zijn koffers en vertrok.

Het loopt tegen acht uur en ik zit met mijn voeten onder me op de bank. Ik heb geprobeerd wat tv te kijken, maar mijn hoofd is het daar nog niet mee eens, dus heb ik het ding maar weer uitgezet. Omdat mijn ogen als altijd na een migraineaanval dik aanvoelen, doe ik ze dicht en laat me een beetje onderuitzakken. Morgen ben ik weer helemaal fit, weet ik uit ervaring. En het is niet zo dat ik me momenteel nog steeds beroerd voel, ik ben alleen maar moe. Het zou verstandig zijn als ik zo gewoon mijn bed in ga. Jort en Silke komen toch niet eerder dan rond middernacht naar huis, als de laatste groep jeugdige cursisten geacht wordt hun bed op te zoeken. Onze school hanteert namelijk vaste bedtijden. De jongsten om halfnegen, de middengroep tot vijftien jaar om halfelf, en de oudste jeugd om halftwaalf. Maar omdat er van mij altijd iemand van de leiding aanwezig moet zijn zolang de minderjarige cursisten op zijn, is het eerder regel dan uitzondering dat Jort, Silke en soms ook ik pas ver na middernacht onder de wol kunnen kruipen.

Met mijn ogen nog steeds dicht geniet ik van de stilte. Ik voel de zon, die nu zo ver is gezakt dat hij recht door de openstaande tuindeuren naar binnen valt, op mijn gezicht schijnen en de aangename warmte die daardoor door me heen gaat. Ik denk aan een uurtje geleden, toen ik Timo uit een politiewagen had zien stappen. Hij had er niet happy uitgezien. Op mijn vraag waarom de politie hem thuisbracht, had hij alleen maar geantwoord dat ze wat vragen hadden gehad over Marije, omdat ze bij hem op school had gezeten. Meteen daarna was hij doorgelopen.

Ik zucht diep. Hij is zo moeilijk te doorgronden en dat zit me dwars. Ik wil hem heel graag helpen, hem laten merken dat hij het allemaal niet alleen hoeft te doen.

Ineens voelt het alsof iemand naar me kijkt, en ik open mijn ogen. Bisky, die naast me op de bank ligt, tilt haar kop op en gromt zacht. Het is Thymen, die door een opening in de opbollende vitrages voor de open tuindeuren naar me staat te kijken.

'Ik kwam even vragen hoe het met je gaat,' zegt hij, zodra hij ziet dat ik hem opmerk.

Onwillekeurig trek ik mijn slaapshirt over mijn knieën, maar dat mislukt – het is ook niet meer dan een oud T-shirtje en is daar veel te kort voor.

'Het, eh... gaat beter,' zeg ik, terwijl ik mijn voeten dan maar op de vloer zet en opnieuw probeer om mijn bovenbenen te bedekken met mijn slaapshirt.

Hij zegt niets, laat zijn ogen schaamteloos over me heen gaan.

Ik schraap mijn keel en zeg: 'Nog bedankt dat je me vanmiddag naar boven hebt geholpen.'

'Geen dank, hoor,' zegt hij. 'Ik was in de buurt.' Hij grijnst met zijn bekende scheve lachje en haalt zijn hand door zijn haar.

Het gevoel van gêne dat ik al eerder had speelt weer op en ik besef dat dat niet is omdat hij me geholpen heeft, of me naar mijn slaapkamer heeft gebracht. Nee, het is omdat hij me aantrof op een van mijn zwakste momenten. Juist toen ik kwetsbaar was. En het feit dat hij ook nog mijn schoenen heeft uitgedaan en me als een klein kind in bed heeft gelegd, het dekbed zelfs over me heen heeft geslagen, maakt dat ik me ongemakkelijk voel in zijn nabijheid. Of speelt er meer wat dat gevoel teweegbrengt? Het knipogen, zijn broeierige blik die hij elke keer over me heen laat gaan. Zoals nu.

'Weet je zeker dat het gaat?' vraagt hij. Er klinkt oprechte bezorgdheid in zijn stem.

'Ja,' zeg ik en ik schraap nogmaals mijn keel. 'Hoezo?'

Hij stapt tussen de vitrages door naar binnen en werpt me een onderzoekende blik toe. 'Omdat je er behoorlijk beroerd uitziet.'

Ik glimlach. 'Dat zie ik altijd na een migraineaanval.'

'Dus dat is normaal?' Hij houdt zijn hoofd een beetje schuin terwijl hij dat vraagt.

'Morgen ben ik weer helemaal de oude.'

Hij knikt. 'Gelukkig maar.'

Er valt een stilte waarin ik me afvraag wat hij eigenlijk écht komt doen.

'Moet jij niet in de recreatiezaal zijn?' vraag ik.

'Felix en Silke doen de theorie,' zegt hij. 'Ik zat er maar een beetje bij, dus ben ik weggeglipt.'

'Om wat te doen?' wil ik weten.

Hij kijkt me aan met een geamuseerde blik en dat zegt me genoeg.

'Ik, eh... ben nog steeds erg moe,' zeg ik, terwijl ik opsta. 'En ik wil graag naar, eh... graag gaan slapen.'

Hij zegt niets, kijkt me alleen maar aan. Zijn hoofd houdt hij nog steeds een beetje schuin. 'Dan moet je naar bed gaan,' raadt hij uiteindelijk aan.

'Ja, dat... dat was ik al eh... van plan,' hakkel ik.

'Moet ik je weer toedekken?' vraagt hij.

Vol ongeloof staar ik hem aan.

'Grapje,' zegt hij. 'Tot morgen.' Hij knipoogt en voor ik het weet verdwijnt hij tussen de vitrages door naar buiten.

Natuurlijk ga ik niet naar bed; Thymens bezoekje heeft alle vermoeidheid in één klap verdreven. Wat was zijn bedoeling? In de acht jaar die hij hier nu werkt, is hij nooit eerder zomaar mijn huis binnengelopen. Ook niet op uitnodiging trouwens. Waarom ook? Als hij me wil spreken over het een of ander, ben ik de hele dag van vroeg tot laat op het terrein bezig, bij de boten, met de cursisten, de theorielessen en ook soms op kantoor.

Ik denk weer aan zijn donkere blik, nonchalant, maar ook verlangend. Waarnaar laat zich raden, en als ik daaraan denk voel ik een aangename tinteling in mijn buik.

Meteen wijs ik mezelf terecht. Dit is belachelijk. Ik voel toch helemaal niks voor die jongen? En hij niet voor mij; zijn enige liefde is zeilen en zijn toekomstige zeiljacht. Dat flirten van hem is zijn hobby, het is absoluut niet serieus. Vooral niet naar mij toe. Ik kijk naar de vitrages die lichtjes bewegen in de zwakke wind.

Toch?

Die nacht kan ik de slaap niet vatten. Het is drukkend warm en ik draai me van de ene koele plek onder het laken naar de andere. Door de openstaande balkondeuren hoor ik het zachte geoeh van de ransuil die sinds enkele jaren de nacht in een van de twee dennenbomen naast het huis doorbrengt. Het is inmiddels een vertrouwd geluid geworden en soms kan ik alleen al door het luisteren ernaar in slaap vallen.

Maar nu niet. Ik lig op mijn rug en staar naar het plafond. Klaarwakker. Allerlei dingen buitelen door mijn hoofd. Insa, Jelmer, Marije. En Thymen. Vooràl Thymen. Op een of andere manier krijg ik hem niet uit mijn hoofd en zie ik elke keer dat scheve lachje voor me. Die gretige blik, wat gaat daarachter schuil? Vindt hij het leuk om me een ongemakkelijk gevoel te geven?

Ik draai me op mijn zij en werp een blik op de wekker. Halftwee. Het komt door vanmiddag dat ik niet kan slapen, besef ik. Doordat ik een paar uur out ben geweest. Nu ben ik over mijn slaap heen, zoals mijn moeder zou zeggen.

Met een zucht trek ik het kussen in mijn nek en sluit mijn ogen. Ik focus me op het geroep van de uil en probeer aan niets anders meer te denken. Hoewel proberen aan niets te denken ook denken is. Bovendien lukt het toch niet. Daar zit mijn hoofd te vol voor.

Als vanzelf begin ik te grinniken. Het heeft wel iets weg van schaapjes tellen maar niet verder kunnen omdat er eentje vandoor is gegaan en je dat beest toch écht terug bij de kudde wil hebben.

Hoe dan ook, het werkt niet. Ik kom overeind en haal mijn hand door mijn haar. Zal ik een lauwe douche nemen en daarna een beker warme melk? Als het zou helpen, zou ik het doen. Maar ik weet nu al dat het geen effect gaat hebben. En dus laat ik me uit bed glijden, schuif mijn voeten in mijn slippers en verlaat mijn slaapkamer. Ik hoor gesnurk achter Jorts kamerdeur en glimlach. Dat heeft hij van Gerlof. Die kon er ook wat van.

Beneden komt Bisky piepend naar me toe. Haar staart zwiept heen en weer van blijdschap terwijl ze haar neus tegen mijn hand duwt.

'Ja, jij vindt het wel gezellig hè, dat vrouwtje naar beneden komt midden in de nacht,' fluister ik. 'Maar weet je? Vrouwtje had liever eens een keertje goed geslapen.'

Ik kriebel Bisky achter haar oor en loop naar de keuken waar ik toch maar een beker melk warm maak in de magnetron. Terwijl ik sta te wachten gaat mijn blik door het keukenraam naar buiten. Helemaal donker is het niet. Echt een zomernacht, in tegenstelling tot de nachten in december en januari, waarin het hier zo donker kan worden dat je geen hand voor ogen ziet.

Een zachte ping geeft aan dat mijn melk warm is en ik haal de beker uit de magnetron. Terwijl ik een slokje neem, haal ik een hondenkoekje voor Bisky uit de glazen pot op het aanrecht en geef het haar. Met smaak werkt ze het in twee schrokken naar binnen.

'Morgen weer,' zeg ik tegen haar als ze verwachtingsvol naar me opkijkt.

Met mijn beker melk in mijn hand open ik de deur naar de tuin en stap naar buiten. In de verte hoor ik het water klotsen. Lijnen klapperen zachtjes tegen de masten. De lucht is zoel en helder: duizenden sterren tekenen zich af tegen de hemel en als betoverd blijf ik ernaar staan kijken. Elke keer als ik al die lichtpuntjes zie voel ik me klein en nietig en weet ik dat wij slechts een stipje in dat oneindig grote heelal zijn. We stellen niets voor, al denken we van wel. God kan ons met één knip van Zijn vingers wegvagen. En ook als Hij niet bestaat zou een flinke meteoriet hetzelfde effect kunnen hebben. In een oogwenk zouden we ophouden te bestaan.

Ik neem een slokje van mijn melk en staar nog steeds naar de lucht als ik een zacht geluid hoor dat ik niet kan thuisbrengen. Mijn blik gaat opzij, maar ik zie niets. Ook Bisky lijkt niets gehoord te hebben; ze staat een eindje verderop wat struiken te besnuffelen. Het vertrouwde ge-oeh klinkt en ik glimlach. Het is gewoon die uil maar.

Mijn blik blijft nog even hangen op Bisky, die de struiken wel heel erg interessant vindt ruiken. Dan leest ze de buurtkrant, zei Insa altijd, waarop ik dan altijd antwoordde dat daar weinig in zou staan omdat hier nooit andere honden lopen.

Na de laatste slok melk kijk ik nogmaals naar de sterren. 'Dag, lieverd,' fluister ik. Na een laatste blik draai ik me om en loop terug naar de nog openstaande keukendeur. Dan hoor ik het opnieuw, het geluid van daarnet. Bevreemd blijf ik staan. Wat ís dat toch?

Ik zet mijn beker op de mat bij de deur en doe een paar stappen terug. Mijn blik gaat rond – de omtrekken van de gebouwen van de zeilschool zijn duidelijk te zien. Tussen het slaapgebouw en het botenhuis door kan ik een van de steigers zien, en de kalm dobberende boten die eraan liggen. Verder is er niets te zien. En toch kwam het geluid uit die richting, dat weet ik zeker.

Als ik voor de derde keer het geluid hoor – gefluister? – besluit ik te gaan kijken. Ik sommeer Bisky zacht om aan de voet te komen en met haar vlak naast me loop ik behoedzaam achter de recreatiezaal langs naar het slaapgebouw. Daar blijf ik even staan om moed te verzamelen en stap dan achter het gebouw vandaan.

Niets.

Was het dan toch mijn verbeelding? Te weinig slaap en te veel gepieker dat me nu parten gaat spelen? Ik kijk naar Bisky, die helemaal ontspannen naast me staat te wachten. Haar staart beweegt zachtjes heen en weer als ze mijn blik vangt. Als er iets was, dan zou zij wel aanslaan, toch? Of op zijn minst grommen, zoals ze deed toen Thymen naar binnen stond te gluren. Ik laat mijn blik nogmaals over de steigers gaan, maar er is echt niets te zien.

Ik adem diep in en laat de lucht in een lange zucht weer ontsnappen. Vermoeidheid. Dat moet het zijn. Ik slaap al twee jaar slecht en dat eist nu zijn tol. Bisky's ogen zijn nog steeds op me gericht en ik kijk haar aan. 'Ga je mee, weer naar binnen?' zeg ik. 'Dan mag je nog even bij me op bed slapen.'

Want een beetje genegenheid kan ik nu wel gebruiken.

Ik geef haar een aai over haar kop, kijk nog één keer naar de steigers en draai me dan om. Bisky vindt het best en draaft gehoorzaam naast me mee terug naar de nog openstaande keukendeur. Maar als ik achter haar aan naar binnen stap, hoor ik het geluid opnieuw. En deze keer ben ik er zeker van dat het zachte stemmen zijn. Ik blijf stokstijf staan als ik ook voetstappen hoor in de buurt van het slaapgebouw. Ik stap terug naar buiten en knijp mijn ogen tot spleetjes als ik wat zie bewegen. Twee mensen zijn het, concludeer ik, en het duurt even voordat ik besef dat het Roelie is die er naar binnen gaat, op de voet gevolgd door Menno.

-11-

Net als ik had Insa last van migraineaanvallen. Niet als kind; pas toen ze naar de middelbare school ging had ze regelmatig een dag dat ze volledig in het donker in bed de aanval onderging.

Zelf had ik een aantal jaar bij een neuroloog gelopen, waardoor de frequentie van de aanvallen door gerichte medicijnen werd afgezwakt. Ik wilde dus ook dat Insa naar een specialist ging.

Ze weigerde. En niet alleen dat weigerde ze, maar ook medicatie wilde ze niet slikken. Zonder enige vorm van pijnstillers doorstond ze de ene aanval na de andere.

Tot op de dag van vandaag weet ik niet waarom ze niets wilde slikken om de pijn draaglijker te maken, of met de hulp van een neuroloog het aantal aanvallen in hoeveelheid te verminderen. Ze vond alle medicijnen 'drugs' en wilde, zoals ze zelf altijd zei, haar lichaam daar niet aan blootstellen.

Elke keer als ik haar tijdens een aanval in bed zag liggen, had ik medelijden met haar. Gerlof niet. Hij vond het vervelend dat ze behept was met dezelfde zware migraine als ik, maar vond ook dat de heftige pijn haar eigen schuld was omdat ze alle vormen van hulp weigerde.

Soms vraag ik me af of ze die aanvallen niet simuleerde. Ik weet zelf wat het is, de hoofdpijn waarbij het lijkt alsof je schedel gelicht wordt en er hete naalden in je hersenen worden gestoken. Dat onderging Insa ook, zonder pijnstilling. En Insa was bepaald geen held als het op pijn aankwam. Het zou ook verklaren waarom ze die medicijnen niet wilde slikken.

Maar wat zou de reden daarvoor zijn geweest?

Bij het stafontbijt de volgende ochtend is Roelie niet aanwezig. Menno wel. Hij zit op zijn gebruikelijke plaats aan de tafel en roert in een beker thee. Op het bord voor hem ligt een onaangeroerde boterham met kaas. Zijn gedachten zijn blijkbaar ver weg en zijn blik is totaal nietszeggend. Waarom was hij afgelopen nacht buiten met Roelie? En waarom was hij met haar het slaapgebouw in gegaan?

'Waar is Roelie?' vraag ik. Ik doe het voorkomen alsof de vraag voor iedereen bedoeld is, maar mijn ogen blijven op Menno gericht.

'Vast verslapen,' zegt Silke. 'Zal ik even gaan kijken?'

'Doe ik wel,' zegt Thymen. Hij steekt de laatste hap van zijn brood in zijn mond en staat op.

Maar Menno is sneller. 'Laat maar,' zegt hij, terwijl hij het lepeltje waarmee hij in de beker roerde op tafel laat vallen. 'Ik moet toch een kraan repareren in de douches.' Zijn blik houdt die van Thymen een paar seconden vast, dan staat hij op.

'Weet je het zeker?' vraagt Thymen.

'Hoezo?' zegt Menno.

'Nou, het is wel haar slaapkamer. Privé, snap je?'

Menno zegt niets, maar kijkt naar Thymen met een giftige uitdrukking in zijn ogen. Waar komt dat toch ineens vandaan? Ze werken nu al een paar jaar samen en ik heb nooit eerder gemerkt dat ze elkaar niet mogen.

Thymen heeft zich intussen weer op zijn stoel laten zakken en een beschuit uit de rol gevist. Menno's blik lijkt hem weinig te doen en zonder nog naar hem te kijken, schraapt hij wat boter uit het kuipje.

Ik zie Menno de ontbijtzaal verlaten. Eigenlijk heeft Thymen gelijk, Menno kan niet zomaar Roelies kamer binnenlopen, net zoals hij dat zélf ook niet zondermeer kan doen. Snel sta ik op en haast me achter hem aan. Hij is inmiddels al buiten en op een holletje haal ik hem in als hij net de deur naar het slaapgebouw openduwt.

'Menno,' zeg ik half buiten adem.

Hij draait zich om.

'Wacht even.'

Geduldig blijft hij staan, maar in zijn ogen lees ik dat hij het liefst zo snel mogelijk zou doorlopen.

'Misschien is het beter als ik even ga kijken,' zeg ik.

'Waarom?'

'Omdat...' Mijn gedachten gaan naar de vorige avond. Toen was hij hier ook naar binnen gegaan, achter Roelie aan.

Het gebouw in, ja, maar dat wil niet zeggen dat hij in haar kamer is geweest. 'Ik weet niet of Roelie het fijn vindt als jij haar komt wakker maken,' zeg ik.

Hij knijpt zijn ogen half dicht en staart me tussen zijn wimpers door aan.

Als hij denkt me daarmee te intimideren, heeft hij het goed mis, en ik beantwoord zijn blik koeltjes. 'Of ben je al eerder in haar kamer geweest?' ga ik verder.

Nu trekt hij zijn wenkbrauwen op. 'Hoezo?' vraagt hij.

Dat is niet echt een antwoord op mijn vraag, maar toch hap ik. 'Ik zag je hier vannacht naar binnen gaan. Met Roelie.'

Hij zwijgt, zijn blik onbewogen. Of dat is omdat hij niet weet wat hij moet zeggen of omdat hij een smoes wil verzinnen, weet ik niet. Ik blijf hem aankijken en wacht op antwoord.

'Ze voelde zich... ziek,' zegt hij dan.

'Ziek,' papegaai ik. 'En toen ging ze jou halen?'

'Nee, ik ging... Ze kwam...' Hij valt stil, haalt zijn hand door zijn stugge, korte haar. Dan zucht hij diep. 'Ik zag haar buiten lopen en ben naar haar toe gegaan,' zegt hij, zijn woorden zorgvuldig kiezend. 'Ze zei dat... ze niet lekker was. Misselijk, en zo. Ik ben toen even bij haar gebleven en nadat ze aangaf dat het wel weer ging, heb ik haar naar haar kamer gebracht.'

'Midden in de nacht,' stel ik retorisch vast. 'Jij sliep dus niet?'

'Ik heb niet zo veel slaap nodig,' mompelt hij.

Tuurlijk niet.

'Waarom zei je dat niet meteen, toen ik vroeg waar Roelie was?' vraag ik.

'Omdat ik haar privacy niet wil schenden,' bijt hij me ineens toe. 'Oké?'

Ik reageer niet meteen, probeer in te schatten of hij de waarheid vertelt of niet. 'Prima,' zeg ik uiteindelijk. 'Maar als zoiets nog eens gebeurt, heb ik graag dat je me even inlicht. Oké?' Dat laatste woord komt er behoorlijk sarcastisch uit.

Hij knikt.

'Ga maar aan je werk,' zeg ik. 'Ik kijk zelf wel even bij Roelie.'

Nogmaals knikt hij en na een korte aarzeling loopt hij weg.

Ik kijk hem peinzend na. Ik krijg echt geen hoogte van die man. Al vanaf de eerste dag niet. Gerlof kon goed met hem overweg, geloof ik, maar op een of andere manier krijg ík geen connectie met hem, alsof hij zich afsluit en het hem niets kan schelen dat mensen hem een hork vinden. En of het waar is wat hij vertelde over dat ziek zijn van Roelie weet ik niet, maar daar kom ik gauw genoeg achter.

'Roelie?' Zacht klop ik op haar kamerdeur en wacht op een reactie. Maar die komt niet; achter de deur blijft het doodstil. 'Roelie?' probeer ik weer en opnieuw klop ik op de deur, nu wat harder. 'Ben je wakker?'

Niets.

Aarzelend wacht ik even. Geen enkele deur in het slaapgebouw kan op slot. Dat is in principe ook niet nodig; het zijn hoofdzakelijk slaapzalen voor meerdere personen. Alleen het tijdelijke personeel zoals Roelie heeft een eigen kamer. Maar ook daar zit geen slot op de deuren.

Voorzichtig duw ik de kruk omlaag en open de deur op een kier. Het is donker in de kamer; blijkbaar zijn de gordijnen helemaal gesloten. Bovendien speelt mee dat de kamer aan de westkant van het gebouw ligt.

'Roelie?' zeg ik voor de derde keer.

Nu hoor ik zacht geritsel van het beddengoed.

'Ben je in orde?' vraag ik.

'Nee,' klinkt het bedompt. 'Ik voel me ziek. Laat me maar.'

'Weet je dat zeker?' Ik loop de kamer door naar haar bed. Ze ligt diep verscholen onder het dekbed, zodat ik alleen een plukje haar kan ontwaren. 'Moet ik een dokter laten komen?'

'Nee!' Het klinkt zo fel dat ik ervan schrik.

'Maar wat heb je dan?' vraag ik.

Er komt geen antwoord.

'Roelie?'

Het dekbed beweegt, maar ze komt er niet onder vandaan. 'Hoofdpijn,' klinkt het dan schor. 'Ik heb heel erge hoofdpijn. En ik ben misselijk.'

Dat klinkt maar al te bekend. Migraine. 'Heb je dat vaker?' wil ik weten, terwijl ik me op de rand van haar bed laat zakken.

Het duurt een kort moment voordat ze reageert. 'Soms.'

Ik kijk naar de opgerolde Roelie onder het dekbed, wat me ineens een raar gevoel geeft. 'Heb je er medicijnen voor?'

Er klinkt een zacht gegrom als antwoord.

'Moet ik pijnstillers halen?' vraag ik.

'Die heb ik al ingenomen,' zegt ze. 'Laat me nou maar, het gaat wel weer over.'

Ik zwijg even. Ze is niet echt mededeelzaam, maar dat kan ook door de migraine komen.

'Oké,' zeg ik. 'Dan laat ik je alleen. Als je iets nodig hebt, dan weet je me te vinden, hè?'

Opnieuw een zacht gegrom, dat ik maar als een bevestiging interpreteer. Ik leg kort mijn hand op wat ik denk dat Roelies schouder is en sta dan op. Na een laatste blik verlaat ik haar kamer.

Ik heb geen honger en nadat ik een kop koffie heb gepakt, ga ik in mijn eentje aan een leeg tafeltje in de recreatiezaal zitten. De cursisten druppelen een voor een binnen voor het ontbijt en zelf heb ik nog een momentje voordat het overleg voor de dagplanning begint.

Door het grote luik zie ik Walt bezig alles klaar te maken; andere medewerkers van de keukenploeg lopen heen en weer om diverse schalen op de buffettafel te zetten zodat iedereen naar behoefte een ontbijt kan samenstellen. Er is van alles, van koud tot warm, van gebakken spek tot *scrambled eggs*, zoet en hartig beleg, van geroosterd brood tot bruine puntjes. En natuurlijk is er ook van alles te drinken.

Met een goed gevoel kijk ik toe. Ik heb het gemist, deze drukte, en ik ben blij dat dit seizoen alle cursussen en zeilweken weer volgeboekt zijn. Het enige wat mijn stemming overschaduwt is Marije. Ik krijg de gedachte aan haar maar niet uit mijn hoofd. Terwijl ik haar helemaal niet zo goed kende, daarvoor was ze te kort hier geweest. Maar toch laat het me niet los.

En dan Roelie. Een stemmetje in mijn achterhoofd fluistert me in dat er meer aan de hand is dan een migraineaanval. De manier waarop Roelie praatte, bijvoorbeeld. Als ik een aanval heb is elk woord dat ik zeg te veel.

‘We zitten op je te wachten,’ klinkt het naast me.

Het is Thymen, die op de stoel naast me is geschoven en me onderzoekend aankijkt.

‘Wat?’ zeg ik.

‘Het overleg,’ verduidelijkt hij. ‘Het is al bijna tien over acht.’

Mijn blik schiet naar de klok boven het luik naar de keuken. Hij heeft gelijk. En we beginnen altijd om acht uur. Heb ik zo lang in gedachten gezeten?

‘Gaat het wel?’ vraagt Thymen.

‘Ja, hoezo?’ zeg ik, terwijl ik opsta.

Thymen blijft zitten en kijkt naar me op. ‘Ik vind je er niet zo goed uitzien.’ Zijn blik gaat over me heen alsof hij me keurt. Het geeft me een ongemakkelijk gevoel, net als toen hij bij me in huis was.

‘Ik voel me prima,’ zeg ik. ‘Zullen we gaan?’

Even nog blijft hij zitten. ‘Ik ben alleen maar bezorgd,’ licht hij toe als hij ten slotte ook opstaat.

‘Dat is lief, maar nergens voor nodig.’

Hij grijnst. ‘Maar ik bén ook heel lief,’ zegt hij, terwijl hij twee vingers zacht over mijn wang laat glijden.

Ik duw zijn hand weg. ‘Niet doen,’ zeg ik.

‘Niet? Maar je vindt het fijn, toch?’ Hij kijkt me strak aan en lacht zijn scheve lachje.

Op een of andere manier betovert hij me, met zijn blik, zijn houding, en kan ik hem alleen maar aanstaren. De plezierige tinteling probeert zich weer in mijn buik te nestelen, maar ik verdring het.

‘Niet fijner dan de tandarts,’ zeg ik koeltjes.

Nu lacht hij hardop. ‘Touché,’ zegt hij.

Ik reageer er niet op en loop in de richting van het vergaderzaaltje. Thymen volgt me op de voet en net als ik naar binnen wil gaan voel ik zijn hand op mijn rug. ‘Maar de tandarts kan van tijd tot tijd best fijn zijn,’ fluistert hij in mijn oor.

-12-

Een van Insa's mooie eigenschappen was dat ze goed kon delen. Ze was dan wel een kind dat vaak de aandacht opeiste, die wensen had die ver voorbij onze middelen reikte, maar het was nooit zo dat ze alles wat ze kreeg ook helemaal voor zichzelf hield.

Ik weet nog goed die keer dat ze voor haar verjaardag een pop wilde hebben. Een heel mooie, die Gerlof – en toegegeven, ik ook – veel te duur vond, en dat vertelden we haar dan ook. Ze zou zes worden en zo veel geld uitgeven aan een cadeau waar ze misschien na een paar jaar op was uitgekeken, ging ons te ver. Wel mocht ze een andere pop uitzoeken, een wat goedkopere.

Eerst was ze behoorlijk kwaad en bleef ze zeuren om die ene pop. Maar niet lang voor haar verjaardag kwam ze bij me en zei dat ze een andere pop had uitgekozen. Ze liet me het plaatje zien op internet. Deze pop was kwalitatief goed, maar een flink stuk goedkoper. Bovendien waren het er twee: een baby-tweeling. Ze leek helemaal verliefd.

Toen er na haar verjaardag, kort nadat ze bij een vriendinnetje was gaan spelen, een van de twee poppen ontbrak, vertelde ze me dat de ouders van dat vriendinnetje 'geen centjes' hadden voor nieuw speelgoed en dat ze altijd de oude spullen van haar drie oudere zussen kreeg. En daar zat maar één pop bij, die van ellende uit elkaar viel. En dus had ze een van haar tweeling-baby's aan het vriendinnetje gegeven.

Zo was Insa.

Het is wederom prachtig weer. De temperatuur is hoog, maar een aangename bries brengt de nodige verkoeling. Er is geen wolkje aan de lucht te bekennen. De cursisten vermaken zich allemaal prima en de lessen verlopen plezierig, ook voor de instructeurs.

Vanaf een van de bankjes van de picknicktafels kijk ik naar de boten op het meertje. Ik kan zien dat de meeste cursisten er wat hun techniek aangaat op vooruit zijn gegaan de afgelopen dagen en dat doet me goed. Vooral het leren zeilen in combinatie met de plezierige verzetjes die we organiseren in zo'n cursusweek kan mensen doen besluiten een vervolgcursus te boeken, of anderen aan te raden ook een cursus bij ons te volgen. En dat hebben we nodig; een volgeboekte zomer is beslist het begin om het bedrijf weer te laten bloeien, maar nog wat goede seizoenen erachteraan zou fijn zijn.

Achter me hoor ik gezucht en ik draai me naar de tafel waaraan mijn jonge leerlingen een in een stripverhaaltje gegoten test zitten te maken om te kijken of ze de theorie goed hebben begrepen. Niet dat het heel belangrijk is; theorie leren ze het best door het te doen. Op het water, dus. Maar omdat de kinderen in dit groepje nogal verschillen in hoe ze kennis opnemen, leek het me verstandig om te kijken hoe groot die verschillen in de praktijk zijn.

'Klaar!' roept Sterre, met haar zeven jaar de jongste van de groep.

Dat zij de eerste is verbaast me niets. Sterre is behoorlijk pienter, zowel qua theorie als praktijk. Nog even en ze kan er in haar eentje op uit in een Optimist. Met een instructeur in een andere boot in de buurt, dat wel, maar voor Sterre zal dat het hoogtepunt van het zeilkamp zijn.

Het duurt niet lang voordat de rest ook klaar is. Ik neem de blaadjes met de antwoorden in en bekijk ze vluchtig. Er is niet veel tijd voor nodig om te zien dat ik ze stuk voor stuk allemaal goed heb ingeschat en nadat ik de testjes terug heb gegeven, begin ik met de bespreking.

'Oké, we gaan het hebben over voor de wind varen,' zeg ik. 'Dat lijkt makkelijk, maar dat is het natuurlijk niet. Waarom niet?' Ik kijk hen een voor een aan en tot mijn verbazing is het niet Sterre die als eerste antwoordt, maar Mark van negen.

'Omdat het grootzeil met een joekel van een klap naar de andere kant kan vliegen als je maar een klein beetje je koers verandert.'

'Precies. Dat noemen we...'

'Gijpen!' roepen ze in koor.

'Helemaal goed,' zeg ik. 'En dat gaat altijd met geweld. We moeten dus goed opletten dat de wind pal van achteren komt, of iets schuin van opzij. Maar...?' Ik kijk de groep vragend rond.

'Als de wind een beetje schuin van opzij komt, moet dat niet aan de kant zijn waar het grootzeil staat,' zegt Sterre.

Ik knik goedkeurend. 'En hoe noemen we dat, als het grootzeil naar de andere kant slaat?'

'Klapgijp!' roepen ze weer allemaal tegelijk.

Ik glimlach om hun enthousiasme en werp een blik op het papier voor me om te zien welke vraag ik er nu kan uitlichten. Juist op dat moment zie ik vanuit mijn ooghoeken dat Thymen zijn boot heeft afgemeerd en samen met Amanda de steiger op stapt. Ze zien er ontspannen uit en lachen om iets wat alleen zij weten. Beiden hurken neer bij een van de bolders en ik zie Thymen naar een van de lijnen wijzen die waarschijnlijk door Amanda is vastgemaakt. Ze knikt. Glimlacht. Thymen glimlacht terug, legt zijn hand op haar knie en laat hem daar even liggen. Dan komen ze weer overeind.

'Hester?'

Met een ruk kijk ik opzij.

'We hebben nog lang niet alle vragen gedaan,' zegt Sterre. 'En we willen zo ook nog even varen.'

'Ja,' zeg ik meteen. 'Natuurlijk. Sorry, jongens, ik dacht even aan andere dingen.' Ik glimlach. 'Maar dat is geen excuus. Kom op, die andere vragen doen we morgen wel.' Ik leg mijn pen op de papieren die voor me liggen en kom overeind. 'We gaan nu eerst lekker het water op!'

Een paar uur later – het zal tegen vier uur lopen – zijn we weer terug. Het ging buitengewoon goed en ik weet bijna zeker dat ik van alle kinderen uit dit groepje aan het eind van de vakantie hun vorderingenstaat volledig kan afkruisen en ze hun allereerste CWO-certificaat kunnen ontvangen.

Terwijl ik de steiger op en neer loop, geef ik aanwijzingen bij het nachtklaar maken van de boten, maar het blijkt amper nodig. Ze gaan heel geroutineerd te werk en niet veel later staan ze in hun oranje reddingsvesten om me heen.

'Dat ging heel goed,' complimenteer ik de groep en ik zie hen glunderen.

'Wanneer gaan we nachtzeilen?' De vraag komt van Mees. Op Sterre na is hij de meest leergierige uit de groep. Zelfs zijn tweelingzusje Merel is een stuk minder fanatiek, hoewel ze echt niet achterloopt op de anderen.

'Je wil dat erg graag, hè?' zeg ik lachend.

Hij knikt driftig, waardoor zijn vochtige krullen op en neer bewegen. 'Lijkt me vet!'

Ongetwijfeld.

'Voordat jullie weer naar huis gaan, zullen we vast wel een keertje gaan nachtzeilen,' zeg ik.

'Morgen?' vraagt Merel met een hoopvolle blik.

'Dat denk ik niet.'

'Overmorgen?'

Ik leg even mijn hand op haar hoofd. 'We zullen zien. Nu eerst allemaal even douchen en omkleden. Daarna mogen jullie tot het eten doen wat jullie zelf willen.'

'Nachtzeilen,' mompelt Mees.

'Dat weet ik,' zeg ik, terwijl ik hem zachtjes achter de anderen aan duw. 'Nog even geduld, man.'

Harde stemmen doen me verbaasd opzijkijken, maar ik zie niets. Ook de kinderen zijn blijven staan en werpen een blik om zich heen.

'Waar bemoei je je mee, ouwe?' klinkt het.

Ik herken de stem van Thymen, gevolgd door een andere stem: 'Beschouw het gewoon als een waarschuwing.'

Menno.

'Ach man, flikker op met je waarschuwing!' Thymens stem klinkt dreigend en het lijkt me ineens van groot belang dat ik tussenbeide kom. Ik spreid mijn armen en dirigeer de kinderen op die manier naar de deur van het slaapgebouw. 'Gaan jullie maar snel douchen,' zeg ik. 'Dan kunnen jullie daarna een stuk fruit bij Walt in de keuken gaan halen.'

Dat willen ze wel en zonder morren verdwijnen ze achter elkaar aan naar binnen. Ik draai me om en dan klinkt opnieuw Menno's stem: 'We kunnen het ook op een andere manier oplossen, als je dat liever hebt?' Het klinkt kalm, maar ik hoor heel duidelijk dezelfde dreiging als in Thymens stem.

'En wat bedoel je daarmee?' hoor ik Thymen vragen. 'Dat je het me gaat laten voelen, of zo?'

Ik kijk rond en zie ze dan staan, naast het botenhuis. Thymen staat intimiderend vlak voor Menno, maar die reageert daar niet op. Zijn armen hangen langs zijn lichaam, zijn handen tot vuisten gebald. Vijandigheid hangt als een zwaard tussen hen in. Nog even en het draait op een heus gevecht uit.

Maar dat is iets wat ik dus niet accepteer. Niet hier, niet op de zeilschool. Er lopen verdomme jonge kinderen rond! Met grote passen haast ik me het terrein over en duw de twee kemphanen uit elkaar.

'Kappen!' bijt ik hun toe. 'Allebei!'

Mijn blik gaat van de een naar de ander. Bij zowel Thymen als Menno zie ik de woede in hun ogen en als ik zelf niet zo nijdig was, zou ik er bijna bang van worden. 'Zijn jullie nou volwassen?' snauw ik.

'Hij is gewoon een bemoeizuchtige ouwe lul,' protesteert Thymen terwijl hij opnieuw dreigend naar voren komt.

'Stop daarmee!' blaf ik hem toe. Ik pak hem bij zijn arm en trek hem ruw bij Menno vandaan. 'Je behoort tot de staf, gedraag je daarnaar, of anders kun je vertrekken!'

Menno wil iets zeggen, maar nu werp ik hém een woedende blik toe. 'En dat geldt ook voor jou! Na alle jaren die je hier nu werkt zou jij toch op zijn minst beter moeten weten!'

'Ik wilde hem alleen maar waarschuwen,' gromt Menno. 'Meer niet.'

'Waarvoor?' wil ik weten.

Menno werpt me een blik toe die ik niet thuis kan brengen en kijkt dan met smeulende ogen naar Thymen. 'Dat mag hij je vertellen,' zegt hij. 'Ik heb werk te doen.'

Een moment lang houdt zijn blik die van Thymen vast, dan draait hij zich om en loopt van ons weg. Eigenlijk wil ik achter hem aan gaan – zijn gedrag is echt beneden alle peil – maar ik doe het niet. In plaats daarvan kijk ik nijdig naar Thymen. Om zijn lippen speelt dat nonchalante lachje van hem en zijn ogen twinkelen.

'O, je vindt dit leuk?' zeg ik scherp.

Hij haalt een schouder op. 'Niet bepaald,' reageert hij. 'Maar het is wel aandoenlijk, dat moet je toegeven.'

Aandoenlijk? Zei hij dat écht?

'Ik zou maar eens wat meer respect tonen voor Menno,' zeg ik ijzig. 'Hij werkte hier al toen jij nog in luiers rondliep.'

Opnieuw dat scheve lachje, alleen nu iets minder zelfverzekerd. 'Dat is overdreven,' zegt hij. 'Hij kwam hier pas na de geboorte van Silke.'

'Is dat je verdediging?' vraag ik. 'Mij corrigeren? Want dan vertel ik je nu vast dat je mij daarmee behoorlijk tegen je in het harnas jaagt.'

Nu is het lachje verdwenen. Hij haalt zijn hand door zijn haar en kijkt even van me weg. Dan zoekt hij mijn blik weer. 'Ik moet hem gewoon niet,' zegt hij dan.

Alsof dat nog niet duidelijk was.

'En dus zoek je na zeven jaar ineens de confrontatie?' Ik schud mijn hoofd.

'Helemaal niet,' gaat hij ertegenin. 'Hij begon.'

'Kom op, Thymen, je bent geen kleuter meer, hè?' zeg ik. 'Iets moet hem hebben uitgelokt. Waarvoor wilde hij je waarschuwen?'

Mokkend steekt hij zijn handen in de zakken van zijn short. 'Hij vindt dat ik te veel aan de meiden zit.'

Dat had ik kunnen weten. Zoals Menno laatst keek toen Thymen op de steiger Amanda's schouder aanraakte; iedereen kon zien dat dat niet toevallig was, dat hij dat bewust deed. Als Menno vanmorgen toevallig ook had gezien dat Thymen zijn hand op Amanda's knie had gelegd, dan kon dat voor hem weleens de aanleiding zijn geweest om er wat van te zeggen.

Schuldgevoel welt in me op. Eigenlijk ben ik degene die dat had moeten doen. Vooral omdat Amanda niet het enige meisje is bij wie hij dat doet.

'Hij heeft gelijk,' zeg ik.

Met zijn hoofd een beetje schuin kijkt Thymen me aan. 'Vind je?'

'Er is een verschil tussen aanraken en betasten, Thymen,' zeg ik.

'En ik "betast" de meiden dus.' Het is geen vraag, maar een constatering.

Ik geef geen antwoord, kijk hem alleen maar aan.

'Dus dit...' Hij legt zijn hand op mijn schouder en vervolgt: '... is aanraken?' En voordat ik kan antwoorden: 'En dit...' Zijn vinger glijdt over mijn wang tot helemaal onder mijn kin, '... is betasten?'

Een kort moment ben ik te verbluft om te reageren. Dan sla ik zijn hand weg en hij lacht daar hartelijk om.

'Ik wilde je alleen maar het tandartsgevoel geven,' zegt hij.

'Dit is niet iets om grapjes over te maken,' bijt ik hem toe. 'Als je een aanklacht aan je broek krijgt vanwege ongewenste intimiteiten, hoef je niet bij mij aan te kloppen. Ik ga er echter van uit dat het niet zo ver komt, want je stopt vanaf nú met dat geflirt met cursisten, begrepen?'

'Volkomen,' zegt hij, zijn ene mondhoek opgetrokken tot zijn bekende scheve grijns.

Hij neemt me niet serieus, dat is overduidelijk.

'Echt,' zegt hij. 'Geloof me, ik zal mijn handen thuishouden, zoals Menno het zo goed verwoordde. O nee, dat hoorde jij niet. Dat zei hij toen hij zonder waarschuwing mijn pols behoorlijk agressief vastpakte.'

'Begin niet weer, Thymen,' zeg ik. 'Hou er gewoon mee op en je hebt ook geen last meer van Menno.'

'Wel van jou?'

Met een boze blik kijk ik naar hem op.

'Oké, oké,' zegt hij met zijn handen omhoog in een sussend gebaar. 'Sorry. Maar ik vind Menno gewoon een irritante vent. Hij sluipt rond en zegt amper wat.'

'Sluipt rond?' vraag ik.

'Regelmatig en op de gekste tijden. Het zou me niks verbazen als hij wat te maken heeft met dat gedoe rond Marije.'

'Met haar dood, bedoel je?'

Nu lacht hij niet meer. 'Híj heeft haar naar het ziekenhuis gebracht, die dag, toen ze haar enkel bezeerde. Hij zegt wel dat hij dat niet meer weet, maar ík weet het nog wel.'

'Nou en?' vraag ik. 'Je beschuldiging is wel een beetje voorbarig, Thymen. Bovendien is iets even niet meer weten toch geen reden om hem meteen te verdenken?'

'O nee?' zegt hij. Met fonkelende ogen kijkt hij me aan. 'Ik zag hem anders ook met Insa, de dag voordat ze verdween.’

Een drukkende stilte daalt tussen ons neer. Ik weet niet precies wat ik hiervan moet vinden, maar ik voel het kippenvel over mijn armen trekken.

‘En?’ vraag ik kil. ‘Insa kon het goed met Menno vinden. En dat is logisch. Ze kende hem haar hele leven.’

Thymen zegt niets. Hij wendt zijn blik af en lijkt ineens onzeker.

‘Of is er iets wat ik niet weet?’ vraag ik.

Nu kijkt hij me wel aan. ‘Nee, nee,’ zegt hij. ‘Niets.’

-13-

Timo vroeg zich af of het wel verstandig was wat Amanda wilde doen. Behalve het feit dat hij helemaal nog niet wist hoe hij het moest aanpakken als ze bij dat huis kwamen, was hij ook bang dat de politie hem in de gaten hield na dat gesprek op het bureau. Hoewel het gesprek voornamelijk over Marije was gegaan, en indirect ook een beetje over Insa, voelde hij zich nu behoorlijk onzeker. Ze mochten nooit te weten komen waar Insa en hij geweest waren. Nooit. En al hadden ze hem gezegd dat dat gesprekje uitsluitend nodig was geweest omdat hij en Marije op dezelfde school hadden gezeten, vertrouwde hij het voor geen meter.

Zijn vader, die meteen een berg vragen op hem had afgevuurd zodra hij was thuisgebracht, had het blijkbaar plausibel genoeg gevonden – net als Insa's moeder was hij er niet verder op doorgegaan. Maar wat moest hij met Amanda, nu ze met hem mee naar dat huis wilde gaan? Wat kende hij haar nou?

Toch had ze hem het gevoel gegeven dat ze te vertrouwen was, die keer dat ze samen met hun rug tegen die schuur hadden gezeten. En toen ze naar hem toe was gekomen nadat hij na het verhoor door een politiewagen was teruggebracht, had hij haar over Insa verteld. Dat zij zijn beste vriendin was geweest. Over haar dood en dat hij haar zo miste. Over het huis waar Insa hem mee naartoe had genomen. Dat ze hem gezegd had dat ze daar naar binnen wilde omdat ze informatie nodig had die ze alleen daar zou kunnen vinden. Dat hij haar dat uit haar hoofd had willen praten. Dat ze er ruzie om gekregen hadden. En dat hij nu weer naar dat huis wilde omdat – en daar had hij de waarheid een beetje verdraaid – hij haar daar had achtergelaten en afscheid wilde nemen. Hij vond het zelf nogal zoetsappig klinken, maar Amanda had gezegd dat ze dat begreep. En toen had ze voorgesteld samen met hem naar dat huis toe te gaan.

Daar had hij even over nagedacht. Het was hoe dan ook zijn plan geweest, maar zonder Amanda was het dat misschien ook wel gewoon gebleven: een plan. Toen zij het voorstelde werd het ineens echt, kwam het dichterbij, en dat beangstigde hem. Stel dat ze de waarheid ontdekte?

'Alleen maar even kijken,' had Amanda op hem ingepraat.

Alleen maar even kijken.

Woorden van die strekking had Insa ook gezegd, toen ze hem vertelde dat ze dat huis binnen wilde gaan om informatie over Menno te zoeken. Bewijzen. Waarvan, dat wist hij niet, dat had ze hem nooit verteld. Want zo was Insa: ze hield van geheimpjes, vooral als ze die zelf had.

'Je weet niet wie er woont?'

Hij schrok op uit zijn overpeinzing en keek opzij naar Amanda, die naast hem achter het stuur van haar auto zat. Het was een oud ding, maar dat hinderde niet. Het gaf hem hoe dan ook een veilig gevoel. Veiliger dan op de fiets.

Hij schudde zijn hoofd. 'Dat heeft ze me nooit verteld.'

'Misschien is het een goed idee om dan eerst maar eens te kijken welke naam er op de brievenbus staat,' zei ze, terwijl ze de auto over het smalle landweggetje stuurde.

'En dan?' vroeg hij.

Ze haalde een schouder op en keek hem toen van opzij even aan. 'Misschien is het toch een BN'er en wilde je vriendinnetje alleen maar een handtekening.' Ze grijnsde.

Timo kon er niets aan doen dat hij moest lachen. Amanda was gewoon zo relaxed, en gek genoeg voelde hij zich op zijn gemak bij haar.

'Je rijdt toch niet die oprit op, hè?' vroeg hij, toen ze langs het veldje met de stacaravan reden.

'Waarom niet?' vroeg ze.

'Dan zien ze ons aankomen!'

'Nou en? Als iemand wat vraagt, zijn we gewoon de weg kwijt. Heel logisch, vooral omdat dit pad vlak voor dat huis eindigt en we niet met de auto dat fietspad op kunnen.'

'En dan?' wilde hij weten. Het leek ineens helemaal geen goed idee meer om bij dat huis te gaan kijken. Stel dat iemand hem herkende? De bewoner?

'Volgens mij is er niemand thuis,' klonk Amanda's stem.

Met een ruk keek hij op en wierp een nerveuze blik door het raampje naar buiten. Amanda had haar auto door het openstaande toegangshek over de met grind bedekte oprijlaan helemaal tot aan het huis gereden. 'Hoe weet je dat?' vroeg hij.

Ze gaf geen antwoord, maar opende haar portier en stapte uit.

Timo wierp opnieuw een blik op het huis. Het leek groter en dreigender dan de vorige keer dat hij hier was. Het had iets sinisters. Hij wist niet waarom, het voelde gewoon zo, al kon dat natuurlijk ook komen door Insa. Door wat hij gedaan had.

Kippenvel trok ineens over zijn armen terwijl hij terugdacht aan die avond. Meteen smeet hij het portier open en haastte zich de auto uit.

Amanda stond naast de auto en keek rond. 'Er is echt niemand thuis.'

Hij liet zijn ogen over het huis gaan. Het zag er anders uit dan toen hij hier met Insa was. Grijs en koud. Doods. Alsof er niet in geleefd werd.

'Kom,' zei Amanda.

'Waarheen?' vroeg hij.

'Even op het naambordje kijken.' Ze liep voor hem uit naar de voordeur.

Het liefst wilde hij hier weg. Het voelde niet goed. Hij had geen flauw idee wie hier woonde, en eigenlijk wilde hij dat ook niet weten. Hij zag Amanda het stoepje naar de voordeur op stappen en vooroverbuigen naar de brievenbus.

Juist op dat moment knerpte het grind achter hem. Met een ruk draaide hij zich om en zag een glimmende auto aan komen rijden. Een nachtblauwe Cupra. Elektrisch, anders had hij hem vast eerder gehoord.

Ook Amanda had zich omgedraaid en keek vol belangstelling naar de auto, die vlak voor hen stopte. Hij begreep niet hoe ze zo kalm kon blijven. Hijzelf scheet zeven kleuren en kon niet stoppen met van zijn ene op zijn andere voet wippen.

Stel dat die vent hem toen met Insa had gezien!

Er stapte een man uit van een jaar of zestig. Zijn haar was kort en grijzend bij de slapen en hij glimlachte naar hen. Het gaf Timo de kriebels.

'Kan ik jullie helpen?' vroeg de man. Zijn stem klonk zacht en kalm. Dreigend, vond Timo.

'Wij, eh... wilden de weg vragen,' zei Timo snel.

'Waarnaartoe?'

'Naar eh...' begon hij, maar hij kon zo gauw niets verzinnen.

'De Spar,' redde Amanda de situatie. 'Die moet hier ergens in de buurt zijn, toch? Maar we kwamen hier uit en de weg gaat over in een fietspad.'

De man knikte. 'Er zit een Spar in het dorp.' Hij draaide zich om en wees. 'Het pad terug volgen tot de doorgaande weg, daar rechts afslaan. Doorrijden tot de T-splitsing, daar weer naar rechts. Een eindje verder vind je het dorp. Er staan wegwijzers, maar als je de tweede straat naar links neemt, kom je er vanzelf.'

Amanda wierp de man een brede lach toe. 'Dank u wel,' zei ze. En terwijl ze rondkeek: 'U woont hier mooi.'

'Je bent niet de enige die dat zegt,' reageerde de man. 'Alleen mijn zoon is het er niet mee eens. Hij vindt het te afgelegen. Een van de redenen dat hij regelmatig bij zijn moeder woont.'

‘Het lijkt mij juist fijn,’ zei Amanda. ‘Geen last van je buren. En niemand die ziet wat je uitspookt.’

Timo stikte bijna. Waarom zei ze dat nou?

De man lachte hardop. ‘Nee, dat is waar. Maar ik heb daar niet zo’n erg in, ik maak lange dagen op mijn werk.’

‘Dan, eh… gaan we nu maar,’ bracht hij uit. Het leek er niet op dat de man hem herkende, maar je wist nooit.

‘Dat zou ik maar doen,’ zei de man. ‘Het is hier het platteland, hè? De Spar sluit om zeven uur. En dat is over tien minuten.’

‘Ja,’ zei Amanda. ‘Dat weten we. Nogmaals bedankt.’ Ze pakte Timo bij zijn mouw en trok hem mee naar haar auto.

Toen ze de oprit af reden keek Timo nog even om; de man stond bewegingloos bij zijn voordeur en staarde hen na.

-14-

Soms denk ik dat Insa hypergevoelig was. Niet op de manier zoals het tegenwoordig wordt bedoeld, in de zin van dat ze subtiele signalen van anderen snel oppikte, maar gewoon wat betreft haar emoties. Ik weet nog dat onze allereerste kat overleed. Moortje. Een zwart-witte kater die we in huis namen vlak voordat Jort werd geboren. Hij was toen vijf jaar oud. Al vanaf dat Insa een baby was, hadden zij en Moortje een speciale band. Hij sliep altijd bij haar op bed en volgde haar over het terrein zodra ze kon lopen.

Insa was acht toen Moortje ernstig ziek werd. Hij was toen al op leeftijd en het meest humane wat we konden doen was hem laten inslapen. Ik heb nooit meer dat diepe verdriet bij haar gezien. Ze was ontroostbaar en nadat we Moortje zijn eigen plekje in de tuin hadden gegeven, was ze ervandoor gegaan. Gerlof zei dat we haar maar even moesten laten gaan; we konden haar op dat moment niet helpen om haar verdriet te verwerken. Ze liet zich urenlang niet zien.

Toen we tegen de avond met cursisten de boten nachtklaar aan het maken waren, dook ze weer op, aan de hand van Menno. Hij had haar achter het botenhuis gevonden, huilend, en hij had haar getroost. Later vertelde hij aan Gerlof dat ze haar hart bij hem had uitgestort over Moortje, haar liefste vriend. En hij had alleen maar geluisterd, met zijn arm om haar heen.

Vanaf die dag waren Menno en Insa twee handen op één buik.

Na het avondeten en de aansluitende theorielessen trek ik me terug in mijn kantoor om wat administratie bij te werken. Het grootste gedeelte wordt door de boekhouder gedaan, maar ik hou graag zelf zicht op de cursussen en de deelnemers aan de zeilweken. Bovendien wil ik niet dat iemand anders de jaarboeken bijhoudt, en nadat ik de lijsten met cursisten in het digitale overzicht heb gezet, pak ik de aanmeldformulieren erbij. Daarop staat de meeste informatie die ik ook in de jaarboeken verwerk en ik ga aan de slag.

Een poosje later hoor ik gelach uit de recreatiezaal komen. Ik heb geen idee wat het entertainmentteam verzonnen heeft voor vanavond, maar zo te horen hebben ze plezier. Even twijfel ik of ik me bij hen zal voegen. Het is lang geleden dat ik dat gedaan heb; ik was er gewoon nog niet aan toe. Maar nu voelt het anders. Minder drukkend. Het schuldgevoel als ik iets leuks wilde gaan doen, dat ik al die tijd ervoer na de dood van Insa, lijkt vervaagd te zijn. Het is er nog wel, maar lang niet meer zo heftig als vroeger. Toch blijf ik zitten. Ik vind het wel even lekker, zo in mijn eentje, en op mijn gemak werk ik het jaarboek bij.

Als ik om een uur of acht klaar ben, ruim ik de boel op en berg de persoonlijk informatie van de cursisten op in de kast en sluit hem af. Sinds ik de kast open aantrof ben ik daar behoorlijk alert op geworden.

Ik werp een laatste blik door het kantoor, doe het licht uit en loop de receptie in. Er is niemand meer, zoals altijd om deze tijd. Toch hoor ik een zacht gezoem. Wat is dat? Staat er ergens nog een apparaat aan?

Afgaand op het geluid loop ik langs de balie. Er ligt deze keer geen pen; de vaas met bloemen staat er nog wel, al zien ze er niet zo fris meer uit als een paar dagen geleden. Ik loop door, om de balie heen tot aan de aangeschoven bureaustoel. Dan zie ik het. Geraldines computer staat nog aan. Is ze die vergeten uit te zetten? Dat is helemaal niets voor haar.

Ik druk op een toets om het scherm tot leven te wekken, en de foto van Geraldines kleinkinderen die als achtergrond fungeert verschijnt. De zes kinderen lachen vrolijk in de lens en ik moet glimlachen. Het doet me denken aan vroeger, toen wij ook nog zo'n gelukkig gezin waren. Melancholie overspoelt me ineens. Snel zet ik de computer uit en draai me om, weg van het beeldscherm. Dan valt mijn blik op de hoge kast aan de andere kant van de receptie. Een van de deuren lijkt niet goed gesloten.

Achterdocht kruipt in me omhoog. Wéér een kast die openstaat. Hij bevat voorraad voor de boekhouding, weet ik. Papier, inktcartridges, pennen, dat soort werk. En een groot krat met zwemvesten, voor als er eens eentje kapotgaat of zoekraakt. Niet echt iets bijzonders of waardevols.

Ik loop naar de kast en trek hem open. Na een korte inspectie lijkt alles in orde. Langzaam duw ik de deur dicht en het cijferslot klikt dicht. Een unheimisch gevoel trekt over mijn rug. Wie is hier toch steeds in de kasten aan het snuffelen?

Het is nog lang niet donker, al is de zon verdwenen achter een dikke laag wolken. Ik hoor geen vogels zingen – een teken dat er op korte termijn regen gaat vallen. Dat zou niet verkeerd zijn, bedenk ik met een blik op het gazon rondom mijn huis dat er zelfs na de onweersbui van laatst een beetje verdroogd begint uit te zien. Maar liefst wel vannacht en niet morgen overdag.

Als ik langs het botenhuis naar huis loop, bots ik bijna tegen Menno op, die met zijn gereedschapskist in de hand de hoek om komt.

'Excuses,' mompelt hij en hij stapt opzij om langs me heen te lopen.

Ik draai met hem mee en kijk naar zijn brede rug. 'Menno,' zeg ik dan. 'Wacht eens.'

Hij blijft staan en kijkt om.

'Wat ga je doen?' vraag ik.

'Het slot van een van de badkamers repareren,' zegt hij. 'Daar kwam vanmorgen een melding over.'

Automatisch kijk ik naar zijn gereedschapskist. Dat had ik kunnen raden, natuurlijk. Als er iets stuk is, moeten cursisten dat bij Menno melden; hij is degene die het repareert.

Menno knikt me toe en wil verder lopen, maar ik pak zijn arm beet en hou hem tegen.

'Is er nog meer?' vraagt hij. Het klinkt geïrriteerd.

'Ja,' zeg ik, niet echt verbaasd over zijn toon, die ben ik gewend. 'Eigenlijk wel. Ik heb gehoord dat je 's nachts nogal eens op het terrein rondloopt. Wat is...'

'Wie zegt dat?' valt hij me in de rede. 'Thymen zeker?' Hij klemt zijn tanden op elkaar en mompelt binnensmonds iets wat ik niet kan verstaan.

'Dat doet er niet toe,' zeg ik.

'Ik ben alleen 's nachts buiten als daar aanleiding voor is,' gromt hij.

'Zoals?' wil ik weten.

Hij staart me aan. 'Dat kan van alles zijn.'

'Van alles,' zeg ik hem na. 'Wat was je aan het doen toen je Roelie tegenkwam?'

'Niks.'

Dat kwam er snel uit. Veel te snel.

'Als je het dan per se wilt weten, ik maakte een wandelingetje,' gaat hij verder. 'Ik kon zoals wel vaker niet in slaap komen en een rondje over het terrein lost dat meestal op.'

Dat klinkt niet zo heel vreemd. Hoe vaak ben ik zelf niet naar buiten gegaan als ik weer eens niet kon slapen? Regelmatig. Maar wat is Menno's excuus? Heeft hij problemen?

'Oké,' zeg ik. 'Dat begrijp ik wel. Even je hoofd leegmaken kan voor sommigen heel rustgevend zijn.'

Hij knikt kort.

Er valt een stilte. 'Menno,' zeg ik uiteindelijk. 'Heb je problemen?'

Zijn ogen knijpen een beetje samen en zijn blik wordt behoedzaam. 'Hoezo?' vraagt hij.

'Meestal heeft slapeloosheid een oorzaak,' zeg ik. 'En ik kan me niet herinneren dat je er vroeger last van had.'

Hij zwijgt en wendt zijn blik af. Dan kijkt hij weer naar mij en zegt: 'Insa. Nadat zij… Na die dag slaap ik niet zo goed meer.'

Schuldgevoel kruipt in me naar boven. Dit verwachtte ik niet. Oké, ik ben geen fan van Menno, maar hij was er altijd voor Insa. Het is logisch dat hij haar mist. Waarom heb ik daar niet aan gedacht?

Door Thymen. Hij is het die me op Menno's nachtelijke loopjes wees. *Hij sluipt op gekke tijden rond*, waren zo ongeveer zijn woorden geweest. Hoe wist hij dat trouwens? Dat kan hij alleen maar weten als hij zelf ook buiten was.

'Insa was gek op je,' zeg ik in een opwelling.

Hij knikt. 'Dat weet ik,' zegt hij schor. 'Ik ook op haar.'

Zo staan we een poosje zwijgend tegenover elkaar. Dan ademt hij diep in. 'Ik, eh… ga nu maar even dat slot repareren,' zegt hij.

'Ja,' zeg ik. 'Doe dat maar.'

Hij werpt me een onderzoekende blik toe. 'Red jij het wel?' vraagt hij.

'Ja hoor,' zeg ik. Ik kan er niets aan doen dat zijn vraag me ontroert. Net zoals zijn bekentenis over Insa. Er zit dus toch een beetje mildheid in hem.

'Mooi,' zegt hij. Hij knikt me toe en vervolgt zijn weg.

Pas als hij het slaapgebouw is binnengegaan draai ik me om. Ik ben een beetje aangedaan door het gesprekje met Menno en besluit snel te douchen en daarna eindelijk eens met mijn nieuwe boek op de bank te kruipen.

Terwijl ik de trap op loop trek ik alvast mijn shirtje uit en niet veel later laat ik de warme waterstralen over me heen lopen. Ik zou ervan moeten genieten, maar de hele tijd spookt Menno door mijn hoofd.

Ik droog me af, trek een schone short en mouwloos shirtje aan en zet het badkamerraam wat verder open. Mijn blik wordt getrokken naar een auto die over de landweg komt aanrijden. Ik herken de wagen niet meteen, maar als hij de oprit naar de parkeerplaats op rijdt, zie ik dat het Amanda is die achter het stuur van haar eigen auto zit, met Timo naast haar op de passagiersstoel.

Ik voel een steek in mijn borst en kan er niets aan doen dat ik ineens Timo en Insa voor me zie. Zo had het moeten zijn. Ze waren zo gek op elkaar; niets kwam er tussen hun vriendschap en ik verwachtte altijd dat het méér zou worden. Maar zover is het nooit gekomen. Mijn keel zit dicht en ik slik een paar keer om meer lucht te krijgen. Ik ben blij voor Timo; hij moet per slot van rekening verder met zijn leven.

Terwijl dat van Insa voor altijd stil is blijven staan.

Met een ruk draai ik me weg van het raam en ga naar beneden. Ik probeer Timo en Amanda uit mijn gedachten te bannen, maar dat lukt niet zo goed. Ik maak een kop thee voor mezelf en ga ermee op de bank zitten. Mijn nieuwe boek ligt op tafel en hoewel ik ineens geen zin meer heb om te gaan lezen, pak ik het op en blader naar het eerste hoofdstuk.

Het pakt me meteen, zoals altijd bij deze schrijver, en geboeid lees ik verder, af en toe grinnikend om het Vlaamse taalgebruik. Tussendoor drink ik met kleine slokjes mijn thee op.

Na een halfuurtje komt Bisky aan gekuierd en blijft vlak voor me staan, haar ogen strak op me gericht.

'Honger?' vraag ik. 'Dat kan ik me voorstellen als je de hele dag buiten rondbanjert.' Ik sta op en maak in de keuken haar eten klaar.

Ik heb net haar bak op de grond gezet als ik een geluid bij de openstaande achterdeur hoor. Met een ruk draai ik me om. Bisky kijkt alleen even op en gaat dan verder met haar vlees.

Heb ik het me verbeeld? Nee. Ik hoorde echt wat. Voorzichtig loop ik naar de deur en schuif met mijn vinger langzaam het vliegengordijn opzij. Niets te zien. Ik kijk om naar Bisky, die nu het laatste restje uit haar bak likt. Ze zou echt aanslaan als er iemand in de buurt is. Toch?

Na een laatste blik naar buiten trek ik de deur dicht. Het liefst deed ik nu de grendel erop, maar dat kan niet. Jort en Silke moeten naar binnen kunnen als ze vanavond thuiskomen. Zo lang Bisky relaxed is, hoef ik me nergens zorgen over te maken. Hoop ik.

Ik schenk een glas wijn in en neem het mee naar de woonkamer, waar ik terug op de bank plof. Ik trek mijn boek weer op mijn schoot en net als ik een eerst slokje van mijn wijn heb genomen, hoor ik opnieuw wat. Met een ruk kijk ik op en zie hem staan, in zijn witte outfit.

'Thymen,' zeg ik, terwijl ik overeind schiet. 'Waar kom jij nou vandaan?'

Met zijn duim wijst hij over zijn schouder naar de openstaande tuindeuren.

'En dus dacht je: kom, laat ik eens binnen lopen?' Ik frons mijn wenkbrauwen. 'Dat de deuren openstaan is geen uitnodiging voor vreemden om zomaar binnen te lopen!'

'Maar ik ben toch geen vreemde?'

'Je bent nou ook niet bepaald een huisvriend, Thymen,' zeg ik korzelig. 'Wat kom je trouwens doen?'

Geen antwoord, alleen een glimlachje.

'Hoe dan ook, ik heb een voordeur,' zeg ik, terwijl ik mijn glas wijn op de tafel zet en mijn boek ernaast leg. 'Bel in vervolg daar even aan, wil je?'

Hij reageert er niet op, kriebelt Bisky, die op hem af gehuppeld is, over haar kop. Tot zover dus een waakhond in huis.

'Ik wilde simpelweg even binnen wippen toen ik de tuindeuren open zag staan,' zegt hij dan.

Net als gisteren zeker.

Ik zucht. 'Ik ben moe, Thymen,' zeg ik. 'Ik wil zo naar bed.'

'Alweer?' vraagt hij.

'Hoezo, alweer?'

'Gisteren wilde je ook al vroeg gaan slapen omdat je moe was. Wat is deze keer je excuus?'

'Moet ik een excuus hebben dan?' vraag ik lichtelijk geïrriteerd. Ga ik dit pikken? Hij is tenslotte nog altijd personeel en ik zijn werkgever. Toch weet ik op een of andere manier niets anders te zeggen dan: 'Dit is mijn huis en als ik naar bed wil, dan is dat mijn zaak.'

Hij maakt een beweging met zijn hand. 'Ga je gang,' zegt hij. 'Ik hou je niet tegen.' Hij lacht weer, met dat scheve lachje dat aan de ene kant irritant is, maar hem tegelijkertijd charmant maakt, en vervolgt dan: 'Ik kan ook met je meegaan.'

Sprakeloos staar ik hem aan. Hoe dúrft hij! Onwillekeurig gaat mijn blik van zijn gezicht naar zijn schouders, zijn borst, zijn hand die nog steeds Bisky's kop kriebelt, en weer terug. Wat gaat er toch in Thymens hoofd om?

En in dat van mij.

Ik merk dat zijn aanwezigheid me niet onberoerd laat. Sterker nog, mijn hart lijkt wel een op hol geslagen merrie en pompt zo veel bloed door mijn hoofd dat ik er duizelig van word. Waarom pik ik dit allemaal van hem? De vorige keer ging ik ook al niet tegen hem in, zette ik hem niet op zijn nummer. En dat is helemaal niets voor mij. Ik zou hem gewoon moeten wegsturen.

Maar ik doe het niet. Geen idee waarom niet.

'Nou?' vraagt hij dan.

'W-wat bedoel je?' hakkel ik.

Hij zegt niets. In plaats daarvan komt hij op me af lopen en kijkt me lang en intens aan. Dan fluistert hij: 'Je bent een heel mooie vrouw, Hester.'

Eigenlijk moet ik verontwaardigd zijn, vooral na dat akkefietje tussen hem en Menno van vanmiddag. Hij is en blijft een vrouwengek, en leeftijd lijkt hem niets te kunnen schelen. Maar gek genoeg voel ik me eerder gevleid. Het is lang geleden dat iemand me ronduit mooi noemde.

'Wil je soms salarisverhoging?' vraag ik met een glimlach.

Hij trekt zijn wenkbrauwen op. 'Zie je me ervoor aan om dat met complimentjes te bereiken?'

Eigenlijk wel, wil ik antwoorden. Maar in plaats daarvan zeg ik: 'Je zou niet de eerste zijn.'

Hij laat zich naast me op de bank ploffen, leunt achterover tegen de leuning en ademt diep in. 'Zo karakterloos ben ik niet,' zegt hij uiteindelijk. Dan komt hij weer overeind en kijkt me opnieuw strak aan. Zijn blik is zo indringend dat ik mijn wangen voel gloeien. 'Maar mooi ben je wel,' fluistert hij. Langzaam buigt hij zich naar me toe en vervolgt: 'Zo mooi dat ik je wil kussen.'

Zijn woorden zijn zo onverwacht dat ik niet weet hoe ik moet reageren.

Thymen vat dat blijkbaar op als een vrijbrief. Hij komt nog meer naar voren en drukt zijn lippen op die van mij. Ik weet dat ik zou moeten protesteren, hem weg moet duwen, maar op een of andere manier lukt me dat niet. Ik zit als bevroren en laat hem begaan. Zijn hand schuift onder mijn shirt en streelt mijn buik, zoekt vervolgens zijn weg verder omhoog, tot bij mijn borsten, omklemt er een van. Een siddering trekt door me heen, zijn tong vindt de mijne en dan kan ook ik me niet meer inhouden. Ik sla mijn armen om hem heen en trek hem tegen me aan.

Weggekropen onder Thymens arm soes ik met gesloten ogen nog wat na. Hoe we in bed terecht zijn gekomen weet ik niet meer. Sterker nog, ik weet niet eens meer dat we naar boven zijn gegaan. Ik weet alleen dat ik hem wilde. En hij mij.

Thymen ligt onbeweeglijk naast me en ik kan er niets aan doen dat het goed voelt. Mijn leven is niet voorbij; mannen zien me nog staan. Mannen zoals Thymen. En Jelmer.

Jelmer.

Schuldgevoel steekt de kop op. Jelmer heeft zo veel moeite gedaan om mijn aandacht te krijgen. Hij geeft om me, dat weet ik zeker. En ik vind hem ook leuk. Echt heel leuk. Maar Thymen… die is…

Tijdelijk!

De stem in mijn hoofd is verwijtend.

Thymen is een flierefluiter. Een vrouwengek. Je bent vast niet de enige met wie hij het bed deelt!

Ik probeer de stem te negeren, maar hij is te nadrukkelijk aanwezig.

Straks is hij op je uitgekeken en wat dan? Wijs Jelmer af en je hebt niemand meer.

Ik bijt op mijn lip. Natuurlijk is dat zo. Dit met Thymen is van voorbijgaande aard. Een tussendoortje, al snap ik niet hoe ik zoiets kan denken. Het is niets voor mij, ik ben meer het type voor een vaste, serieuze relatie. Maar toch…

Jelmer kan je zekerheid bieden! Stabiliteit! Iets wat Thymen niet kan. Daar is hij te vrijgevochten voor.

Is dat zo?

En als hij straks zijn zeiljacht heeft en zijn wereldreis gaat maken? Ga je dan met hem mee?

De stilte in mijn hoofd die daarop volgt is beangstigend. Want ik geloof niet dat ik, áls ik al met hem mee wilde gaan, zomaar alles achter me zou kunnen laten. De kinderen, de zeilschool. Mijn leven. Maar Thymen zal nooit zijn droom opgeven voor mij. Nog in geen honderd jaar. En eigenlijk wil ik dat ook niet.

'Tevreden?' klinkt het schor naast me.

Ik glimlach.

Thymen knijpt even in mijn bovenarm en trekt me nog wat dichter tegen zich aan, drukt een zoen op mijn haren. 'Het was geweldig,' fluistert hij.

Is dat zo, of zegt hij dat zomaar? Hoeveel vrouwen zou hij al in zijn bed hebben gehad? Vijf? Tien? Twintig? Zou hij tegen hen allemaal gezegd hebben dat hij het geweldig vond?

Thymen zegt niets meer. Zijn kin ligt ontspannen tegen mijn hoofd aan en zijn vinger glijdt langzaam langs mijn bovenarm naar boven en via mijn schouder naar de moedervlek in mijn nek.

'Net als bij Insa,' fluistert hij ineens in mijn oor.

'Wat?' zeg ik.

'Dat moedervlekje had Insa ook.'

Ik kom half overeind en leun op mijn elleboog. 'Hoe weet jij dat?' vraag ik, feller dan ik misschien bedoel. Maar zijn woorden hebben me alert gemaakt, al weet ik niet precies waarop.

Hij lijkt niet onder de indruk van mijn felheid. 'Dat kon iedereen zien,' zegt hij. 'Het zit nou niet op een plek die altijd bedekt is met een shirtje, of zo.'

Natuurlijk. Insa liep vaak in mouwloze hemdjes rond. Maar waarom zegt hij dat nu? Op dit moment? Ik wil het hem vragen, maar hij smoort mijn vraag in een hartstochtelijke zoen waar ik mezelf onmiddellijk weer in verlies. Ik sluit mijn ogen en trek hem met mijn hand in zijn nek terug boven op me. Hij begrijpt de hint en opnieuw stoot hij in me. En nogmaals. Totdat hij het ritme weer vindt waarmee hij me daarnet ook tot een hoogtepunt kreeg.

Dit is eenmalig. Eenmalig. Eenmalig.

Mijn verstand blijft het hardnekkig in hetzelfde ritme als Thymens stoten herhalen. Dit is zo fout. Dit had nooit mogen gebeuren. Maar toch laat ik hem zijn gang gaan, onderwerp ik me bijna aan zijn wil. En ik geniet ervan. Met volle teugen.

Als hij zich na een poosje van me af laat glijden, staart hij hijgend op zijn rug naar het plafond. Ik kijk naar hem, zoals hij daar ligt, en zeg niets.

'Weet je hoelang ik dit al wil?' vraagt hij ineens. En als ik niet antwoord: 'Al vanaf de allereerste keer dat ik je zag.'

'Toen was je zestien,' zeg ik met een lachje.

Hij draait zijn hoofd naar me toe. 'En?'

'Je zat nog op school!'

'Dat wil niet zeggen dat ik geen gevoelens had,' zegt hij. Hij kijkt weer naar het plafond en vervolgt: 'Ik vond je meteen al adembenemend mooi, en ik was stikjaloers op Gerlof dat hij met je getrouwd was.' Opnieuw kijkt hij me aan. 'Ik wilde je toen al, Hester.'

Ik weet niet zo goed wat ik daarop moet zeggen en gelukkig wordt antwoorden me bespaard als ik beneden de keukendeur open en weer dicht hoor gaan.

Meteen schiet ik overeind. Jort en Silke!

Ze zijn thuis!

Haastig laat ik me uit bed glijden. 'Je moet weg,' fluister ik.

'Wat?' vraagt hij niet-begrijpend.

'Via het balkon.' Ik graai zijn kleren van de vloer en duw hem zijn witte short toe. 'Vlug.'

'Waarom?' vraagt hij.

'De kinderen zijn er. Ik wil niet dat ze ons samen zien.'

Hij laat zich op zijn arm zakken en kijkt toe hoe ik in mijn ondergoed schiet.

'Kom op, Hester,' zegt hij. 'Je bent volwassen. Je mag het toch doen met wie je wil?'

'Jawel,' zeg ik. 'Maar het is... Ik wil gewoon niet...'

'Mam, ben je boven?' klinkt het.

'Opschieten,' bijt ik Thymen zacht toe. En dan, harder: 'Ja, ik heb even op bed gelegen. Ik kom er zo aan!'

Thymen heeft zijn benen over de rand van het bed geslagen en trekt nu tergend langzaam zijn boxer aan. 'Ik had je eigenlijk nog wel een keer willen...' begint hij.

Ik kap hem af met een zacht, maar dringend: 'Schiet nou op!'

Grijnzend kleedt hij zich aan, zijn blik onafgebroken op mij gericht.

Als hij klaar is open ik de balkondeur voor hem en op zijn gemak loopt hij langs me heen. Voordat hij tussen de vitrages door naar buiten stapt, trekt hij me tegen zich aan en drukt zijn lippen op die van mij, terwijl zijn hand in mijn slipje glijdt en mijn billen kneedt. Zijn vingers gaan verder naar voren, tussen mijn benen, en strijken over de nog steeds gevoelige plek, waardoor er een schok door me heen gaat.

'Niet doen,' fluister ik met een kreun. 'Ga nou. Snel.'

Nog eenmaal zoent hij me, dan schiet hij tussen de vitrages door het balkon op.

-15-

Ik was een kind dat haar ouders begroef. Veel te vroeg overigens – mijn moeder was drieënveertig, mijn vader achtendertig toen ze vier jaar na elkaar overleden – maar het was in de juiste volgorde.

Bij Insa was alles onnatuurlijk. Niet alleen de manier waarop ze stierf, maar ook de volgorde. Ouders horen hun kinderen niet te begraven, dat is tegennatuurlijk. En Insa's begrafenis splitste mijn leven in twee aparte delen. Gerlof en ik veranderden in twee lopende verdrieten. Iedereen leefde met ons mee. We kregen kaartjes, telefoontjes, mensen kwamen langs.

Maar zoals met veel dingen waar verdriet bij betrokken is, trekken mensen zich terug als het te lang duurt. Na drie maanden leek iedereen het alweer te zijn vergeten en na een jaar sprak niemand meer over Insa. Sterker nog, ze deden alsof haar naam taboe was.

Ook Gerlof sprak steeds minder over haar. Ergens in het begin van de schok, het verdriet, ongeloof en het grillige rouwproces dat volgde, was ik er nog heilig van overtuigd dat we het gingen redden. Samen. Ik was de betekenis van mijn leven totaal verloren, maar ik had hém nog. Hem en onze kinderen.

Toen hij vertrok, gaf ik mezelf de schuld. Het was door mij dat hij niet wilde blijven; ik was degene die veranderd was, die losgeslagen was van de werkelijkheid. Het leidde tot complete afzondering en zelfs een poging om er een einde aan te maken. Het waren Jort en Silke die me terug de wereld in sleepten. Niemand anders zou dat gekund hebben. Want niemand wist waar ik doorheen ging. Behalve zij.

Als ik de volgende ochtend opsta, voel ik me schuldig over mijn uitspatting met Thymen. Waarom weet ik niet precies. Vanwege Jelmer? Strikt genomen hebben Jelmer en ik nog helemaal niets met elkaar. Hij heeft me een keer mee uit eten genomen en wil me graag nog een keer zien, maar dat is nauwelijks aanleiding om een relatie te suggereren.

Ik sluit mijn ogen en laat de stralen van de douche over mijn gezicht stromen. Misschien voel ik me schuldig omdat Thymen zo jong is? Ik had van mezelf nooit gedacht dat ik iets zou kunnen voelen voor een man die bijna de helft jonger is dan ik. Ik hou even mijn adem in. Voel ik dan wat voor hem?

Natuurlijk niet!

Hij werkt voor me. Ik betaal hem salaris, dus eigenlijk sponsor ik het toekomstige zeiljacht waar hij volgens zeggen zo hard voor spaart. Het was gewoon een vergissing. Ik was moe, kon geen weerstand bieden en liet me meeslepen in het moment. En Thymen maakte er misbruik van. Nee, dit was echt eenmalig. Zodra ik hem zie, zal ik hem dat aan zijn verstand brengen.

Ik zet de kranen uit en trek net een handdoek van het rek als ik voetstappen op de trap hoor. Kort daarna volgt er een klopje op de badkamerdeur.

'Mam?' klinkt Silkes stem. 'De politie is er weer. Ze hebben nog wat vragen.'

Politie? Op dit tijdstip? Het kan niet later dan halfacht zijn. 'Moet dat nu?' roep ik terug. 'Het ontbijt is over een halfuur.'

'Daarom zijn ze juist zo vroeg,' hoor ik Silke zeggen. 'Ze waren bang dat je anders op het water zou zijn.'

'Ze hadden ook eerst kunnen bellen,' mompel ik bij mezelf. En dan, hardop: 'Zeg maar dat ik er zo aankom.'

Aan de voetstappen te horen loopt Silke weg en haastig droog ik me af. Zouden ze iemand hebben opgepakt?

Ik neem niet meer de moeite om me verder af te drogen en schiet de badkamer uit naar mijn slaapkamer, trek in alle haast mijn ondergoed, short en een T-shirt aan, en ren dan bijna de trap af.

De twee inspecteurs zitten in mijn keuken aan tafel. Silke zet net twee koppen koffie voor hen neer.

'Is er nieuws?' vraag ik meteen. 'Hebben jullie de dader gevonden?'

De oudere, kleine rechercheur – inspecteur De Groot, weet ik weer – staat ter begroeting op, evenals zijn collega Kleinsma. 'Helaas niet,' zegt hij, terwijl ze beiden weer gaan zitten.

'Wil jij ook koffie, mam?' vraagt Silke.

Ik schud mijn hoofd en ga tegenover de twee rechercheurs zitten. De spanning die zich in de afgelopen minuten vanbinnen heeft opgebouwd, ebt weg als een leeglopende ballon.

'We zijn nog niet veel wijzer geworden,' gaat De Groot verder. 'We zijn Marijes gangen van moment tot moment nagegaan, maar nuttige informatie heeft dat niet opgeleverd. Behalve dat een vriendin van haar ons wist te vertellen dat ze wel degelijk hier naar de zeilschool is gegaan vlak voordat ze verdween.'

Ik staar hem aan. Wil hij nou beweren dat ik lieg, dat wij hier allemaal liegen?

'En hoe wist die vriendin dat?' vraagt Silke ineens. Ze staat met haar armen over elkaar tegen het aanrecht geleund en werpt beide heren een bijna uitdagende blik toe.

'Zij heeft haar hiernaartoe gebracht,' zegt Kleinsma.

'Hier naar de zeilschool?' vraag ik en ik hoor zelf hoe stom dat klinkt.

'Ze heeft Marije aan het begin van de landweg afgezet,' legt De Groot uit.

'Dat is dus bijna een kilometer verderop,' zegt Silke.

'Dat klopt,' zegt De Groot kalm. 'Maar omdat er verder niets in de wijde omgeving is waar ze anders naartoe kan zijn gegaan, moeten we er rekening mee houden dat ze werkelijk op weg was naar de zeilschool.'

'Er kan een boel gebeuren op een verlaten weg van een kilometer lang,' zegt Silke weer.

Ik hef mijn hand naar haar op. 'Laten we er nou eens van uitgaan dat ze hierheen kwam,' zeg ik. 'Wat zou er dan gebeurd kunnen zijn?' Ik keer me weer naar de rechercheurs. 'Er is helemaal niets langs die weg wat haar dood zou kunnen verklaren.'

'Iemand zou haar opgepikt kunnen hebben,' zegt Kleinsma.

Silke wil weer wat zeggen, maar opnieuw hef ik mijn hand en ze sluit haar mond. Ze is nijdig, ik zie het aan haar.

'En daarmee bedoelt u iemand van de zeilschool?' deduceer ik.

'Niet per se,' zegt De Groot.

'Verdenkt u Timo Nieuwburg soms?' ga ik verder.

'Timo Nieuwburg?' herhaalt De Groot. 'Waarom denkt u dat?'

Ik haal mijn schouders op. 'Jullie hebben hem toch ondervraagd gisteren?'

De Groot glimlacht. 'Wij hebben meneer Nieuwburg niet ondervraagd, we hebben slechts zijn verklaring opgenomen.'

'Omdat ze bij elkaar op school hebben gezeten.' Ik stel geen vraag, concludeer het alleen maar.

'Omdat we wilden weten of hij Marije misschien kende,' verbetert De Groot.

Ik weet niet waarom, maar ik voel me ineens geroepen om Timo te verdedigen. 'Die twee verschilden drie jaar van elkaar,' zeg ik. 'Kende u vroeger de meisjes die een paar klassen lager zaten?'

'We doen alleen ons werk, mevrouw Van Oosterom. Daarom zijn we hier. Zou u uw personeel willen vragen of ze haar misschien gezien hebben, mogelijk vanaf een afstand?' En dan, zachter: 'U als geen ander weet waar de familie van Marije nu doorheen gaat. We willen alle mogelijke opties kunnen uitsluiten. Dat begrijpt u toch wel?'

Ik geef niet meteen antwoord, kijk hem alleen maar aan. Ik snap best wat hij bedoelt, en ik leef mee met de familie van Marije, maar het steekt me dat hij me probeert te manipuleren met Insa, met haar dood en mijn gevoelens daarover.

'Als u daarmee geholpen bent, zal ik dat doen,' zeg ik koeltjes. 'Op welk nummer kan ik u bereiken?'

De Groot tast in zijn jaszak. 'U kunt me op elk moment van de dag bellen.' Hij schuift een kaartje over de tafel naar me toe.

Ik knik, maar raak het kaartje niet aan.

De rechercheurs drinken bijna simultaan hun koffie op en staan dan op. 'Dan laten we u alleen,' zegt De Groot. 'U zult wel aan het werk willen.'

Silke gaat hun voor naar de gang om ze via de voordeur weer buiten te laten en pas dan denk ik eraan. 'O, wacht even, inspecteur!'

Zowel De Groot als Kleinsma draait zich om.

'Ik herinner me ineens dat een van mijn vakantiekrachten haar gezien dacht te hebben.'

Met opgetrokken wenkbrauwen staart De Groot me aan en ook Silke werpt me een vragende blik toe.

'Roelie,' zeg ik tegen haar. 'Zoiets zei ze toch?'

Silke lijkt het zich niet te herinneren en haalt haar schouders op.

'Sorry,' zeg ik tegen de rechercheurs. 'Het was me ontschoten.' En tegen Silke: 'Wil jij Roelie even halen? Dan kan ze zelf vertellen wat ze gezien heeft.'

'Dénkt dat ze gezien heeft,' mompelt Silke, maar toch verdwijnt ze direct via de keukendeur naar buiten.

Er valt een stilte als ze weg is. Uiteindelijk gebaar ik weer naar de tafel en zeg: 'Neem nog even plaats.' Zelf ga ik ook zitten. Ik voel me een beetje opgelaten, vooral omdat ik niet eerder aan Roelies woorden heb gedacht. Ik kijk op en zie dat De Groot me belangstellend bekijkt. Om me een houding te geven glimlach ik kort tegen hem. Zou hij denken dat ik iets achterhou?

Natuurlijk niet! Waarom zou hij?

'Uw dochter,' begint De Groot ineens. Zijn blik haakt zich in die van mij.

'Insa,' zeg ik.

'Insa,' herhaalt hij. 'Dat is een aparte naam.'

'Oost-Fries,' zeg ik. 'Mijn man kwam uit Auerk. Aurich,' verklaar ik als ik zijn vragende blik zie.

'Duitsland,' verklaart Kleinsma.

Ik knik. 'We wilden in ieder geval een van onze kinderen naar zijn oma vernoemen.'

De Groot knikt. 'En uw man?' vraagt hij. 'Waar is die nu?'

'Hij is weggegaan,' antwoord ik. 'Een jaar nadat Insa... Nadat ze overleed.'

Beide rechercheurs zwijgen. Ik kijk naar de keukendeur en wens dat Silke terugkwam met Roelie. Maar ik zie niemand aankomen.

'Insa,' begint De Groot weer en mijn blik schiet naar hem terug. 'Er is nooit een dader gepakt, zei u laatst.'

'Dat klopt,' reageer ik. 'Daarom dacht ik dat u... dat jullie misschien iemand hadden aangehouden.'

De Groot schudt langzaam zijn hoofd. 'Het spijt me,' zegt hij. 'Ook dat dit allemaal weer opgerakeld wordt.'

'Insa is nog elke dag in mijn gedachten,' zeg ik. 'Ook de manier waarop ze... waarop zij...' Ik adem even diep in. 'Van oprakelen is dus ook niet echt sprake. Elke dag als ik opsta, hoop ik bericht te krijgen dat de dader is gepakt. Dat hij me kan vertellen waarom.'

'Dat is begrijpelijk,' zegt Kleinsma.

Er valt opnieuw een stilte. Nog steeds zie ik door de ruit van de keukendeur niemand aankomen. Waar blijven ze nou?

'Wat was Insa voor meisje?' hoor ik De Groot vragen.

Ik glimlach. 'Geen engeltje, als u dat dacht te horen.'

Ook de Groot glimlacht.

'Hebt u zelf kinderen?' vraag ik.

Hij knikt. 'Twee jongens. En ook absoluut geen engeltjes.'

'Insa was behoorlijk moeilijk,' zeg ik. 'Als baby al. Veel huilen. En als peuter altijd dwars en tegendraads.'

'Een eigen willetje dus,' zegt Kleinsma.

'Nogal, ja. Ze was de jongste en dreef ons, en ook haar broer en zus, soms tot het uiterste. Maar daarnaast was ze ook... empathisch. Trok zich alles heel erg aan, wilde iedereen helpen. En ze had een enorme liefde voor dieren en de natuur.'

De Groot keek me peinzend aan. 'Het is te begrijpen dat jullie haar missen,' zegt hij uiteindelijk.

'De klok rond,' beaam ik.

'Hoelang geleden is het nu?' wil De Groot weten.

'Volgende maand twee jaar,' zeg ik zacht. 'De twintigste augustus.'

'Dat is nog kort,' stelt Kleinsma.

Ik kijk op en glimlach weer. 'Voor ons wel,' zeg ik. 'Maar veel mensen vinden het na een jaar wel voldoende. Dan hoort rouw voorbij te zijn.'

'En dat zeggen ze ook zo tegen u?'

'Nee, niet met die woorden. Maar ik merk het aan hen. Aan hoe ze zich gedragen.'

'Ik begrijp het,' zegt hij.

Doet hij dat werkelijk? Of zegt hij dat alleen maar? Want inmiddels weet ik wel dat je het pas écht begrijpt als je zelf een zwaar verlies hebt geleden. Dan voel je wat ik voel en begrijp je de hel waar ik doorheen ben gegaan. En merk je net als ik als mensen je verdriet niet meer verdragen.

Ineens vraag ik me af waarom hij al deze dingen wil weten. Hij zal ongetwijfeld Insa's dossier hebben ingekeken, vooral omdat de overeenkomsten tussen haar dood en die van Marije overduidelijk zijn. Er moet een verband zijn. En voor het eerst besef ik wat dat kan betekenen: heeft Insa's moordenaar ook Marije vermoord?

'Mevrouw Van Oosterom?'

Ik kijk op. 'Wat?' zeg ik.

'Ik vroeg u of het wel gaat,' zegt Kleinsma. Het klinkt bezorgd. 'U trekt helemaal wit weg.'

'Ja, ik... ik... Jawel.' Ik glimlach maar, omdat ik niet weet wat ik anders moet doen. 'Sorry, ik was even ergens anders met mijn gedachten.'

'Het moet niet gemakkelijk voor u zijn,' zegt De Groot. 'Dat wij hier nu zijn vanwege een zaak die u zo sterk herinnert aan uw dochter. Aan Insa,' verbetert hij zichzelf.

Ik waardeer het dat hij de moeite neemt Insa bij haar naam te noemen. Het geeft me het gevoel dat hij haar als een persoon ziet en niet slechts als het slachtoffer van een onopgeloste moord.

'Nee,' zeg ik. 'Maar ik hoop dat er voor beide meisjes gerechtigheid komt.'

'Wij ook, mevrouw Van Oosterom,' zegt De Groot.

Dan stapt Silke de keuken binnen. Ze hijgt een beetje en zwiept met één beweging haar lange haren naar achteren. 'Ik kan Roelie niet vinden,' zegt ze. 'Ik heb overal gekeken.'

-16-

Insa was niet verdronken, vertelden ze me. Toen ik dat hoorde voelde ik gek genoeg een soort teleurstelling. Insa was altijd een kind van de natuur geweest. We hielden haar amper binnen en ze voelde zich veilig in en op het water. Het zou een troost zijn geweest om te weten dat ze haar laatste momenten had beleefd in de omgeving die ze zo liefhad. Maar dat was dus niet zo; ze was door de dader slechts in het water gedumpt. Alsof ze een zak met afval was.

Soms vraag ik me af wat er zich afspeelde in het hoofd van de dader. Wist hij wat hij aanrichtte of was hij zodanig van alle compassie verstoken dat het hem gewoon helemaal niets deed? Wat had hem gedreven, en waarom? Vooral dat laatste bleef me bezighouden. Waarom mijn dochter? Waarom Insa? Had ze het uitgelokt of was ze gewoon een willekeurige keus geweest?

In de nachten waarin ik maar niet in slaap kan komen, iets wat zelfs nu nog regelmatig gebeurt, denk ik aan wat er door Insa heen moet zijn gegaan in die laatste minuten van haar leven. Had ze om hulp geroepen? Gehoopt, gebeden dat ik of Gerlof haar zou komen redden? Want dat is wat vooral aan me vreet: dat we er niet voor haar waren toen ze ons zo nodig had.

Rechercheurs De Groot en Kleinsma zijn weer vertrokken zonder Roelie gesproken te hebben. Ik heb hun beloofd dat ik haar contact met hen zou laten opnemen zodra ze weer opduikt.

Nadat ik Bisky heb uitgelaten langs het meer, loop ik naar de recreatiezaal. Eigenlijk heb ik helemaal geen honger, en al helemaal niet als ik aan gisteravond denk. Wat heeft me bezield? Het was eenmalig. Echt, het was eenmalig. En dat moet ik Thymen ook aan zijn verstand brengen.

Het is een uitgelaten drukte tijdens het ontbijt. Er wordt veel gelachen en vooral de jongste kinderen weten hun stem goed te gebruiken. Mijn blik gaat de zaal rond en blijft hangen op Thymen, die net de klapdeuren naar de receptie door loopt. De aanblik van zijn brede rug en gespierde schouders laat mijn hart een dubbele salto maken.

Eenmalig, Hester!

Snel loop ik tussen de lange tafels door naar het kleine zaaltje waar de staf altijd ontbijt. Het was dan misschien wel eenmalig, maar het was ook zo... intens geweest. Zo'n fantastische ervaring heb ik nooit eerder gehad. Niet met Gerlof, niet daarvoor, met niemand.

Ik voel mijn wangen kleuren en haastig schuif ik even later naast Jort aan de ontbijttafel. Bijna iedereen is er al, behalve Menno en Roelie.

'Weet jij waar Roelie is?' vraag ik aan Jort.

Hij schudt zijn hoofd. 'Niet gezien. Ik hoorde van Silke dat de politie met haar wil praten.'

'Ze willen weten wat ze precies gezien heeft,' zeg ik.

Jort blaast in zijn glas thee en neemt een slokje. 'Roelie kennende zal het wel weer niks voorstellen.'

'Je bedoelt dat ze Marije helemaal niet gezien heeft?'

'Dat weet ik niet. Maar ik weet wel dat Roelie graag aandacht wil, en als ze die op deze manier kan krijgen, zal ze het niet laten.'

Ik reageer niet op zijn woorden. Dat Roelie graag in de belangstelling staat is waar. Ze heeft een knap gezichtje en een goed figuur en weet dat zelf maar al te goed; ze kan dan ook behoorlijk flirten met jongens van haar leeftijd, die hier soms in overvloed zijn. Maar zou ze echt zo ver gaan dat ze dingen verzint om nog meer aandacht te krijgen?

Ik zie Menno binnenkomen en op zijn plek aan tafel gaan zitten. Hij lijkt een beetje gehaast en zijn korte haar plakt tegen zijn voorhoofd alsof hij zojuist een sprintje heeft getrokken. Hij zegt niets, maar dat is niet vreemd; hij praat zelden en al helemaal niet in gezelschap. Alsof hij voelt dat ik hem observeer kijkt hij mijn kant op. Ik glimlach naar hem, maar hij lacht niet terug. Hij staart me nog een ogenblik aan en wendt zijn blik dan af, pakt de thermoskan met koffie en schenkt zijn beker vol.

Het irriteert me ineens. Zijn gedrag, zijn gebrek aan sociale interactie, zijn desinteresse, het staat me zó tegen. Ik moet echt eens met hem praten. En als hij zich niet weet aan te passen, is het misschien beter dat hij een andere job gaat zoeken, wat zijn afspraak met Gerlof ook was.

Ik kijk naar Roelies stoel die nu als enige nog onbezet is. Ik werp Silke een vragende blik toe, maar ze haalt haar schouders op als antwoord.

'Waar is Roelie?' vraagt Felix. 'Ze heeft zich toch niet verslapen, hè? Ze zou me assisteren met de groep; we gaan naar het grote meer.'

Ik kijk naar Silke. 'Heb je gekeken of ze nog in bed lag? Misschien is haar migraine nog niet helemaal over.'

'Natuurlijk,' zegt ze. 'Dat was de eerste plek waar ik zocht toen ik haar niet bij de boten zag. Maar haar kamer is leeg.'

Er valt een stilte, die alleen verbroken wordt door Menno die een beschuit smeert.

'Menno,' zeg ik, lichtelijk geërgerd. 'Heb jij Roelie soms gezien?'

'Nee,' zegt hij zonder op te kijken. 'Vandaag nog niet.'

Natuurlijk niet.

'Misschien is ze al vroeg alleen het water op gegaan,' oppert Thymen. Hij nipt van zijn koffie en kijkt me over de rand van zijn beker aan. Zijn blik is donker en broeierig en doet me beseffen dat het voor hém niet over is tussen ons. Hij wil meer.

'Is er dan een boot weg?' vraagt Felix.

Silke schudt haar hoofd. 'Niet toen ik bij de steigers was. Dat weet ik zeker.'

Zeker weten lijkt me nogal stellig. Er liggen tientallen boten, het is mogelijk dat het haar niet is opgevallen dat er eentje ontbreekt.

'Ik ga toch even kijken,' zeg ik en ik sta op. 'Ze moet ergens zijn. Bovendien moet ze over een halfuur aan de bak en ik wil niet hebben dat ze dat zonder ontbijt doet.'

Snel loop ik de recreatiezaal in, waar de cursisten nog aan het ontbijt zitten. Niet alle tafels zijn volledig bezet; sommige leerlingen zijn al naar buiten om alvast hun boot klaar te maken of om rustig aan een van de picknicktafels van de zon te genieten voordat hun les begint.

'Wacht even, ik ga met je mee,' klinkt het als ik net door de deuren het binnenplein op wil stappen.

Het is Thymen die achter me aan is gekomen. Zijn witte outfit – short, poloshirt, sokken – zijn zoals altijd smetteloos en volledig kreukvrij.

'Dat, eh... hoeft niet,' zeg ik. 'Ik ga alleen maar even bij de boten kijken of Silke zich misschien vergist heeft.'

Hij trekt zich niets aan van mijn bezwaar en loopt met me mee het grasveld over, langs de picknicktafels. Een aantal cursisten wenst me enthousiast goedemorgen en ik wens hun hetzelfde.

'Je maakt je nogal bezorgd om Roelie,' zegt Thymen.

'Ze valt onder mijn verantwoordelijkheid,' merk ik op.

'Ja, oké, maar ze zal toch niet in zeven sloten tegelijk lopen? Ze is zestien.'

'Juist daarom,' zeg ik. 'Roelie mag dan zelfstandig lijken, ze is en blijft minderjarig.'

Thymen heft zijn handen in een verdedigend gebaar. 'Touché.'

Ik reageer niet en loop in de richting van de steigers, terwijl ik mijn blik over de boten laat gaan.

'Zo te zien zijn ze er allemaal,' klinkt het naast me.

Ik blijf staan en met mijn hand boven mijn ogen speur ik de steigers af.

Ook Thymen is gestopt en staat nu vlak naast me. Ik voel de warmte van zijn arm tegen die van mij en kan een rilling niet onderdrukken.

'Koud?' vraagt hij.

Ik schud mijn hoofd.

'Je rilde,' zegt hij en hij draait zich een kwartslag zodat hij me kan aankijken.

'Welnee,' ontken ik.

Hij zwijgt, zoekt nog steeds mijn blik, maar ik blijf strak naar de boten kijken. Dan legt hij zijn hand tegen mijn wang en fluistert: 'Ik heb je nog niet bedankt.'

'Waarvoor?' vraag ik hees.

Zijn duim glijdt langzaam over mijn lippen. 'Moet je dat nog vragen?'

Mijn lichaam reageert meteen. Ik hoor het bloed in mijn oren suizen en sluit heel even mijn ogen. In mijn buik vormt zich een dubbele knoop die zowel zwaar als prettig voelt. Mijn verstand zegt me hem te vragen te stoppen, maar mijn hart wil iets anders. En dat is vooral niet eenmalig.

Ik open mijn ogen en zie zijn gezicht vlak voor me. Maar behalve zijn vurige, donkere blik zie ik ook iets anders. Meteen duw ik hem bij me weg.

'Er is een Splash weg,' zeg ik.

'Wat?' Hij klinkt verward.

Ik wijs naar het einde van de tweede steiger, naar de lege plek waar gisteravond nog de kleine eenpersoons zwaardboot lag.

'Verdomd,' mompelt hij. 'Dat was me nog niet opgevallen.'

Haastig loop ik de steiger op tot het eind en laat mijn ogen over het meer gaan. Ik zie geen boot. Zou Roelie naar het Slotermeer zijn gegaan? Maar waarom? Ze moet weten dat ze daar helemaal geen tijd voor had, zo vroeg op de ochtend. Tenzij ze al voor zonsopgang is vertrokken.

'Daar,' zegt Thymen en hij wijst naar links.

Ik kijk opzij en zie wat hij bedoelt: een klein stukje mast steekt zo'n honderd meter verderop boven de hoge begroeiing langs de waterkant uit.

Thymen is al die kant op gelopen. Op zijn bootschoenen, net zo smetteloos wit als zijn kleding, zoekt hij een weg door het kniehoge gras.

Ik volg hem zwijgend, terwijl een akelig gevoel zich in mijn maag nestelt. Dit is niet goed. Dit is echt niet goed. Is Roelie misschien onwel geworden toen ze aan het zeilen was? Of heeft iemand gewoon de boot niet goed vastgemaakt en is hij op drift geraakt? Maar waar is Roelie dan?

Als ik bij Thymen aankom, staat hij al met één been in de lege Splash. Het grootzeil is niet gehesen, de fok wel, maar de schoten zitten niet door de ogen en drijven naast de boot in het water. Het zwaard is opgehaald. Het voelt raar, vooral omdat Roelie heel goed weet dat je nooit de fok vóór het grootzeil moet hijsen; waarom ligt het grootzeil dan over de giek gedrapeerd alsof het niet gebruikt is?

Thymen heeft intussen de schoten aan boord getrokken. Ik zie zijn blik naar de grootschoot gaan; de lijn is losgeraakt uit het blok en beweegt zacht mee met de bewegingen van de giek.

'Geen Roelie,' zegt hij, terwijl hij terug aan wal stapt. Zijn schoenen zakken weg in de modder, maar hij merkt het niet. Hij laat zijn ogen speurend over het water gaan.

Ook ik kijk rond. Het meer lijkt verlaten, maar dat is niet zo gek, aangezien het privé is en vrijwel alle cursisten nog aan het ontbijt zitten.

Mijn blik gaat opzij, langs de begroeiing, en dan zie ik het. 'O mijn god,' fluister ik.

Terwijl mijn hart in mijn keel klopt, ren ik langs de waterkant naar de plek waar ik iets groots zie drijven.

Roelie!

Met twee sprongen sta ik tot mijn knieën in het water. Roelie ligt op haar buik half op de kant, tussen de begroeiing. Haar benen deinen op de golfjes die gestaag tegen de kant klotsen. In een reflex grijp ik haar beet, draai haar op haar rug en probeer haar verder de kant op te duwen, maar het lukt niet. Ze is te zwaar. *Dood gewicht*, schiet het door me heen. Het weerhoudt me er niet van om het nog harder te proberen.

Dan ineens staat Thymen naast me en alsof ze niets weegt tilt hij haar uit het water, klimt terug de kant op en legt haar in het gras. Hij knielt naast haar en brengt zijn oor naar haar mond.

Ook ik klauter uit het water en laat me aan de andere kant naast Roelie op mijn knieën zakken.

'Geen ademhaling,' zegt Thymen.

Ik voel in haar hals. Een zwakke hartslag. 'Ze leeft nog!' roep ik.

Onwillekeurig nemen mijn praktische aard én mijn scholing het over: ik buig voorover en begin met beademen. Na vijf keer kijk ik op en zie dat Thymen zijn mobiel tevoorschijn heeft gehaald en een nummer intoetst.

'Zeg dat ze haast maken,' blaf ik hem toe. 'En haal de AED!'

-17-

Niet lang nadat Gerlof me vertelde dat Insa was gevonden, wilde de politie met me praten. Gerlof had gevraagd of dat echt nodig was, omdat ik op dat moment amper functioneerde. Maar ze hadden erop gestaan.

Ik zie hen nog voor me, de twee rechercheurs. Een man en een vrouw. Ze zeiden hun naam, maar die zijn niet blijven hangen. Ik weet alleen dat er op het moment dat ik hen zag een streep door mijn leven werd getrokken. Er ontstond een tijd voor en een tijd na Insa. Alles wat er na dat moment ging gebeuren zou nooit meer als vroeger zijn.

Vanaf toen begonnen de herinneringen. Overal zag ik ineens dingen van Insa. Haar vuile kleren in de badkamer, de doos met chocolade-ontbijtgranen waarvan Gerlof altijd had gezegd dat ze daarmee de dag toch niet kon beginnen. Haar beker met de afbeelding van een otter, haar lievelingsdier, met het afgebroken stukje aan de rand. Haar shampoo met appelgeur – uiteraard vega, want geen dier mocht lijden voor haar plezier – en het rozenstruikje in de tuin dat ze had opgekweekt uit een halfdood kamerplantje en dat inmiddels anderhalve meter hoog was. Alles, alles ademde Insa. Elke keer als er iets in huis veranderde – een gebroken bord dat ik weggooide, sierkussenhoezen die ik elk seizoen verwisselde, dode planten die ik verving – was het alsof Insa's aanwezigheid minder werd.

De keren dat ik me afvroeg hoelang het zou duren voor ze helemaal uit mijn herinnering zou verdwijnen zijn niet te tellen.

Met mijn armen om me heen geslagen kijk ik toe als de ambulanceverpleegkundigen Roelie op een brancard leggen en vastgespen. Ze ziet onrustbarend wit en ze hebben haar een zuurstofmasker opgezet dat haar halve gezicht bedekt. Op haar vinger zit een saturatiemeter.

Ondanks alles voel ik me opgelucht. Roelie leeft nog. Weliswaar amper, maar haar hart klopte en haar ademhaling was min of meer weer op gang gekomen toen de ambulance arriveerde. Ik had misschien haar leven gered, had een van de verpleegkundigen tegen me gezegd. Of dat zo is, moeten we afwachten.

'Gaat het?' hoor ik vragen.

Het is Thymen die naast me staat, zijn handen nonchalant in de zakken van zijn short die nu niet meer smetteloos wit is, net zomin als zijn shirt. En zijn schoenen, die kan hij weggooien, reddeloos verloren.

Ik knik.

'Het komt wel goed,' zegt hij, terwijl hij toekijkt als Roelie naar de ambulance wordt gereden.

'Dat betwijfel ik,' reageer ik. 'We weten niet hoelang ze te weinig zuurstof heeft gekregen.'

Ik voel hoe hij zijn blik over me heen laat gaan. 'Je hebt je best gedaan,' zegt hij.

'Ja, maar of het genoeg is...'

Hij knijpt even kort in mijn arm. 'Ze is nu in goede handen,' zegt hij. 'Laat het verder over aan de artsen.'

Makkelijk gezegd. Roelie is pas zestien. Ik ben verantwoordelijk voor haar, had beter op haar moeten letten. Hoe kan het dat ik niet gemerkt heb dat ze met een boot wegging?

Omdat dat op zich niet zo vreemd zou zijn.

Dat is waar, Roelie ging vaak alleen het water op. Meestal merkte ik dat op, maar hoe dikwijls is ze weggegaan zónder dat ik of iemand anders het merkte? Misschien wel vaker dan ik besef, en dat idee overweldigt me ineens; al die keren had er wat met haar kunnen gebeuren zonder dat iemand het doorhad. Hoe moet ik dit in godsnaam aan haar ouders uitleggen?

Thymen legt zijn arm om mijn schouders en trekt me tegen zich aan, maar ik schud me los. 'Niet nu,' protesteer ik, met een blik op de groep cursisten die op de opschudding af zijn gekomen.

'Het is jouw schuld niet,' zegt hij. 'Roelie had niet weg moeten gaan zonder het aan iemand te melden.'

Zijn woorden irriteren me. 'Doe jij dat dan wel altijd?' Het klinkt onvriendelijker dan ik bedoel.

'Nee, maar ik ben tien jaar ouder én een ervaren zeiler.'

Daar heeft hij een punt. Zelfs ik kan Thymen niets meer leren op dat gebied. Roelie heeft vaardigheidsniveau twee en assisteert instructeurs. Met haar diploma's mag ze dan wel zelfstandig het water op, maar heel veel ervaring heeft ze nog niet. En ineens vraag ik me af wat er eigenlijk gebeurd is. Heeft ze de giek tegen haar hoofd gekregen? Is ze over een lijn gestruikeld en overboord geslagen? Ik denk aan de gekke optuiging van de boot; dat kan nooit door Roelie zijn gedaan. Hoe weinig ervaring ze ook heeft, ze weet donders goed hoe ze een zeilboot vaarklaar moet maken.

Ik kijk opzij naar Thymen. 'Ik denk dat we de politie moeten inlichten,' zeg ik.

'Waarom?' vraagt hij. 'Roelie is onvoorzichtig geweest, met alle gevolgen van dien.'

'Daar ben ik niet zo zeker van. Weet je nog hoe we de boot aantroffen?'

Thymen fronst zijn wenkbrauwen. 'Vooral verlaten.'

'De zeilen, Thymen,' zeg ik. 'De fok gehesen, het grootzeil niet. En dan al die losliggende lijnen. Dat is niets voor Roelie.'

Hij haalt zijn schouders op. 'Je moest eens weten hoe slordig jongelui kunnen zijn.'

'Roelie niet,' zeg ik stellig. 'En dat weet jij ook wel.'

'Oké, het is misschien niet typisch iets voor haar om zo onzorgvuldig te zijn. Maar wat moet er anders gebeurd zijn?'

Goede vraag. Dat weet ik eigenlijk niet.

'Denk je dat ze met iemand had afgesproken?' oppert Thymen.

Ook dat weet ik niet. 'Daarom ga ik dus ook de politie inlichten,' zeg ik. 'Dat moeten zij dan maar uitzoeken.'

Ik zie Jort op ons af komen, met vlak achter hem Menno, precies op het moment dat de deuren van de ambulance worden gesloten.

'Mam!' roept Jort. 'Wat is er gebeurd?' Hij slaat zijn armen om me heen en trekt me stevig tegen zich aan. 'Ik schrok me rot,' fluistert hij. 'Ik dacht dat... dat er wat met jou aan de hand was.'

'Het is Roelie,' zeg ik, terwijl ik naar hem opkijk en geruststellend mijn hand tegen zijn brede borst leg. 'Thymen praat jullie wel bij. Ik rij nu achter de ambulance aan.'

Het duurt een eeuwigheid voordat er een arts naar me toe komt. Onderweg naar het ziekenhuis heb ik Roelies ouders gebeld, maar aangezien ze uit Emmeloord moeten komen, zijn ze nog niet gearriveerd.

'Mevrouw Vranken?' vraagt de arts.

Ik schud mijn hoofd. 'Haar ouders zijn onderweg,' zeg ik. 'Roelie werkt voor mij. Ik heb haar uit het water gehaald en eerste hulp verleend.'

'Dat is beslist haar redding geweest,' zegt de arts. 'Ze heeft echter een flinke klap gehad. Letterlijk.'

'Hoe bedoelt u?' vraag ik.

'Er is sprake van een schedelbasisfractuur,' verklaart hij eenvoudig. 'Haar hersenen hebben een opdonder gehad, en dat is niet best.' Hij kijkt me somber aan. 'Ze is comateus en reageert niet op pijnprikkels.'

'En wat betekent dat?' vraag ik.

'Dat we absoluut niet kunnen voorspellen hoe ze hieruit gaat komen, áls ze er al uit komt.'

Zijn woorden komen bij me binnen als een mokerslag. Bedoelt hij nou dat Roelie... dat ze misschien wel nooit meer wakker wordt?

'Hebt u enig idee wat de klap heeft veroorzaakt?' vraagt de arts.

Ik schud mijn hoofd. 'Ik... Ik heb een zeilschool. Roelie assisteert de instructeurs en we vonden haar naast een van onze boten. Het kan de giek zijn geweest, maar zo zag het er niet echt uit.'

De arts knikt bedachtzaam en ik vraag me ineens af of hij verplicht is de politie in te lichten als hij iets niet vertrouwt.

Ik wil juist vragen of ik even bij haar mag, als de deur van de wachtruimte openschuift en Roelies ouders binnenkomen. Ik ken ze redelijk goed, heb vaak met hen gesproken als ze Roelie kwamen brengen. Vorig jaar zijn ze zelfs een paar dagen blijven logeren.

'Hester.' Roelies moeder Vera komt haastig naar me toe. 'Hoe is het met Roelie?'

'Wat is er precies gebeurd?' vraagt Wessel, Roelies vader, tegelijkertijd.

Ze richten hun blik nu op de arts.

'U bent de ouders?' vraagt die.

'Ja,' zegt Vera. Haar stem klinkt gespannen. 'Hoe is het met haar?'

'Ze is stabiel,' zegt de arts. Hij pakt Vera bij de arm en leidt haar met zich mee de gang op, gevolgd door Wessel.

Ik blijf staan en kijk hen na. Het heeft geen zin om met hen mee te gaan. Roelie heeft haar ouders nodig, vooral nu. Ik ben in deze hele situatie maar een buitenstaander. Het enige wat ik kan doen is afwachten. En de politie inlichten. De combinatie van de staat waarin we de boot hebben aangetroffen, de woorden van de arts en het feit dat ze kortgeleden Marije hebben gevonden, vind ik te belangrijk om te negeren.

Terug op Het Skûtsje is de sfeer aangeslagen. Iedereen kent Roelie en ze weten inmiddels dat ze een ongeluk heeft gehad, zoals Thymen aan hen heeft verteld. Ik vraag me af of hij dat gedaan heeft om geen onrust te veroorzaken of omdat hij het zelf als een ongeluk ziet. Ik laat het maar zo; misschien is het inderdaad beter als ze denken dat er iets is misgegaan tijdens het zeilen.

In overleg met de instructeurs besluit ik om de lessen van vandaag te schrappen voor wie dat wil. Als iemand toch het water op wil, zijn er instructeurs beschikbaar, maar algauw blijkt dat eigenlijk niemand daar zin in heeft.

Ik laat iedereen op het binnenplein achter onder de hoede van het entertainmentteam en ga naar binnen, terwijl ik me afvraag waar ik het kaartje van die inspecteur heb gelaten.

'Mam.'

Ik kijk om en zie Jort een sprintje trekken om me in te halen.

'Wat ga je doen?' vraagt hij zodra hij naast me loopt.

'De politie bellen,' zeg ik. 'Er klopt iets niet, Jort.'

Hij pakt me bij mijn arm en houdt me staande. 'Wat bedoel je? Roelies ongeluk? Want dat was het, volgens Thymen.'

'Volgens Thymen, ja,' zeg ik. 'Ik weet niet waarom hij dat heeft gezegd, maar het was beslist geen ongeluk.'

'Hoe weet je dat?'

'Die boot leek nergens naar,' zeg ik. 'Alles was er verkeerd aan, de zeilen, de lijnen, de knopen. Alles.'

'Misschien had Roelie nog last van die migraineaanval,' oppert Jort. 'En wist ze daardoor niet zo goed wat ze deed.'

Met opgetrokken wenkbrauwen kijk ik hem aan.

'Of zoiets,' vult hij zwakjes aan.

Ik schud mijn hoofd. 'Het klopt niet,' herhaal ik. 'Bovendien betwijfel ik of Roelie wel echt een aanval had.'

Jort zwijgt, lijkt na te denken. 'Je bedoelt dat ze ons voor de gek heeft gehouden?' vraagt hij uiteindelijk. 'Belachelijk. Waarom zou ze dat doen?'

'Vertel het me maar,' zeg ik, terwijl ik verder loop.

Jort volgt me en komt weer naast me lopen. 'Hoe kom je trouwens tot die conclusie?'

'Omdat ze te helder was.'

'Te helder,' echoot hij. 'Leg uit.'

Nu blijf ik staan en kijk naar hem op. 'Bij een echte aanval kun je je amper bewegen omdat alles pijn doet. Vooral je hoofd, je ogen. Je bent misselijk. Praten doe je liever niet omdat de woorden de pijn alleen maar verergeren. Roelie beantwoordde mijn vragen in keurig nette zinnen. Niets wees erop dat dat haar moeite kostte.'

Ik loop weer door. Jort blijft nog even staan, maar komt dan weer achter me aan en zegt: 'Zeg je zelf niet altijd dat migraine bij niemand hetzelfde is?'

Dat is waar. Ik heb dat inderdaad weleens gezegd. Maar gek genoeg voel ik op een of andere manier aan dat die aanval van Roelie gefaket was.

We zijn bij de achterdeur gekomen en daar draai ik me weer naar hem toe. 'Ja, dat is ook zo. Iedereen ervaart het anders. Maar mijn onderbuikgevoel zegt me dat er iets anders aan de hand was met Roelie.'

'Je bedoelt dat wat haar toen dwars zat tot haar ongeluk heeft geleid?'

'Dat weet ik niet,' zeg ik. 'En juist dat is de reden dat ik de politie moet bellen.'

'Mam…' Jort haast zich achter me aan naar binnen. 'Ga je nou niet een beetje ver? Misschien wás het wel gewoon een ongeluk. Roelie was niet heel bekwaam, dat weet je best.'

'Niet bekwaam, nee, maar wel vaardig genoeg om in haar eentje te kunnen zeilen. Die boot was een rommeltje, ik kan me niet voorstellen dat dat door Roelie kwam.'

'Hoe weet je dat nou?' zegt Jort. 'Het was nog vroeg, misschien was ze nog niet helemaal wakker.'

Ik staar hem aan. Dat slaat natuurlijk nergens op. 'Ik vind gewoon dat er onderzoek naar moet worden gedaan.'

'Denk je niet dat de politie wel uit zichzelf bij ons op de stoep staat als er iets niet klopt?'

'Hoe zou dat kunnen als ze van niets weten?' ga ik ertegenin.

Jort werpt me een sceptische blik toe die ik maar al te goed begrijp. Natuurlijk komt de politie dit te weten. Linksom of rechtsom.

Ik zucht diep. 'Dus jij denkt dat ik niet moet bellen?'

'Ik denk dat je er even afstand van moet nemen,' verbetert Jort. 'Als er omstandigheden zijn die ze niet vertrouwen, dan horen we dat vanzelf. Je moet ook aan de zeilschool denken, mam.'

Daar raakt hij me op mijn kwetsbaarste punt. De zeilschool. Negatieve publiciteit kunnen we missen als kiespijn, en helemaal nu we net weer een beetje op gang komen. Misschien heeft hij gelijk. Misschien ben ik te achterdochtig. En misschien is het inderdaad beter als ik eerst maar even afwacht.

Die nacht kan ik niet slapen. Dat ben ik inmiddels wel gewend en meestal ga ik dan dus even de tuin in. Ook deze keer stap ik na uren woelen op blote voeten naar buiten en kijk naar de sterren. De lucht is helder en de fonkelende lichtpuntjes in de uitgestrekte hemel zijn ontelbaar. De stilte is weldadig en brengt me tot rust. Zachtjes loop ik de steiger op en maak een Laser Radiaal klaar voor vertrek. Er is niet veel wind, maar dat geeft niet – ook dan krijg ik de boot wel vooruit, al is het niet snel. En niet snel is juist wat ik nu nodig heb.

Niet veel later ben ik midden op het meer. De maan wordt weerkaatst op het licht golvende water. Het zachte geklots tegen de boot klinkt vertrouwd en heel even verdwijnen alle spanningen uit mijn lichaam. Hier voel ik me in mijn element. De zeilen klapperen lichtjes in de wind en een kort moment wens ik dat ik stilletjes weg kan varen. Alles achter me laten en gewoon verdwijnen. Maar dat is onzin; hoever ik ook weg zou gaan, mijn verdriet en het gemis zou ik met me meenemen. Zo lang ik leef zal dat deel van mijn leven uitmaken.

Ik sluit mijn ogen en laat de boot over aan de flauwe, warme wind en het water, en probeer mijn hoofd leeg te maken. Niet te denken aan Roelie, die in het ziekenhuis vecht voor haar leven. Niet aan Marije en niet aan mijn dochter. En vooral niet aan wat deze hele toestand voor invloed zal hebben op Het Skûtsje. Als mensen wegblijven om wat er met Roelie gebeurd is, is het over en uit met de zeilschool, daar kan zelfs dit topjaar niets aan veranderen.

Na een poosje adem ik diep in en ga rechtop zitten. Mijn wangen zijn nat, ik moet ongemerkt gehuild hebben, en ik veeg ze droog met de muizen van mijn handen. Dit is dus niet wat ik wil. Ik had juist besloten mijn leven weer op de rit te zetten, alles achter me te laten en min of meer opnieuw te beginnen.

Ik loef op en niet veel later nader ik de steiger en leg de boot vast. Rondom de gebouwen is alles nog net zo rustig als toen ik wegging. Ik luister naar de stilte en besef ineens dat ik er sinds lange tijd weer van geniet.

Geroutineerd strijk ik de zeilen en maak ze vast. Over krap twee uurtjes hebben we de boot toch weer nodig en wat lichter van hart stap ik de steiger op. Ik werp een blik op de bijna volle maan en glimlach. Hier hoor ik thuis. Wat er ook gebeurd is. En ik zal er hoe dan ook voor zorgen dat dit mijn thuis blijft.

-18-

Timo was op de steiger bezig de Randmeer vaarklaar te maken. Het liep al tegen vier uur maar Thymen had het verstandig gevonden dat ze toch nog even het water op gingen. Tenslotte viel er nog veel te leren om vaardigheidsniveau vier te kunnen halen.

De hele dag had iedereen alleen maar over Roelie gepraat, over het ongeluk, over hoe dom ze was geweest om alleen met een boot weg te gaan en – hij hoorde het soms tussen de regels door – dat het haar eigen schuld was.

Over schuld wilde Timo niet nadenken; dat gevoel had hem al twee jaar in zijn greep en trok hem steeds dichter naar een depressie toe. Beweren dat het Roelies eigen schuld was ging hem veel te ver. Bovendien wist niemand wat er gebeurd was. En ook niet dat Roelie niet alleen was vertrokken vanmorgen.

Terwijl hij met de schoten bezig was dacht hij aan het huis waar hij gisteravond met Amanda was geweest. De man die hen had aangesproken had aardig en vriendelijk geleken, en Timo had niet het idee dat er iets van herkenning was geweest. Gelukkig niet; wat had hij moeten zeggen als die man hem en Insa gezien had en hem daarmee had geconfronteerd?

Of had hij hen wel gezien? Insa was tenslotte een heel eind bij dat huis vandaan gevonden.

'Wat zou er nou eigenlijk écht gebeurd zijn?' klonk het ineens.

Met zijn hand boven zijn ogen keek Timo op naar Amanda, die naast de boot op de steiger stond.

'Hoe bedoel je?' vroeg hij.

‘Met… hoe heet ze ook weer? Roelie.’

Hij haalde zijn schouders op. ‘Geen idee.’

Amanda keek een poosje over het water. Toen zei ze: ‘Ze kon best goed zeilen, toch?’

‘Roelie?’ vroeg hij. ‘Dacht het wel. Ze had CWO-2, dus ze was niet echt een beginneling.’

‘En wind was er niet, toch?’

Timo liet de uiteinden van de fokkenschoten in de kuip vallen en klom op de steiger. ‘Waar wil je nou eigenlijk naartoe?’ vroeg hij. ‘Tijdens het zeilen kan er altijd iets gebeuren en als je pech hebt, kom je in het ziekenhuis terecht.’

‘Of erger,’ vulde Amanda aan.

‘Of erger,’ beaamde Timo. ‘Zelfs als je met z’n tweeën bent.’

Met haar hoofd een beetje schuin keek Amanda hem aan. ‘Bedoel je nou dat Roelie niet alleen in die boot zat?’

Haar blik was intens en dat gaf hem een ongemakkelijk gevoel.

Het was Thymen die ervoor zorgde dat hij geen antwoord hoefde te geven door juist op dat moment de steiger op te komen. ‘Alles klaar?’ vroeg hij aan Timo.

Hij knikte opgelucht.

Thymen lachte breeduit tegen Amanda en knipoogde. Timo zag het wel en diep vanbinnen ergerde hij zich eraan. Thymen, met zijn knappe kop, zijn dure outfit, zijn zongebruinde huid. Alles had hij binnen bereik, maar hij leek er geen donder om te geven. Flirten, dat kon hij. Dat had hij ook met Insa gedaan, maar gelukkig was ze er nooit op ingegaan. Van Amanda wist hij het niet.

Hij gluurde opzij, terwijl hij weer in de boot stapte. Zo te zien leek ze het wel leuk te vinden, de aandacht van die lul. Wat zagen ze toch allemaal in die gast?

‘Gaan we?’ zei hij kortaf.

Thymen stak zijn hand op naar Amanda en stapte toen bij hem in de boot. ‘Ja, we gaan,’ zei hij. ‘Maak maar los.’

De hele tocht naar het Slotermeer was het stil, op de aanwijzingen na die Thymen gaf. En dat waren er niet veel; Timo had geen moeite met zeilen. Hij had daarnaast alle eisen doorgenomen, de theorie bestudeerd en wist alles naadloos toe te passen.

'We gaan zo eens even ankeren,' zei Thymen, toen ze halverwege het Slotermeer waren. Hij wees naar links. 'Aan de wind.'

Zonder iets te zeggen begon Timo aan de voorbereidingen. Hij controleerde de waterdiepte en bodemgesteldheid en droeg Thymen op het ankergerei klaar te maken. Niet veel later deinsde de boot – dreef bij het neergelaten anker weg – en kort daarop streek Timo het grootzeil.

'Prima,' zei Thymen. 'Dat gaat soepel.'

Als laatste handeling hees Timo de ankerbol, terwijl hij Thymens ogen in zijn rug voelde prikken. Het maakte hem nerveus. Alles was toch goed gegaan? Voor de zekerheid peilde hij nog een keer of de boot op een veilige plek lag.

'Heel goed,' zei Thymen. En na een korte stilte: 'Wat ga je straks eigenlijk met al je diploma's doen? Een zeilboot kopen en de wereld rond?' Hij lachte om zijn eigen grapje.

'Daar heb ik geen behoefte aan,' zei Timo. 'Ik heb thuis alles wat ik me maar kan wensen.'

'Ook een zeiljacht?'

Hij keek opzij. 'Natuurlijk niet. Mijn pa heeft een zeilboot en daar mag ik af en toe mee weg.'

'Mijn vader heeft een jacht,' zei Thymen. 'De *Orinoco*. Een schoener van bijna zeventien meter. Ze ligt in jachthaven Friese Hoek, in Lemmer.'

'Zeventien meter?' herhaalde Timo. 'Wat een joekel.'

Thymen knikte. 'Die mag ik weleens meenemen.'

Timo reageerde er niet op, maar zag dat Thymen hem met een minzaam lachje bekeek. Het gaf hem de kriebels. Het was overduidelijk dat Thymen zichzelf ver verheven vond boven Timo. Omdat zijn pa veel geld had. En een boot. Oké, een gróte boot.

Een echt zeiljacht. Hij draaide zich om en zette een paar lijnen vast. Niet noodzakelijk, maar hij moest even iets doen om zich een houding te geven.

'Jij vindt Amanda wel leuk, hè?' klonk Thymens stem ineens.

Timo keek over zijn schouder. 'Hoezo?' vroeg hij.

'Je hangt de hele tijd bij haar rond, dat valt op.'

'Ik hang helemaal niet bij haar rond,' reageerde hij geërgerd. 'Ze is net als ik hier om te leren zeilen. Dan is het toch logisch dat we elkaar zo nu en dan spreken?'

'Logisch?' Thymen maakte een hoofdbeweging die van alles kon betekenen. 'Misschien.' En meteen daarna: 'Ga zitten, dan nemen we wat theorie door.'

Timo ging naast hem op de doft zitten en leunde met zijn armen op zijn knieën. Afwachtend keek hij opzij en zag dat Thymen hem met een geamuseerde blik opnam. Hij begon steeds meer een hekel aan die gast te krijgen. Waarom was het nou juist Thymen die hem les moest geven en niet Felix of Jort? Die vond hij veel sympathieker.

'Leg me maar eens uit hoe de beperking van de drift werkt,' zei Thymen.

Ha, dat wist hij. 'De vaarrichting van een boot is vooruit en altijd iets naar lij,' begon hij. 'Water stroomt daardoor dus iets van lij aan bij de kiel en zo wordt de kiel een vleugelprofiel en ontstaat er een liftkracht, haaks op de kiel. Deze kracht beperkt dus de drift.'

Thymen knikte. 'Helemaal goed,' zei hij. 'Bijna letterlijk zoals het in het zeilhandboek staat.' Het klonk een beetje spottend.

Het kon hem niet schelen. Of het nou letterlijk uit het boek kwam of niet, het antwoord was goed en dat was het belangrijkste.

'Mag ik je een advies geven?' vroeg Thymen.

'Altijd,' zei hij. 'Jij bent tenslotte de instructeur.'

Thymen reageerde niet meteen. Uiteindelijk boog ook hij naar voren, zodat hij met zijn armen op zijn knieën leunde. 'Laat Amanda gewoon met rust, oké?' zei hij, terwijl hij Timo recht aankeek.

Even was hij te verbouwereerd om te reageren, maar toen werd hij nijdig. 'Weet je wat jij met je advies kunt doen?' beet hij Thymen toe.

Die trok zijn wenkbrauwen vragend op.

'Ergens steken waar de zon niet schijnt,' vulde Timo bruusk aan. 'Zullen we maar weer teruggaan? Ik heb genoeg les gehad voor vandaag.'

-19-

Ik kan niet zeggen dat Insa een gemakkelijk kind was. Met haar gedrag, dat zo grillig was als het weer, drukte ze een stempel op ons hele gezin. Maar dat accepteerden we. Ze was de jongste, de meest levenslustige van ons allemaal en misschien was dat wel waardoor we meer van haar tolereerden dan wenselijk was. Het betekende echter niet dat we alles van haar pikten.

Het was in een bloedhete zomer dat ze het weer eens te bont maakte en het met Gerlof aan de stok kreeg. Ze had ongevraagd Silkes zeilmes geleend en op het water verloren, wat tot een stevige ruzie tussen de twee zussen had geleid. Silke werd uiteindelijk zo kwaad dat ze Insa een duw gaf, waardoor die over een stoel viel. Gerlof was tussenbeide gekomen en had Insa op niet mis te verstane manier duidelijk gemaakt dat ze met haar vingers van Silkes spullen moest afblijven. Insa was naar haar kamer gerend en had zich urenlang niet laten zien.

Dat was Insa ten voeten uit: zich terugtrekken in haar eigen veilige omgeving en pas tevoorschijn komen als alles weer rustig was. In de meeste gevallen deed ze dan alsof er niets was gebeurd. Wij deden dat ook, evenals Jort en Silke. Maar na de ruzie over het mes voelde ze schijnbaar aan dat ze het te bont had gemaakt en verraste ze haar zus een paar dagen daarna met een nieuw mes. Het was luxer dan Silkes oude mes en ongetwijfeld ook stukken prijziger. Eerst was Silke nog wat verbolgen geweest, maar niet veel later had ze het cadeau toch geaccepteerd en was alles tussen die twee weer koek en ei. Silke liet alleen nooit meer haar spullen slingeren.

Roelies toestand is niet veranderd, vertelt haar moeder me als ik haar de volgende ochtend bel. De artsen hebben een kleine operatie verricht om de druk in haar schedel, die te hoog was vanwege aanzienlijke zwellingen, te verminderen. Meer doen dan afwachten kunnen ze nu niet en nadat ik heb opgehangen, staar ik even somber voor me uit.

'Mam, wat is er?' vraagt Silke, die in badjas en met een handdoek om haar haren naar beneden is gekomen.

'Ik heb net Roelies moeder gesproken,' zeg ik.

Silke komt naast me op de bank zitten en zoekt mijn blik. 'En?' wil ze weten.

'Nog niets,' zeg ik. 'Geen verandering.'

'Dat is klote,' gooit Silke eruit.

'Zo kun je het ook noemen,' zeg ik. 'Maar het feit dat ze niet achteruit is gegaan stemt de artsen hoopvol. Volgens hen kan het nog alle kanten op. Als die zwelling in de hersenen maar afneemt, dan is er grote kans dat ze er wel doorheen komt.'

Silke reageert niet meteen. Dan zegt ze voorzichtig: 'Hoop daar niet te veel op, mam. Dan is de klap minder groot als het toch misgaat.'

Ik leg mijn hand op haar arm en glimlach. 'Positief denken, Silke. Dat is een krachtig middel.'

Ze kijkt me aan. 'Misschien,' zegt ze dan. 'Maar in vorige gevallen hielp dat ook niet.'

Ze bedoelt met Insa, dat begrijp ik maar al te goed. Toen ze die laatste keer zoek was, zei ik ook steeds dat we positief moesten denken. Dat was mijn houvast, mijn manier om niet volledig in te storten of me over te geven aan de zwartste gedachten die je je maar kunt voorstellen. Als we maar positief dachten, dan kwam alles goed. Maar het was niet goed gekomen. Al dat positieve denken had ons niets gebracht, behalve een dode Insa.

'Misschien deze keer wel,' zeg ik en ik probeer het zo hoopvol mogelijk te laten klinken.

'Misschien,' zegt ze weer. Ze begint haar haren stevig te drogen en staat op. 'Ik ga me aankleden. Ik geef zo een privéles. De kinderen gaan allemaal het water op, dus vanmiddag ben ik lekker vrij.'

O ja, vandaag is het admiraalzeilen, het spel waarbij de kinderen hun boten zo veel mogelijk in een eskader bijeen moeten zien te houden. Het draait daarbij vooral om snelheid en tactisch inzicht. Ook beheersing van de boot en het vermogen om te anticiperen en te corrigeren speelt een rol. Een perfecte manier om alles wat ze geleerd hebben in praktijk te brengen. Het spel is ooit ingevoerd door mijn vader, die het aanpaste aan verschillende niveaus en leeftijden. Voor alle cursisten was dit elk jaar weer het hoogtepunt van de zeilweek.

'Je kunt gaan kijken vanmiddag,' stelt Silke voor.

'Ik zie wel,' zeg ik. 'Ik moet nog veel doen; een paar wassen draaien en stofzuigen. Het ziet er hier niet uit. En ik wil mijn bed verschonen.'

'Genoeg te doen, dus,' stelt Silke met een glimlach. 'Ga je nog op bezoek bij Roelie?'

'Vanavond misschien,' zeg ik.

Eigenlijk zie ik ertegen op om Roelie aan al die apparaten te zien liggen. Ik ben bang dat het te veel herinneringen oproept, al heeft Insa nooit op de intensive care gelegen. En juist nu het me eindelijk lukt om wat afstand te nemen van wat er met mijn dochter gebeurd is en ik weer een toekomst zie, kan ik een terugval niet gebruiken. Maar níét gaan kan ik ook niet over mijn hart verkrijgen.

'Dan ga ik me nu omkleden,' zegt Silke. 'Voordat ik te laat ben.'

'Ga je vanmiddag nog iets leuks doen?' vraag ik. 'Of blijf je gezellig thuis?'

Ze trekt een spijtig gezicht. 'Ik moet nog iets doen in de stad,' zegt ze. En als ze mijn teleurstelling ziet: 'Volgende week, oké?' Ze komt naar me toe en slaat haar armen om me heen. 'Beloofd,' fluistert ze in mijn oor.

De paar uur daarna ben ik druk aan het werk in huis. De was zit in de machine, inclusief mijn beddengoed. Na die nacht met Thymen en de belofte aan mezelf dat het eenmalig was, vond ik het noodzakelijk alles te verschonen. Zelfs het slaapshirt dat ik aanhad vlak daarvoor heb ik in de wasmand gepropt. Het is afgelopen met deze flauwekul, spreek ik mezelf streng toe. Ik moet vooruit, het verleden laten rusten, en als ik daarvoor het hele huis moet poetsen, dan doe ik dat graag. Vaarwel oude Hester, welkom Hester nieuwe stijl.

Toch blijft het ongeluk van Roelie aan me knagen. *Hester nieuwe stijl* is bewonderenswaardig, maar ik kan niet zomaar een streep onder alles zetten.

'Hester?'

Ik zet net Bisky's afgewassen en met vers water gevulde waterbak op de grond en draai me naar de keukendeur. Het is Jelmer die aarzelend op de drempel staat. Hij draagt een dun jack over zijn poloshirt en jeans, en zijn haren zijn vochtig van de gestage regen die vanochtend maar niet lijkt te willen stoppen.

'Jelmer,' zeg ik. 'Kom verder.'

Hij stapt de keuken in en kijkt enigszins nieuwsgierig rond. Hij is hier natuurlijk nog nooit binnen geweest.

'Heb je geen les?' vraag ik.

'Op dit moment niet. Het is nu pauze, hè?'

Ik werp een blik op de keukenklok. Kwart over elf.

'Je bent vrij vandaag, hoorde ik van Jort,' zegt Jelmer.

'Dat klopt,' beaam ik. 'De jonge cursisten die ik onder mijn hoede heb zijn vandaag met de andere groepen mee voor het grote spel op het water.'

Hij glimlacht. 'Fijn,' zegt hij. 'Dan wil ik je graag meenemen.'

'Meenemen?' Ik trek mijn wenkbrauwen op. 'Waar naartoe?'

'Naar de Beachclub in Lemmer. Om te lunchen.'

Zijn voorstel overrompelt me en geeft me tegelijkertijd een ongemakkelijk gevoel. Ik heb met Thymen in bed gelegen – is het fair tegenover Jelmer om dan nu met hém wat te gaan eten? Ik wil hem niet kwetsen.

Dat met Thymen was toch eenmalig?

Het stemmetje in mijn hoofd wijst me daar pinnig op. En het is ook zo, ik ben nog steeds van mening dat het een vergissing was, die nacht. Het had nooit mogen gebeuren. Thymen is te jong, te fout. Ik had niet moeten toegeven en hem de deur moeten wijzen.

'Hester?'

Ik schrik op.

'Lijkt dat je wat?' vraagt Jelmer.

'Samen lunchen?' Ik glimlach. 'Gezellig!'

Hij lacht breeduit. 'Perfect!'

Als we bij de Beachclub aankomen, is het opgehouden met regenen. De zon laat zich weer zien en daardoor voelt de lucht vochtig. En warm. Mijn shirtje plakt tegen mijn rug als we buiten aan een tafeltje gaan zitten. Een eindje verderop is het strand, dat op dit moment behoorlijk leeg is.

'Hoe zit het eigenlijk met je les van vanmiddag?' vraag ik, nadat een serveerster onze bestelling heeft opgenomen.

'Die heb ik gecanceld. Vond Felix helemaal niet erg.'

Allicht niet, die heeft nu ook een paar uur vrij. Totdat de hele groep met kinderen weer terugkomt.

'Eigenlijk had ik mijn huis moeten poetsen,' zeg ik. 'Daar heb ik toch al zo weinig tijd voor.'

Jelmer maakt een afwijzend gebaar met zijn hand. 'Dit is toch veel leuker?'

Ik glimlach. 'Ja, dat wel.'

De serveerster komt terug en zet twee glazen op ons tafeltje – bronwater met ijs voor mij en bitter lemon voor Jelmer. Ik weet niet waarom, maar gek genoeg had ik verwacht dat hij een biertje zou nemen, hoewel het daarvoor misschien nog iets te vroeg is.

Als we weer alleen zijn legt Jelmer zijn hand over die van mij en zoekt mijn blik. 'Je maakt me zó blij, Hester,' zegt hij. 'Echt waar.'

'Hoezo?' vraag ik, terwijl ik mijn glas water pak.

'Gewoon. Dat je met me uit wil. Dat je me niet afwijst.'

'Waarom zou ik je afwijzen?'

Hij haalt zijn schouders op. 'Ik heb niet veel geluk gehad in de liefde,' zegt hij.

'Je vertelde de vorige keer dat er af en toe een vrouw in je leven was.'

'Dat wel,' geeft hij toe. 'Maar in veruit de meeste gevallen knapten ze af als ze over Timo hoorden. Blijkbaar willen vrouwen die op zoek zijn wel een partner, maar geen partner met kinderen.'

Ik zwijg; kijk hem aan en zie de trieste blik in zijn ogen. 'Ze weten niet wat ze missen,' zeg ik zacht, terwijl ik mijn andere hand nu over die van hem sluit.

Hij glimlacht. 'Maar jij hebt zelf kinderen,' zegt hij. 'Jij zult me niet afwijzen omdat ik een zoon heb. Toch?'

Het klinkt aarzelend en ik knijp in zijn hand. Ik heb nooit gedacht dat Jelmer zo onzeker kon zijn. Hij lijkt altijd zo doortastend. Zo... assertief. Het blijkt maar weer dat je dat nooit op het eerste gezicht kunt zeggen.

'Timo is een fijne knul,' zeg ik. 'En nee, ik zou jou nooit afwijzen om hem.'

'Maar?' vraagt Jelmer.

'Maar wat?'

'Om wat zou je me wel afwijzen?'

Ik zie zijn ogen twinkelen en dat geeft me een warm gevoel. Hij geeft om me, dat merk ik aan alles. 'Als ik zou merken dat je tegen me liegt,' zeg ik dan.

Zijn gezicht wordt ernstig. 'Nooit,' zegt hij stellig. 'Echt nooit zou ik tegen jou liegen.'

Maar ik lieg wel tegen jou!

De woorden weerkaatsen in mijn achterhoofd en misschien is het avontuurtje met Thymen verzwijgen strikt genomen geen liegen, maar toch. 'Dan hoef je nergens bang voor te zijn,' zeg ik zacht.

Hij glimlacht. 'Wist ik wel,' zegt hij. Hij ademt diep in en weer uit en recht zijn rug. Zijn zelfverzekerdheid is weer terug.

'Nu we het toch min of meer over Timo hebben, ik maak me een beetje zorgen over hem. Hij...' Ik zwijg als onze bestelling voor ons op de tafel wordt gezet.

'Over Timo?' vraagt Jelmer als de serveerster weer weg is en we allebei ons bestek oppakken. 'Bedoel je omdat hij door de politie is meegenomen voor een verhoor over dat dode meisje?'

'Volgens hen was dat slechts omdat ze zijn verklaring wilden, aangezien Marije en hij in Emmeloord bij elkaar op school zaten,' nuanceer ik. 'Wat grote onzin is, maar goed. Nee, ik vroeg me gewoon af of het wel goed gaat met hem.'

Jelmer wil net zijn vork in zijn clubsandwich steken, maar stopt halverwege die beweging en kijkt naar me op. 'Hoezo dan?'

'Nou ja,' zeg ik aarzelend. 'Hij trekt zich wel erg vaak in zijn eentje terug. Dat ben ik niet van hem gewend. Hij is... anders.'

'Hij heeft het moeilijk vanwege Insa,' zegt Jelmer. 'En ik weet heus wel dat het voor hem pijnlijk is dat we hier zijn. Maar hij zal er toch doorheen moeten.'

'Heb je hem gedwongen?'

Jelmer steekt een stuk brood in zijn mond en kauwt er bedachtzaam op. 'Misschien een beetje,' zegt hij uiteindelijk. 'Hij wilde hier liever niet naartoe, maar ik heb net zo lang op hem ingepraat tot hij toegaf.' En met een ongeruste blik: 'Denk je dat dat verkeerd was?'

'Dat weet ik niet,' zeg ik. 'Af en toe lijkt hij zo ongelukkig. Maar aan de andere kant heeft hij wel nieuwe contacten gemaakt.'

'Nieuwe contacten?'

Ik knik. 'Met een van de cursisten. Een meisje, Amanda.' Ik moet een dikke prop in mijn keel wegslikken voordat ik verder kan gaan. 'Ze lijken het goed met elkaar te kunnen vinden.'

'Dat wist ik helemaal niet,' zegt Jelmer.

'Hij heeft je niets over Amanda verteld?'

Hij schudt zijn hoofd.

'Dat is gek,' zeg ik. 'Ik heb hen al een aantal keren samen gezien. Pas nog zijn ze met haar auto weggeweest. Toen kwamen ze vroeg in de avond terug.'

'Wil je zeggen dat ze uit zijn geweest, of zo?' vraagt Jelmer.

'Geen idee,' zeg ik. 'Ik zag hen alleen maar terugkomen.'

Jelmer legt zijn bestek neer en zwijgt. Hij ziet er ineens zo verloren uit dat ik niet zo goed weet wat ik zeggen moet.

'Hij wordt groot,' zegt Jelmer dan. 'Of eigenlijk: hij wordt volwassen.' Hij kijkt op. 'Hij is in januari twintig geworden.'

Ik glimlach. 'Dat weet ik.'

'Nog even en ik ben hem kwijt,' gaat hij verder.

'Natuurlijk niet,' zeg ik ferm. 'Hij is je zoon, die raak je nooit kwijt.'

'Maar hij gaat wel het huis uit, misschien wel samenwonen of trouwen. En dan krijgt hij zelf kinderen.'

'Die jou opa maken,' vul ik aan. 'Een heel andere ervaring, denk ik, maar net zo mooi.'

Hij kijkt me aan, peinzend. Dan zegt hij: 'Hoe heb je het de afgelopen twee jaar volgehouden, Hester? Ik bedoel, je dochter... Het besef dat ze nooit meer thuiskomt, dat je haar nooit meer zult zien.'

'Had ik een keus?' vraag ik.

'Nee,' zegt hij. 'Dat denk ik niet.'

Ik trek mijn hand terug, pak mijn vork en prik er een stukje sla aan. Ik kan er niets aan doen dat ik ineens aan Roelie moet denken. Haar ouders leven op dit moment tussen hoop en vrees. Als Roelie er niet doorheen komt, krijgen zij straks wat ik ook meemaakte: de pijn, het verdriet, het gemis. En de vraag waarom.

'Is er iets?' vraagt Jelmer na een poosje.

Ik kijk op. 'Hoezo?'

'Je bent ineens zo stil.'

'Ach,' zeg ik. 'Ik moest aan Roelie denken. Aan haar ouders en wat hun nog te wachten staat.'

'Gaat het slechter met Roelie dan?'

'Nee, niet echt. De artsen rekenen op een goede afloop. Maar toch...'

'Jij weet waar ze doorheen gaan, wil je zeggen,' vult hij aan.

Ik knik zwijgend.

Ook Jelmer zwijgt, zijn blik neergeslagen. Pas na een poosje zegt hij: 'Weet je, al sinds ik van Roelies ongeluk hoorde vraag ik me iets af.'

'O?' zeg ik.

'Ja.' Nu kijkt hij naar me op. 'Wat Timo die nacht buiten ging doen.'

-20-

Op haar twaalfde liep Insa voor de vierde keer van huis weg. Ze kreeg na het ontbijt ruzie met Gerlof over een kleinigheid. Woedend was ze en voordat ze de trap op stampte schreeuwde ze ons toe dat ze ons haatte. Dat riep ze wel vaker en wij trokken ons daar niet zo veel van aan.

Ook Silke en Jort moesten het regelmatig ontgelden als ze tegen hen tekeerging. Jort lachte er altijd maar een beetje om, maar Silke irriteerde het. Als oudste vond ze dat zij het verstandigst moest zijn en probeerde steeds geduldig te blijven. Natuurlijk lukte dat niet altijd; Silke was zelf ook nog jong en had net als Insa een behoorlijk temperament, maar in de meeste gevallen wist ze zich te beheersen.

Toen Insa die dag niet thuiskwam uit school en ook met het avondeten niet kwam opdagen, beseften we dat ze er weer eens vandoor was gegaan. We belden vriendjes en vriendinnetjes, maar niemand had haar gezien. Omdat alle boten nog op hun plek lagen, wisten we dat ze niet het water op was gegaan en ongerust zocht Gerlof de hele omgeving af. Maar Insa werd niet gevonden.

Silke was hevig teleurgesteld; ze speelde hobo in een amateurorkest dat juist die avond hun kerstconcert zou geven en door Insa's verdwijning kon zij niet meespelen. In plaats daarvan liep ze met haar broer Jort de buurt af te zoeken naar haar kleine zusje.

Uiteindelijk werd er tegen de ochtend algeheel alarm geslagen. De politie zette speurhonden in, er werd een helikopter met warm-

tesensor aangevraagd. Gerlof en ik waren in alle staten. Nog nooit was Insa twee nachten weggebleven. We vreesden het ergste. Maar toen ineens dook ze weer op en alsof er niets aan de hand was meldde ze dat ze honger had. Ik heb nooit geweten dat ik zó kwaad en tegelijkertijd zó opgelucht kon zijn.

Die middag komt er niets meer uit mijn handen. De lunch met Jelmer was gezellig, ook na die dubieuze opmerking die hij over Timo maakte. We hadden er wat over door geboomd, maar de enige conclusie die we konden trekken was dat hij een wandeling was gaan maken omdat hij niet kon slapen. Jelmer zei dat hij dat vaker deed; Timo sliep al een poos niet goed.

Maar toen ik weer alleen thuis was en het me maar niet losliet, kon ik alleen maar vaststellen dat het allemaal wel érg toevallig was. En dan bedoelde ik niet dat Timo een nachtelijk loopje was gaan maken vlak voordat Roelie buiten bewustzijn aan de oever van het meer was gevonden, maar wel dat ineens iedereen naar buiten ging als ze niet konden slapen. Menno, Roelie, Thymen, Timo. En ikzelf. Waarom waren we elkaar nooit tegengekomen?

Als ik tegen drie uur met een kop thee onder de eik ga zitten, schiet me nog iets anders te binnen. Is Timo altijd al een slechte slaper geweest? Was hij de nacht dat Insa verdween ook wakker?

'Een kwartje voor je gedachten,' klinkt het naast me.

Ik kijk opzij. 'Walt,' zeg ik met een glimlach. 'Moet jij niet in de keuken zijn?'

Walt laat zich naast me op het bankje zakken en hijgt een beetje. Hij is dan ook behoorlijk gezet en met deze drukkende warmte zal hij het niet gemakkelijk hebben. Al helemaal niet in die hete keuken.

'Alles staat klaar,' zegt hij. 'Spullen voor de barbecue. Sauzen, gemarineerd vlees, stokbrood, salades en nog veel meer.'

Och, dat is ook zo. Als afsluiting van het admiraalzeilen is er altijd een barbecue voor alle cursisten.

'Jij komt toch ook?' vraagt hij met een ongeruste blik.

'Ik zou het voor geen goud willen missen,' antwoord ik.

'Mooi,' zegt hij. Hij kijkt me weer aan en lacht een beetje. 'Je ziet er vergeleken met een paar weken terug een stuk beter uit,' gaat hij verder. Zijn wenkbrauwen wippen op en neer als hij vervolgt: 'Komt dat door een zekere cursist?'

Ik voel mijn wangen kleuren.

'Ja dus,' zegt hij tevreden. 'Nou, het werd tijd. Je hebt het zó nodig, een beetje extra aandacht. En Jelmer is geen slechte keus.'

'Er is nog helemaal niets tussen ons, hoor,' zeg ik. 'We zijn twee keer uit geweest. Iets wezen eten om precies te zijn.'

'Dat dondert niet,' reageert hij. 'Het begin is er. En als ik eerlijk ben…' Hij buigt zich naar me toe en fluistert: 'Hij past bij je.'

Lachend stoot ik zijn arm aan. 'Doe gewoon,' zeg ik.

'Doe ik toch!' roept hij verontwaardigd. 'Jullie zijn een fantastisch stel samen.'

'We zijn geen stel,' werp ik tegen.

'Nog niet. Nog niet. Komt wel.' Walt grijnst en opnieuw moet ik lachen.

Zwijgend kijken we voor ons uit. Zoals altijd voel ik me op mijn gemak bij hem. Hij is mijn ijkpunt, mijn baken. Al zien we elkaar niet zo heel veel tijdens het seizoen, ik weet dat hij er is en dat ik altijd bij hem terechtkan.

'Heb je nog wat over Roelie gehoord?' vraagt hij ineens.

Ik schud mijn hoofd. 'Ik denk dat ik zo meteen even bij haar langsga,' zeg ik. 'Dat kan nog net voor de barbecue.'

'Alleen?'

'Er zit niets anders op,' zeg ik. 'Misschien wil Silke mee. Of Jort. Maar ik denk dat ze het daar nu te druk voor hebben.'

'Ik wil wel mee,' klinkt een stem achter ons.

Walt en ik draaien tegelijk ons hoofd om.

Thymen komt achter de eik vandaan en gaat aan de andere kant van me op het bankje zitten. 'Ik heb erg met Roelie te doen,' gaat hij verder.

Mijn hart klopt ineens in mijn keel. Hoelang staat hij daar al? Heeft hij ons gesprek over Jelmer gehoord? Dat moet haast wel.

Nou én?

Hij mag weten dat ik Jelmer graag mag. Na onze lunch van vanmiddag, en ook door Walts opmerkingen van zojuist, begin ik voorzichtig weer een toekomst te zien. Niet meer alleen, maar met een man die me begrijpt. Die me respecteert en die, volgens Walt dan, bij me past. Maar die bovenal accepteert dat er dingen in mijn leven zijn gebeurd die me getekend hebben. Dat met Thymen was een vergissing, ik blijf het tegen mezelf herhalen. Ik heb geen idee wat me bezielde, wat hém bezielde. Hij is altijd met die jonge meiden bezig, terwijl ik qua leeftijd zijn moeder had kunnen zijn. Ik kijk naar hem, naar zijn atletische bouw, zijn zwarte haar, zijn donkere ogen. Komt het misschien door mij? Heb ik hem op een of andere manier aangemoedigd? De gedachte daaraan is bepaald verontrustend te noemen. Maar het geeft me ook weer die plezierige kriebel in mijn buik.

'Goed idee,' hoor ik Walt zeggen. 'Dan hoef je niet alleen.'

'Wat?' zeg ik.

'Dat Thymen meegaat naar het ziekenhuis. Misschien is het sowieso een goed idee om elke dag even iemand van de staf langs te laten gaan. Zo blijven we betrokken. Tenslotte is Roelie toch een van ons.'

Een van ons. Ja, dat is ze. Met z'n allen zijn we een hecht groepje zeilinstructeurs die goed met elkaar overweg kunnen. En toch sluimert ergens in mijn achterhoofd het idee dat het een van ons is die Roelie kwaad heeft gedaan. Want wie kan er, behalve iemand van de zeilschool, 's nachts met een boot weg? Of had ze met iemand afgesproken? Met iemand die niets met de zeilschool te maken heeft?

Ineens vraag ik me af of het niet allemaal een façade is. Een vooropgezet plan om ons om de tuin te leiden, zodat wij en de politie zouden denken dat de dader niet kan zeilen. Zoals Menno. Wilde iemand Menno soms verdacht maken?

Ik voel een hand op mijn arm. 'Het komt vast goed met haar,' zegt Walt.

Glimlachend kijk ik hem aan en knik.

Hij staat op en verdwijnt naar zijn keuken. Thymen maakt geen aanstalten om ook weg te gaan. Zwijgend leunt hij met zijn rug tegen de eik, terwijl hij strak voor zich uit staart.

Ook ik zeg niets; ik voel me een beetje ongemakkelijk door zijn zwijgen en het liefst wil ik opstaan en naar binnen gaan. Maar iets houdt me tegen. Ik kan er niets aan doen dat ik elke keer naar hem moet kijken. Dat heb ik nooit eerder gehad, niet bij hem in ieder geval. Die avond met hem samen heeft iets bij me losgemaakt. Lust? Begeerte? Ik weet het niet, maar ik weiger eraan toe te geven.

'Wist je dat hij een strafblad heeft?' zegt hij ineens.

Meteen ben ik weer terug op aarde. 'Hè?' zeg ik. 'Wie bedoel je?'

'Menno.' Hij kijkt opzij en zoekt mijn blik. 'Hij heeft een meisje aangerand.'

Mijn mond zakt nog net niet open. 'Wát?'

Thymen komt naar voren en leunt met zijn ellebogen op zijn knieën. 'Het is al een poosje geleden, maar ik vond dat je het moest weten. Niemand weet het kennelijk.'

Ik staar hem aan. 'Maar jij wel, blijkbaar,' zeg ik.

Zijn blik laat me los en hij kijkt weer voor zich uit, zwijgend.

'En hoe ben jij dat te weten gekomen?' vraag ik.

'Dat doet er niet toe,' zegt hij. 'Wat er wel toe doet is dat hier kinderen rondlopen.'

Ik moet zijn woorden even laten bezinken. 'Denk je dat hij... dat Menno...' begin ik.

‘Hij zou niet de eerste zijn die in herhaald gedrag vervalt,’ zegt hij. ‘Meisjes genoeg hier.’

Nu word ik boos. ‘Kap daarmee,’ bijt ik hem toe. ‘Als je Menno ergens van beschuldigt, zeg het dan ronduit.’

Opnieuw kijkt hij me aan. In zijn ogen sluimert iets van slinksheid. ‘Ik beschuldig hem helemaal nergens van,’ zegt hij. ‘Ik meld het alleen maar even.’

‘Waarom? Omdat je kwaad op hem bent?’

‘Amanda,’ zegt hij.

‘Amanda wat?’

‘Hij bedoelde laatst dat ik Amanda met rust moet laten.’ En mompelend: ‘Hij wil haar zeker voor zichzelf.’

Ik pak hem stevig bij zijn arm. ‘Dat soort praat wil ik niet horen, Thymen,’ zeg ik ijzig.

Zijn blik houdt me even vast, dan slaat hij zijn ogen neer. ‘Sorry,’ zegt hij. ‘Dat had ik niet mogen zeggen. Maar hij heeft nou eenmaal een abnormale belangstelling voor Amanda.’

‘Hoezo?’ vraag ik. ‘Ik heb hem niet vaker dan een ander in haar buurt gezien.’

Het scheve lachje verschijnt weer rond zijn lippen. ‘Denk je?’

‘Jij wel dan?’

Hij haalt zijn schouders op en zwijgt.

‘Thymen?’ dring ik aan.

Hij staat op. ‘Ik ga me even omkleden,’ zegt hij dan. ‘Hoe laat wil je vertrekken?’

Met Thymen een poosje uit de buurt, heb ik even tijd om me ook op te knappen. Ik ga naar binnen en terwijl ik snel een douche neem en vervolgens alvast een nette broek en schoon shirt aantrek, denk ik aan wat Thymen vertelde. Menno heeft volgens hem dus een strafblad. Of het waar is, valt te bezien, maar ergens verbaast het me niet; hij is in mijn ogen een echte einzelgänger. Maar wil dat zeggen dat hij niet te vertrouwen is? Ik kan me dat echt niet voorstellen; er zijn nooit problemen met hem geweest.

Al peinzend zet ik in de keuken de vaat in de vaatwasser en net als ik de machine sluit, stapt Jort de keuken binnen. Hij ziet er verhit uit; zijn haren zijn vochtig en zijn kleding plakt tegen zijn huid. Maar zijn ogen schitteren.

'Hé,' zeg ik. 'Weer terug? Hoe was het admiraalzeilen?'

'Zoals altijd geweldig,' zegt hij. 'Ze hebben genoten.' Hij spreidt zijn armen en kijkt omlaag naar zijn smoezelige kleding. 'En wij ook,' vult hij lachend aan.

Ook ik moet lachen. Het is elke keer zo fijn om te zien dat Jort net zoveel van het spel geniet als de cursisten.

Jort laat zijn ogen over me heen gaan. 'Jij ziet eruit alsof je op stap gaat,' zegt hij. Zijn wenkbrauwen wippen op en neer als hij vervolgt: 'Jelmer?'

'Nee, ik ga zo even langs Roelie in het ziekenhuis,' reageer ik. 'Maar omdat je zo nieuwsgierig naar Jelmer bent: vanmiddag zijn we wezen lunchen.'

'Top,' zegt hij. 'Dat hoor ik graag.' Hij slaat zijn arm om me heen en trekt me tegen zich aan, waardoor ik me zoals altijd enorm klein voel naast zijn één meter achtennegentig. 'Ik ben blij voor je, mam.'

Ik kijk omhoog en zoek zijn blik. 'Hoe weet je dat eigenlijk van Jelmer en mij? O, je zus zeker,' beantwoord ik mijn eigen vraag. 'Die heeft haar mond weer eens niet kunnen houden.'

'Ze gunt het je gewoon,' zegt Jort. 'En ik ook. Het is tijd om alle ellende achter ons te laten.'

Ik schiet vol door zijn woorden, maar weet me te herpakken. Ik glimlach en leg mijn hand tegen zijn wang. 'Dat weet ik,' zeg ik zacht. 'Maar we hebben het toch mooi gered met z'n drieën, hè?'

Als antwoord drukt hij me nog wat steviger tegen zich aan en zo blijven we even staan.

'Pardon,' klinkt het dan.

Jort en ik kijken allebei om.

Door de openstaande keukendeur stapt inspecteur De Groot binnen, op de voet gevolgd door zijn collega Kleinsma. 'We storen toch niet?' vraagt Kleinsma. 'De deur stond open.'

Eerst Thymen, nu zij weer – waarom denkt iedereen gewoon binnen te kunnen lopen als de deur open staat?

Jort laat me los en ik zie de vraagtekens in zijn ogen als hij zijn blik via de twee politiemannen terug naar mij laat gaan.

'Dit zijn inspecteurs De Groot en Kleinsma,' zeg ik. En tegen de twee politiemannen: 'Dit is Jort, mijn zoon.'

Allebei knikken ze hem toe.

'Ze doen onderzoek naar de dood van Marije,' leg ik uit.

'Aha,' zegt Jort.

Ik maak een uitnodigend gebaar naar de keukentafel. 'Wilt u iets drinken?'

'Nee, dank u,' zegt Kleinsma, terwijl hij gaat zitten. Zijn collega schuift naast hem op een stoel.

Na een korte blik op Jort ga ik tegenover hen zitten en kijk hen afwachtend aan. Jort blijft achter mijn stoel staan.

'Er zijn wat vragen gerezen over het ongeluk van Roelie Vranken,' zegt Kleinsma. 'Naar alle waarschijnlijkheid is ze met een stomp voorwerp op het hoofd geslagen en daarna in het water gegooid,' zegt De Groot.

Even hou ik mijn adem in. Dus toch!

'Misschien heeft ze de giek tegen haar hoofd gekregen,' oppert Jort.

De Groot richt zijn blik op mij. 'Wat denkt u, mevrouw Van Oosterom? Zou dat kunnen?'

Verbouwereerd staar ik hem aan. 'W-waarom vraagt u dat aan mij?'

'U leek net een beetje gealarmeerd.'

Ik kijk van Kleinsma naar De Groot. 'Nee, ik, eh…' Ik zucht diep. 'Het gaat om de boot,' zeg ik dan. 'Die was niet correct opgetuigd. En Roelie is geen beginneling in het zeilen; ze weet heel goed hoe ze met een boot moet omgaan.'

'Dus volgens u heeft ze die klap niet van de giek gekregen?'

'Dat lijkt me sterk.'

'Denkt u dat iemand haar in die boot mee het water op heeft genomen en haar daar heeft gedropt?' vraagt Kleinsma.

'Dat weet ik natuurlijk niet,' zeg ik. 'Ik zeg alleen dat het niet klopte zoals we die boot aantroffen.'

Er valt een stilte. Jort staat nog steeds achter mijn stoel en ik voel meer dan dat ik zie dat hij zijn handen behoorlijk stevig om de rugleuning klemt.

'U had een vermoeden dat er iets niet klopte,' herhaalt De Groot mijn woorden. 'Waarom hebt u dat niet gemeld?'

'Dat is mijn schuld,' zegt Jort meteen. 'Ik zei mijn moeder het zo te laten.'

Twee paar ogen schieten nu naar Jort.

'Waarom?' vraagt Kleinsma.

Jort komt achter mijn stoel vandaan, zet zijn handen demonstratief op tafel en leunt naar voren. 'Dat zal ik u vertellen,' zegt hij. 'Mijn moeder heeft al genoeg te verduren gehad de afgelopen jaren, om over het verdriet na de dood van mijn zusje nog maar te zwijgen. Ik wil niet dat alles weer van voren af aan begint.'

Opnieuw blijft het stil.

Ik leg kalmerend mijn hand op Jorts arm. 'Het is oké,' zeg ik tegen hem. 'Ze kunnen het niet negeren. Ik had het beter meteen kunnen vertellen.'

Jort draait zich naar mij. 'Weet je zeker dat het oké is? Anders moeten ze maar op een ander moment terugkomen.'

'Het is oké, Jort,' herhaal ik, nu wat scherper. 'Ga jij nou maar douchen, zoals je van plan was. Ik red me wel.'

Even nog blijft hij staan, maar dan knikt hij de twee inspecteurs stijfjes toe en beent met grote passen de keuken uit.

'Neem het hem niet kwalijk,' zeg ik. 'Hij is nogal… beschermend. Geworden,' vul ik mezelf aan. 'Na Insa.'

'U hoeft zich niet te verontschuldigen,' zegt Kleinsma. 'We begrijpen het wel.'

'Het moet voor hem ook moeilijk zijn,' voegt De Groot eraan toe.

Ik geef er geen antwoord op; vraag me af of ze het werkelijk begrijpen of dat ze dat zeggen uit gewoonte.

'Wilt u echt niets drinken?' vraag ik.

Ze slaan het aanbod allebei voor de tweede keer af.

'Hoe goed kent u Menno de Gravenmaker?' vraagt Kleinsma dan.

'Menno? Die werkt hier al meer dan twintig jaar, dus best goed, zou ik zeggen.'

Maar kennelijk lang zo goed niet als na zo'n tijd zou moeten.

'U weet dat hij een strafblad heeft?'

Verrast kijk ik hem aan. Is het toeval dat Kleinsma dat vraagt terwijl ik dat een uur geleden pas hoorde? Waarom vertelde Thymen me dat eigenlijk? Omdat hij kwaad was dat Menno hem op zijn vingers tikte? *En heeft hij het daarom aan de politie gemeld?*

Ik zie dat zowel Kleinsma als De Groot afwachtend naar me kijkt en zeg dan: 'Waarom zou ik dat níét weten?' Het komt er behoorlijk koel uit, dat hoor ík zelfs.

'Omdat mensen met een strafblad daar doorgaans niet mee te koop lopen?' reageert Kleinsma. Het klinkt scherp en misschien heb ik die toon ook wel verdiend. Ze zijn van de politie, Menno heeft ooit vastgezeten, dus het is logisch dat ze naar hem vragen.

Ik zucht. 'Sorry,' zeg ik. 'Maar Menno is hier al zo lang. Hij heeft mijn kinderen groot zien worden. Insa heeft nog paardjegereden op zijn knie.'

Het noemen van Insa doet me ineens iets beseffen. 'Waarom hebben jullie nooit naar hem gevraagd toen Insa verdween?'

De twee inspecteurs kijken elkaar kort aan. 'Onze collega's hebben dat wel degelijk gedaan,' zegt Kleinsma dan. 'Menno de Gravenmaker is verhoord, uw man was daarbij.'

Mijn man. *Gerlof?* Waarom weet ik daar niets van?

'Uw man verstrekte hem een alibi. Hij zei dat Menno en hij samen in het botenhuis aan een grote reparatieklus werkten rond de tijd van de moord op uw dochter.'

Ik staar hem aan. Heeft Gerlof dat werkelijk gezegd? Ik graaf in mijn geheugen naar iets wat die verklaring kan bevestigen, maar ik kan het me niet meer herinneren. De wanhoop, de radeloosheid, de angst – dat alles weet ik nog als de dag van gisteren. Maar niet waar we mee bezig waren. Wat we deden. Was het waar dat ze samen in het botenhuis waren? Het zou zomaar kunnen. Autopsie had uitgewezen dat Insa meteen die eerste avond al dood was. Op dat moment wisten wij nog niet eens dat ze weg was.

'Mevrouw Van Oosterom?'

Ik schrik op. 'Wat?' zeg ik automatisch. En bij het zien van hun blik. 'O, sorry. Mijn gedachten dwaalden af.'

Ze zeggen niets, alsof ze op een vervolg wachten.

'Ik vertrouw Menno voor honderd procent,' zeg ik dan. 'En het is trouwens mijn ex.'

Kleinsma trekt zijn wenkbrauwen op.

'Gerlof is mijn man niet meer,' zeg ik ter verduidelijking.

'U weet waarvoor Menno heeft vastgezeten?' vraagt De Groot, zonder te reageren op mijn opmerking over Gerlof.

Ik knik. 'Aanranding van een minderjarige.'

'U werkt hier met kinderen,' zegt Kleinsma. 'Vindt u dat verantwoord?'

Verantwoord? Dat weet ik eigenlijk niet. Ik vraag me ineens af of Gerlof ervan wist. Hij was degene die me overhaalde om Menno in dienst te nemen. Menno was een oude vriend van hem, had hij gezegd, en hij kon nergens een baan vinden. Nu begrijp ik waarom niet. Werknemers zaten ongetwijfeld niet te springen om personeel met zo'n verleden. En verzwijgen had geen zin; als hij een Verklaring Omtrent het Gedrag had moeten aanvragen, was hij direct door de mand gevallen. Had ik hem bij mijn kinderen gelaten als ik ervan had geweten? Misschien niet. Maar toch is er nooit iets gebeurd. Had Gerlof Menno in dienst genomen als hij hem niet voor de volle honderd procent vertrouwde? Dat geloof ik niet. Nee, dat weet ik zeker.

'Denkt u dat ik mijn dochters dan op zijn knie had laten zitten?' vraag ik.

Ze kijken me aan alsof ik gek ben. En misschien ben ik dat ook wel. Want waarom zou ik Menno verdedigen? Zo goed gaan we niet met elkaar om; soms zou ik hem het liefst zien vertrekken.

'U hebt nooit klachten van ouders gehad?' Het is Kleinsma die dat wil weten.

Ik schud mijn hoofd. 'Als dat zo was, dan had hij hier nu niet meer gewerkt.'

'Nee?' vraagt De Groot. 'Maar toch neemt u het voor hem op.'

'Iedereen verdient een tweede kans,' zeg ik. Het is een cliché, maar ik weet even niets anders te verzinnen.

'Dat is ruimhartig van u,' zegt Kleinsma. En voordat ik kan reageren: 'Zouden wij meneer De Gravenmaker even kunnen spreken?'

Ik kijk hem aan, zie de veroordeling al in zijn blik, en knik dan kort. 'Ik zal hem voor u gaan halen,' zeg ik.

Niet veel later zit Menno bij ons aan de keukentafel. Zijn handen rusten plat op het tafelblad en hij zit kaarsrecht en onbeweeglijk.

Toen ik hem vertelde dat de politie met hem wilde praten over Roelie, zag ik angst in zijn ogen en terwijl we samen naar mijn huis liepen, vroeg hij na een poosje zwijgen of ik erbij wilde blijven. Dus nu zit ik naast hem, terwijl de twee inspecteurs hem aan de andere kant van de tafel onderzoekend opnemen. Ze hebben hem hun legitimatie laten zien, die hij geen blik waardig had gekeurd.

'Meneer De Gravenmaker,' begint Kleinsma. 'U weet waarvoor wij hier zijn?'

Menno knikt; zijn handen liggen nog steeds plat op tafel.

'Dan begrijpt u ook vast wel dat we een aantal vragen voor u hebben.'

Nogmaals knikt Menno.

'Oké,' vervolgt Kleinsma. 'Ik wil dat u weet dat dit dus geen officieel verhoor is, alleen een vrijblijvend gesprek. U bent nergens toe verplicht. Dat begrijpt u ook?'

Voor de derde keer knikt Menno.

'Waar was u in de vroege ochtend van de dertigste juli?' vraagt De Groot.

'In bed,' zegt Menno meteen.

'Dat weet u zeker?'

'Iedereen lag in bed,' kom ik tussenbeide. Ik erger me een beetje aan de toon waarop ze hun vragen stellen, alsof ze er al van overtuigd zijn dat Menno meer van de zaak weet. Hoezo, geen verhoor?

'Behalve Roelie en degene die haar aanviel,' zegt De Groot droogjes.

'Dat staat nu vast?' vraag ik. 'Dat Roelie is aangevallen?'

'Onderzoek heeft dat inderdaad uitgewezen.'

Ik zwijg en richt mijn blik op Menno, die nu toch wel nerveus oogt. Zo ken ik hem helemaal niet; hij is eigenlijk altijd de rust zelve.

'Kent u Roelie?' vraagt Kleinsma aan Menno.

Hij knikt. 'Natuurlijk,' zegt hij. 'Ze werkt hier.'

'Hebt u weleens met haar gesproken?'

Menno geeft niet meteen antwoord. Hij lijkt na te denken over die vraag en dat is raar. Natuurlijk heeft hij met Roelie gepraat. Dat doet hij regelmatig, in ieder geval al tijdens het ochtend- en avondoverleg.

Een kort moment denk ik dat hij het gaat ontkennen, maar dan zegt hij: 'Elke dag.'

Kleinsma trekt zijn wenkbrauwen op.

'Ik zei al dat ze hier werkt,' verklaart Menno. 'Dan is het toch logisch dat ik frequent met haar praat? Tijdens het eten, de stafvergaderingen, zomaar ergens buiten. Ze komt ook bij me als er iets gerepareerd moet worden.'

Kleinsma knikt dat hij het begrepen heeft. 'Roelie is een knappe meid,' oppert hij dan.

'Dat is me niet opgevallen,' zegt Menno. 'Er lopen hier veel mensen rond, dus ook meisjes en vrouwen.'

'Ja, maar Roelie gaat niet weg na een week, zoals de cursisten. Zij blijft het hele seizoen hier.'

Menno staart hem aan. 'Wat suggereert u nu eigenlijk? Dat ik Roelie mee het water op heb genomen en haar daar heb aangevallen?' Hij kijkt naar mij en vervolgt: 'Ik kan niet eens zeilen!'

Er valt een stilte. De manier waarop Thymen en ik de boot aantroffen wees ontegenzeggelijk in de richting van iemand die niet met een zeilboot weet om te gaan. En waarschijnlijk dus ook niet kan zeilen.

Menno's blik gaat weer terug naar de twee inspecteurs. 'Ik heb niets met Roelies ongeluk te maken,' zegt hij stellig. 'Ik lag in bed. Ik sliep. Bovendien ben ik op Roelie gesteld, ik zou haar nooit iets kunnen aandoen.'

'Maar u hebt wel al eerder een meisje kwaad gedaan,' zegt De Groot.

Ik kijk naar Menno, analyseer zijn houding, maar het enige wat ik opmerk is zijn groeiende woede.

'Dat was gelogen,' sist hij tussen zijn tanden door. 'Ik heb haar met geen vinger aangeraakt.'

Menno balt nu zijn vuisten en klemt zijn kiezen op elkaar. Het is overduidelijk dat hij zich maar met moeite kan beheersen. Wat zou er gebeuren als hij ontploft? Zouden ze hem meenemen om hem op het bureau aan een echt verhoor te onderwerpen? Dat zou zomaar kunnen.

'En Roelie heb ik ook niets aangedaan,' zegt Menno dan zacht.

'Als ze weer aanspreekbaar is, zal zij dat beamen.'

'Het is helemaal niet zeker of Roelie ooit nog wakker wordt,' zegt De Groot.

'Wie zegt dat?' vraag ik. 'Toen ik vanmorgen Roelies moeder sprak, zei ze dat de artsen hoopvol waren.'

'Misschien,' zegt De Groot. Hij doet er verder het zwijgen toe, net als zijn collega.

Menno heeft zijn hoofd gebogen en kijkt niemand aan.

'Goed,' zegt Kleinsma uiteindelijk. 'Voorlopig weten we genoeg.' En tegen Menno: 'Houdt u zich beschikbaar voor verdere vragen.'

Ze staan tegelijk op. Kleinsma knikt naar mij en dan verdwijnen ze achter elkaar door de keukendeur naar buiten.

-21-

Insa was geen hoogvlieger op school. Lezen ging haar helemaal niet gemakkelijk af, schrijven idem, en de tafels leren was een drama. Toch was ze niet dom. Sterker nog, ze was behoorlijk bij de tijd als het op andere dingen aankwam. Zo haalde ze altijd hoge cijfers voor geschiedenis en biologie. Vooral onderwerpen die met de natuur te maken hadden, waren haar sterke kant. Ze wist alle Europese vogels te herkennen en bij naam te noemen. Bloemen, struiken, bomen, vlinders, insecten, ze hadden geen geheimen voor haar en heel vaak, als we haar weer eens kwijt waren, zat ze achter het huis met haar verrekijker naar vogels te kijken. Of bloemen en vlinders te bestuderen.

Er was slechts één keer waarop Jort en Silke met haar meegingen om naar de vinken te kijken die een nestje gebouwd hadden in de heg naast ons huis. Met z'n drieën zaten ze achter het hek en keken een voor een door Insa's verrekijker naar de drukke bezigheden van de vinkenouders die af en aan vlogen met voedsel. Totdat een ervan ongelukkig genoeg tegen een auto vloog die net het parkeerterrein op kwam rijden. Het vogeltje fladderde nog even door en tuimelde toen in het gras naast de weg.

Gedrieën renden ze ernaartoe. Het vinkje leefde nog en ze namen het mee naar binnen, waar Gerlof en ik in de keuken aan de koffie zaten. Ze zetten het diertje in een oude schoenendoos, op een oude keukendoek die ik ze had gegeven. Maar het was hopeloos. Het beestje lag stuiptrekkend met zijn pootjes in de doos; er was gewoon geen hoop meer.

Insa was in tranen, wilde dat we het vogeltje zouden voeren, warm zouden houden, zodat het zijn eigen kindjes weer kon verzorgen. Hoe we ook op haar inpraatten, ze was niet voor rede vatbaar. Totdat Silke een einde aan de discussie maakte door het vinkje te pakken en het met een korte beweging de nek om te draaien.

Het was het meest humane wat gedaan had kunnen worden om het vogeltje verder lijden te besparen. Maar zo zag Insa het niet. Ik geloof dat ze het Silke nooit vergeven heeft.

Nadat de rechercheurs weg zijn gegaan, blijf ik uit het veld geslagen aan de keukentafel zitten. Menno zit ook nog steeds bewegingloos op zijn stoel en staart voor zich uit.

'Menno,' begin ik, maar hij lijkt me niet te horen.

Ik zeg nogmaals zijn naam, nu wat harder, en dat doet hem opschrikken. Hij kijkt me aan met een uitdrukking in zijn ogen die me doet huiveren.

'Ik heb Roelie géén kwaad gedaan,' zegt hij dan zacht. 'Echt niet.' Hij slikt, kijkt naar de openstaande keukendeur en weer terug naar mij. 'Ze moeten Thymen eens aan de tand voelen.'

'Thymen?' vraag ik. 'Hoezo?'

'Omdat hij...' Menno zwijgt ineens, zijn blik omlaag, wenkbrauwen gefronst.

'Menno?' zeg ik. 'Waarom Thymen?'

Er komt geen antwoord.

Eigenlijk begin ik er een beetje genoeg van te krijgen. Thymen en Menno kunnen duidelijk niet samen door één deur. Waarom dat na zo veel jaar ineens tot uiting komt, weet ik niet, maar het moet afgelopen zijn met het elkaar zwartmaken.

'Is het omdat hij achter de meiden aan zit?' vraag ik kortaf.

Hij kijkt op. 'Thymen moet eens aan zijn grenzen gaan werken,' gromt hij. 'Voor zover hij die heeft.'

'En daarom denk je dat hij wat met Roelie te maken heeft,' stel ik. 'Maar dat is toch nauwelijks een reden om...'

'Dat is niet alles,' onderbreekt hij me. 'Hij heeft...' Hij stopt, alsof hij over de rest wat hij wil zeggen moet nadenken. Dan vervolgt hij: 'Hij heeft gewoon geen fatsoen. Een rijkeluiszoontje met een dubbele agenda, dát is hij, en daardoor denkt hij alles te kunnen maken.'

Peinzend laat ik mijn blik op Menno rusten. Waarom reageert hij toch zo opgefokt als het Thymen betreft? Zie ik iets over het hoofd?

Dat zou zomaar kunnen; Thymen heeft zelfs jou verleid...

'Oké,' zeg ik dan. 'Ik zal eens met Thymen gaan praten.'

Zonder me aan te kijken schudt Menno zijn hoofd, alsof hij nu al weet dat dat een verloren zaak is. 'Veel succes,' mompelt hij.

'Wat bedoel je daarmee?' wil ik weten.

Nu kijkt hij wel op. 'Thymen is geen prater,' zegt hij. 'In ieder geval niet serieus. Het enige wat hij zal doen is naar mij wijzen. Zoals hij steeds al gedaan heeft. Nee,' onderbreekt hij me als ik wat wil opmerken. 'Niet zeggen. Ik weet dat jij al wist van mijn strafblad. Dat heeft híj je verteld, hè?'

Ik zie het nut er niet van in om daarover te liegen, dus ik knik.

'Vanwege de kinderen?'

'Min of meer.'

'Zie je wel,' mompelt hij, meer tegen zichzelf dan tegen mij. En dan, terwijl hij opkijkt: 'En jij?'

'Ik?'

'Hoe denk jij erover? Denk je dat Thymen gelijk heeft?'

'Zou ik je dan verdedigd hebben tegenover de politie?' zeg ik. 'Want dat heb ik, voordat ze je wilden verhoren.'

Hij neemt me met een vlijmscherpe blik onderzoekend op.

'Waarom heeft Gerlof jou eigenlijk in dienst genomen?' vraag ik. 'Hij moet geweten hebben van je verleden.'

'Gerlof en ik kennen elkaar al heel lang,' reageert hij. 'En hij heeft nooit ook maar één woord geloofd van de aantijgingen die tegen mij gedaan werden. Jouw man,' zegt hij dan stellig, 'was een goede vriend. Hij stond naast me toen ik hem nodig had. En hij gaf me een toekomst door me deze baan aan te bieden.'

Nog even kijkt hij me strak aan. Dan buigt hij zijn hoofd en staat op. 'Ik moet weer aan het werk,' zegt hij. En zonder nog een woord beent hij de keuken uit.

'Zijn ze weg?' vraagt Jort als hij even later frisgewassen beneden komt.

Ik knik. 'Weet je dat ik er niets meer van begrijp?' zeg ik, zonder hem aan te kijken.

'Waarvan niet?'

'Alles. Er speelt iets, maar ik krijg er geen grip op.'

Jort zegt niets. Hij laat zich op de stoel naast die van mij zakken en zoekt mijn blik. 'Laat het aan de politie over,' zegt hij. 'Dat is hun werk.'

'Ja, dat wíl ik ook wel, maar waarom komen ze steeds hier? Denken ze werkelijk dat wij wat te maken hebben met de dood van Marije en de toestand van Roelie?'

'Dat weet ik niet,' zegt hij. 'Maar nou vind ik eerlijk gezegd de wegen die de politie bewandelt nooit helemaal duidelijk.'

Ik staar hem aan. Dan schiet ik in de lach. 'Daar kon je weleens gelijk in hebben,' zeg ik. En dan, zachter: 'Dat was al zo met Insa.'

'Precies,' stemt hij in. 'En zo te zien is dat weinig veranderd.' Hij staat op en geeft me een kus op mijn kruin. 'Ik ga even kijken hoe het vordert met de barbecue,' zegt hij. 'Zie ik je straks?'

Niet veel later hoor ik voetstappen bij de keukendeur en ik kijk om. Het is Thymen, die gewassen en wel in de deuropening staat. Zijn haren zijn vochtig, zijn kleding is onberispelijk wit en de subtiele geur van zijn aftershave dringt mijn neus binnen. Zoals hij daar staat, nonchalant en met dat scheve lachje, is hij adembenemend. Is hij dat altijd geweest of is het iets van de laatste tijd?

'Klaar?' vraagt hij.

Ik zie zijn blauwe ogen, zijn blik, en weet ineens heel zeker dat ik niet met hem in een auto moet stappen. Ik heb geen idee wat zijn bedoeling is en waarom hij per se mee naar Roelie wil. Zijn eerdere woorden, dat hij met haar te doen heeft, zullen ongetwijfeld waar zijn, maar iets waarschuwt me dat hij ook weleens een spelletje kan spelen. Met mij, en met mijn gevoelens.

'Nee,' zeg ik. 'Ik, eh... De barbecue...'

'Kunnen ze weer niet zonder jou?'

Ik glimlach, al is het enigszins geforceerd. 'Dat is het nadeel als je de baas bent,' zeg ik. 'Maar als jij wil gaan, zou ik dat fijn vinden. Dan is er toch even iemand van de staf geweest. Morgen ga ik zelf wel.'

Hij zegt niets, laat zijn blik zo langzaam over me heen gaan dat ik er een ongemakkelijk gevoel van krijg. Dan knikt hij langzaam. 'Oké,' zegt hij.

'Wil je de bedrijfsauto mee?' vraag ik.

'Hoeft niet,' zegt hij. 'Ik moet toch nog iets ophalen. Dan pak ik daar de auto van mijn vader wel.'

Zijn vader?

Blijkbaar ziet hij mijn verwarring en verklaart: 'Die woont hier in de buurt.'

Dat wist ik niet. Maar daarentegen praat hij ook nooit over zijn ouders. 'Wat jij wil,' zeg ik.

Een minuut of tien nadat Thymen is vertrokken, besluit ik om eerst een eindje met Bisky te lopen en daarna naar de barbecue te gaan. Mijn hoofd zit zo vol met van alles dat ik een beetje afleiding wel kan gebruiken.

Bisky vindt het prima. Ze draaft voor me uit naar het pad langs het meer, onze vaste route. Ik zou deze keer liever de andere kant op gaan – dit pad loopt precies langs de plek waar we Roelie vonden – maar Bisky is al te ver op weg om haar nog terug te fluiten. Bovendien kan ik moeilijk die plek gaan vermijden. Van tijd tot tijd moet toch de beschoeiing langs de oevers gecheckt worden en daar ben ik graag zelf bij.

Het is rustig langs het water. In de verte hoor ik vaag muziek en stemmen, allebei afkomstig van de barbecue. Dat is het voordeel van zo afgelegen wonen: niemand heeft er last van.

Bij de beruchte plek blijf ik even staan. Ik kijk over het water, dat glinstert in het licht van de zon die al aan het zakken is. De lucht is zachtroze gekleurd en zilveren randjes omlijsten de weinige wolken die langsdrijven. Het ziet er allemaal zo lieflijk uit, en dat hier nog geen twee dagen geleden iets vreselijks is gebeurd is bijna onvoorstelbaar.

Ondanks de nog zomerse temperatuur krijg ik het koud. Arme Roelie. Ik denk aan Insa, van wie we tot op de dag van vandaag ook niet weten wat er met haar is gebeurd, wat er tot haar dood geleid heeft. Ja, we weten de doodsoorzaak: een harde klap tegen haar hoofd. Maar wie dat op zijn geweten heeft is nog steeds een raadsel. En dan Marije. Hoe is zij eigenlijk overleden? Dat hebben die rechercheurs niet gezegd. Of wel? Ik weet het niet meer. Wat ik wel weet is dat ik me steeds opnieuw afvraag of er een link is. Is degene die Insa vermoordde ook verantwoordelijk voor de dood van Marije? En misschien zelfs voor de toestand van Roelie?

Ik huiver en onwillekeurig kijk ik om me heen. Er is niemand te zien. Bisky is een eindje verderop aan het rondsnuffelen en behalve de geluiden van de barbecue, vogelgezang en het klotsende water tegen de beschoeiing is er niets te horen. Toch heb ik het gevoel dat ik bekeken word, maar er is niets in de omgeving waarachter iemand zich zou kunnen verschuilen.

'Bisky!' roep ik. Ik weet nu al dat ze toch niet komt, maar mocht ik in de gaten worden gehouden, dan weet die persoon nu in ieder geval dat ik een hond bij me heb.

Ik moet grinniken om mijn eigen gedachten. Er is niemand te

zien, niets te horen behalve bekende geluiden, dus waar maak ik me zorgen over? Ik haal een tennisbal uit mijn zak, roep nogmaals naar Bisky en gooi de bal dan een eind het water in. Een plons geeft aan dat Bisky het gezien heeft en ik zie haar ferm achter de bal aan zwemmen. Ik kijk er genietend naar; ze houdt van water, al sinds we haar als puppy hiernaartoe brachten.

Achter me vliegt ineens een groep vogels op uit het riet en geschrokken draai ik me om. Er is niets te zien wat hun vluchtgedrag heeft veroorzaakt. Toch moet iets hun schrik getriggerd hebben. Niet Bisky, dan hadden ze eerder moeten opvliegen. Maar wat dan wel?

Mijn ogen gaan over de lage begroeiing. Er beweegt niets. Een rilling trekt over mijn rug en ik weet ineens zeker dat ik naar huis wil. Bisky is inmiddels weer op de kant geklommen en laat druipend de tennisbal voor mijn voeten vallen. Ik pak hem op en gooi hem opnieuw het water in, de andere kant op, in de richting van de zeilschool.

Bisky plonst het water weer in en terwijl zij zwemt, loop ik terug langs de oever. Het gevoel dat iemand naar me kijkt zakt weg naarmate we de eerste steiger naderen en opgelucht loop ik even later mijn tuin in. Bisky is me gevolgd en dumpt de natte bal voor mijn voeten voordat ze zich lekker uitschudt. Druppels vliegen me om de oren en lachend duik ik weg.

Binnen zet ik een bak water voor haar neer, waar ze gretig uit begint te drinken, en nadat ik mijn schoenen heb verwisseld voor een paar gemakkelijke slippers loop ik de tuin door naar de zeilschool.

Als ik achter het hoofdgebouw vandaan kom, golft de gezelligheid van de barbecue over me heen. Dit is altijd de droom van mijn vader en mijn grootvader geweest en nu zet ik het voort. Zelfs die twee jaar financiële ellende heeft me niet klein gekregen.

Ik laat mijn blik over de cursisten gaan die aan de verspreid staande picknicktafels zitten. Er wordt gegeten, gedronken en gelachen en alhoewel dat me goeddoet, moet ik onwillekeurig denken aan Roelie. Ze hield altijd zo van de barbecues. Hóúdt, verbeter ik mezelf. Ze houdt van de barbecues. Positief denken; ze komt hier wel doorheen.

Ik zie Jelmer aan een van de tafels zitten. Hij steekt zijn hand op en roept: 'Hé, Hester!'

Glimlachend loop ik zijn kant op en als ik bij de tafel kom, schuift hij wat opzij zodat ik naast hem kan zitten.

'Je was naar het ziekenhuis, zei Jort,' zegt hij. 'Hoe is het met Roelie?'

'Dat weet ik niet,' reageer ik. 'Thymen is in mijn plaats gegaan.'

Zijn blik is meteen verontrust. 'Ben je niet lekker?'

'Alleen maar moe,' zeg ik.

'Wil je wat drinken?' Zonder op antwoord te wachten pakt hij een fles witte wijn die midden op de tafel staat, zoekt een schoon glas en schenkt dat vol. 'Hier,' zegt hij. 'Lekker relaxen.'

Ik pak het glas aan en neem meteen een klein slokje. En nog een. Ik voel dat mijn spieren zich wat ontspannen en neem een derde slok.

'Iets eten?' vraagt Jelmer.

'Ik lust wel wat stokbrood en salade,' zeg ik.

Hij staat op. 'Komt eraan.'

Terwijl ik hem nakijk vraag ik me af waar Timo is. Ik laat mijn blik rondgaan, maar kan hem nergens ontdekken. Ik speur de tafels verder af en zie Amanda tussen wat leeftijdgenoten zitten. Het is de groep van Thymen en onwillekeurig moet ik denken aan die ruzie tussen Thymen en Menno. Dat ze elkaar beschuldigen van te veel aandacht voor Amanda.

Mijn blik houdt het meisje een poosje vast, maar iets bijzonders kan ik niet aan haar ontdekken. Ze ziet er leuk uit, heeft een knap gezichtje, waarin ik iets onmiskenbaar bekends zie, en lijkt goed aansluiting te hebben met de rest. Wat is er zo speciaal aan haar waardoor Thymen en Menno beiden een meer dan normale belangstelling voor haar hebben? Als dat al zo is; tenslotte beschuldigen ze elkaar. Toch kan ik het me van Thymen voorstellen, die is echt een donjuan. Maar Menno, dat is geen type om achter de meisjes aan te zitten. Daar is hij bovendien een beetje te oud voor. Toch?

Hij heeft een meisje aangerand.

Ik hoor het Thymen weer zeggen. Maar over wat voor meisje hebben we het dan? Een kind? Een scholiere? Of een studente? Menno bleef volhouden dat het niet waar is, maar waar rook is, is vuur.

En dan is er ook nog Timo, die wel heel veel met Amanda optrekt. Strikt genomen is hij de enige van de drie die goed bij haar past, qua leeftijd. Maar als het serieus is, en dat weet ik natuurlijk niet, waar is hij nu dan?

'Kijk eens.' Jelmer zet een bord voor me neer, gevuld met flink wat stokbrood, een grote schep salade en drie stokjes met vlees die zwemmen in de satésaus. In een klein glazen schaaltje dat midden op het bord staat heeft hij een schep kruidenboter gedaan. Het is veel te veel voor mij, maar toch glimlach ik naar hem als hij weer naast me neerploft.

'Goed zo?' vraagt hij.

'Helemaal,' zeg ik en ik besmeer een stuk stokbrood met de kruidenboter die door Walt zelf gemaakt is en zoals altijd hemels smaakt.

We zwijgen allebei. Rondom ons lacht en praat iedereen met elkaar en het valt me op dat iedereen bijzonder goed met elkaar overweg kan. Dat is weleens anders geweest, waardoor er aparte groepjes ontstonden die onderling amper met elkaar spraken.

'Waar is Timo?' vraag ik na een poosje.

Jelmer heeft net een hap van zijn hamburger genomen en kauwt even voordat hij zegt: 'Die had hoofdpijn. Hij zou even gaan liggen en later naar de barbecue komen.'

'Ik hoop dat hij niet in slaap is gevallen,' zeg ik. 'Het is juist zo gezellig en hij kan wel wat afleiding gebruiken.'

Hij knikt. 'Dat is zo. Hij is zo somber de laatste tijd, hij lacht zelden. Terwijl hij juist op zijn leeftijd plezier moet maken met vrienden.'

'Heeft hij wel vrienden?' vraag ik. En bij het zien van Jelmers blik: 'Daar bedoel ik niets mee. Ik vraag het me gewoon af. Hij ziet er soms zo... zo eenzaam uit.'

'Ik weet het,' verzucht Jelmer.

'Misschien moeten we eens...' begin ik, maar dan voel ik mijn mobiel in mijn zak trillen en ik haal hem tevoorschijn. Er staat een onbekend nummer op het schermpje en terwijl ik mijn hand hef naar Jelmer om hem even te laten wachten, neem ik het gesprek aan.

'Hester?' hoor ik aan de andere kant. Het is Vera, Roelies moeder. Meteen krijg ik het benauwd.

Roelie!

'Vera, wat is er?' vraag ik, terwijl mijn maag verkrampt.

'Hester, je moet komen!' Vera's stem klinkt paniekerig; ze ademt scherp in.

'Is er iets met Roelie?' dring ik aan.

'Nee... Ja!' Opnieuw dat diepe ademhalen. 'Het is Thymen. Hij heeft geprobeerd Roelie te vermoorden!'

-22-

Toen Timo tegen zijn vader zei dat hij hoofdpijn had en een uurtje wilde gaan liggen, was dat niet eens gelogen. Dat hij later nog naar de barbecue zou komen wel. Hij had er geen zin in. Al dat vrolijke gedoe, het gaf hem een ongemakkelijk gevoel. Vroeger had hij het leuk gevonden, had hij altijd het hoogste woord gehad. Maar toen was Insa er nog geweest die met hem meedeed. Nu vrolijk aanschuiven zou de indruk kunnen geven dat hij Insa was vergeten.

Hij schoot met zijn voeten in zijn slippers en verliet zijn slaapkamer. In het hele gebouw was het stil, alle slaapzalen en -kamers waren verlaten. Iedereen was bij de barbecue. Amanda ook – ze had gezegd dat ze later nog wel even bij hem zou komen kijken. Nergens voor nodig. Hij redde zich wel. Zoals altijd.

Omzichtig het binnenplein vermijdend liep hij achter het botenhuis langs naar de schuur van Hester. Er stonden fietsen in, dat wist hij nog van de vorige keer, en voorzichtig duwde hij de klink van de deur omlaag. Niet op slot. Ook dat wist hij nog; Insa had gezegd dat haar moeder de schuur nooit op slot deed omdat niemand zo stom zou zijn om die oude barrels te stelen. Nou, oud waren ze misschien, maar ze deden het nog best.

Zonder lawaai te maken haalde hij een van de vijf fietsen uit het schuurtje en liep ermee aan de hand naar de landweg die naar het dorp leidde. Hij moest er gewoon even uit. Weg van hier, waar alles hem aan Insa deed denken. Hij stapte op de fiets en trapte meteen stevig door. Er was in de verste verte niets te zien; de muziek van de barbecue werd minder, hoe verder hij van de zeilschool verwijderd was. Uiteindelijk kwam hij bij de doorgaande weg aan en sloeg rechts af. Een eindje verderop zag hij de kerktoren van het dorp en hij besloot via die weg door te rijden naar... Ja, waarheen eigenlijk? Diep vanbinnen wilde hij weer naar dat huis. Maar dat zou niet slim zijn.

Langzaam fietste hij het dorp door. Hij zag geen levende ziel, maar dat was niet zo heel vreemd – het dorp was niet groot, met misschien nog niet eens duizend inwoners. Bovendien was het nog steeds warm; de meeste mensen zaten binnen in de koelte of buiten in hun tuin in de schaduw. Te barbecueën, zoals ze nu ook op de zeilschool deden.

Even kreeg hij spijt dat hij was weggegaan. Hij wist nog wel van vroeger, toen hij pas begon met zeilen, dat hij altijd enorm uitkeek naar het admiraalzeilen en de aansluitende barbecue. En ook later, toen hij niet meer meedeed aan het spel, was de barbecue het hoogtepunt van de zeilvakantie. Hij had Insa leren kennen tijdens die allereerste keer, toen hij nog helemaal niet wist wat admiraalzeilen inhield. Ze had het hem met heel veel geduld uitgelegd en hij was blij geweest dat hij met haar in de boot mocht. Sinds die dag waren ze maatjes geweest. Vrienden. En stilletjes aan, toen hij ouder werd, had hij gehoopt dat het ooit meer dan dat zou worden. Aan hem zou het in ieder geval niet hebben gelegen.

Hij liet het dorp achter zich en fietste nu tussen de weilanden door. Aan de ene kant stonden koeien, aan de andere kant waren het paarden. Friezen, wist hij. Prachtig zwart, met lange, volle manen en een golvende staart. Insa was gek op die paarden geweest; ze had er geen genoeg van gekregen om naar ze te kijken.

Recht voor zich uit zag hij een auto aankomen en hij ging alvast aan de kant fietsen. De wagen reed behoorlijk snel, en dat op zo'n smal landweggetje als dit. Wat een klojo! Hij stuurde nog wat verder opzij en hield er rekening mee dat hij het gras in moest. De auto kwam met een vaartje dichterbij. Hij moest elektrisch zijn;

het enige wat Timo hoorde waren de banden op het asfalt. En toen zag hij het. Die auto… die kende hij!

Overdonderd stapte hij van zijn fiets, zijn ogen op de auto gericht. En terwijl de wagen – een nachtblauwe Cupra – voorbijscheurde zag hij in een flits de bestuurder.

-23-

Mijn grootste angst is altijd geweest dat een van de kinderen iets zou overkomen. Dat een van hen zou verongelukken onderweg naar school bijvoorbeeld. Of tijdens het schoolkamp. Of gewoon, als ze op stap waren met vrienden. Gek genoeg stond ik er nooit bij stil dat het grootste gevaar school in alledaagse dingen.

Ik wist dat de kans op een ongeluk op het water heel reëel was, maar toch heb ik dat nooit zo gezien. Misschien omdat ze met zeilen opgroeiden. Omdat ze al heel jong zelfstandig een zeilboot konden besturen. Ik weet het niet. Wat ik ook niet wist, was dat een simpel insect als een wesp veel gevaarlijker kon zijn dan zeilen, fietsen of op schoolkamp gaan. Dat besefte ik pas toen Silke op veertienjarige leeftijd werd gestoken toen ze in de tuin een ijsje zat te eten en met haar hand een wesp wegsloeg. Na nog geen tien minuten trok ze helemaal wit weg. Haar ademhaling werd onregelmatig, haperde soms zelfs, en ze klaagde over een stekende pijn in haar borst. Ik wist meteen dat het mis was en dat doorsnee eerste hulp hier niet zou helpen.

De ambulance was er binnen tien minuten en bracht Silke met loeiende sirenes naar het ziekenhuis, waar ze haar wisten te stabiliseren. Het was kantje boord, had de arts achteraf gezegd. Silke werd diezelfde avond weer naar huis gestuurd met een recept voor een EpiPen, die ze vanaf toen altijd bij zich moest dragen.

Toen we thuiskwamen zat Jort tegen Gerlof aangekropen op de bank. Hij was zich wild geschrokken en het huilen stond hem nader dan het lachen. Later vertelde hij weleens dat hij zo bang was geweest dat Silke niet meer thuis zou komen. Zij was zijn voorbeeld.

Zijn grote zus. De eerste dagen was hij ook niet bij haar weg te slaan geweest.

Insa reageerde totaal anders. Meteen nadat de ambulance met mij en Silke was weggereden, was zij ervandoor gegaan. Pas heel laat op de avond kwam ze weer thuis en deed alsof er niets gebeurd was. Dat was haar manier om ermee om te gaan: als je het negeerde, was het er niet geweest. Toch betrapte ik haar een paar dagen later toen ze de EpiPen van Silke in een sinaasappel leegdrukte, omdat ze 'wilde checken of hij wel werkte'.

Ik ben blij dat ik het bijtijds zag; in het ergste geval had het Silke het leven kunnen kosten.

Het is Jelmer die me aanbiedt om me naar het ziekenhuis te rijden en dat aanbod grijp ik met beide handen aan. Ik moet er niet aan denken nu zelf te rijden; ik tril over mijn hele lichaam. Ik kan niet geloven dat Thymen Roelie iets heeft willen aandoen, maar er zijn getuigen die hem gezien hebben.

'Gaat het?' vraagt Jelmer, terwijl hij zijn wagen de provinciale weg op stuurt.

Ik knik, al gaat het helemaal niet. Vera's paniekerige stem had me in eerste instantie al kippenvel bezorgd, nog los van wat ze zei. Thymen die geprobeerd had Roelie te vermoorden?

'Heeft Vera gezegd wat er precies is gebeurd?' vraagt Jelmer.

Ik adem diep in en weer uit. 'Ze was nogal in paniek,' zeg ik dan. 'Wat ik begreep was dat zij en haar man wat waren gaan eten en toen ze terugkwamen zagen ze Thymen een kussen op Roelies gezicht drukken. Hij is gevlucht, en later bleek dat hij ook een aantal infuuspompen heeft ontregeld.'

Jelmer zwijgt en lijkt over mijn woorden na te denken. 'Zou ze zijn overleden als haar ouders niet waren teruggekomen?' vraagt hij na een poosje.

'Dat weet ik niet,' zeg ik. 'Er zijn toch allerlei alarmen op de intensive care, als er iets afwijkends is?'

'Als de ademhaling stopt, bedoel je?'

'Ja. En als de dosering van de medicatie niet klopt, als lichaamsfuncties ineens stagneren. Dat soort dingen.'

'Hm,' mompelt Jelmer. 'En dat zou Thymen niet weten? Ik bedoel, als die alarmen afgaan, hoe groot is dan de kans dat de verpleging op tijd kan ingrijpen? Ik schat toch best hoog.'

'Met andere woorden: deze poging was al op voorhand gedoemd te mislukken?'

'Geen idee. Vera heeft dus niet gezegd dat er een alarm afging?'

'Nee. Alleen dat zij en Wessel hem betrapten. En dat hij er toen vandoor ging.'

'Dat was dom van hem,' zegt Jelmer. 'Met vluchten beken je schuld.'

Ik reageer niet, vraag me alleen af of dat werkelijk zo is. Thymen is van alles, van een zelfingenomen hufter en een rokkenjager tot een voortreffelijke zeiler en instructeur. Maar hij is geen moordenaar.

Of wel?

Menno had gezegd dat Thymen een dubbele agenda had. Nu ik erover nadenk, waarom kwam Thymen die ochtend dat we Roelie vonden achter me aan? En waar was hij eigenlijk toen Marije werd vermoord? Allerlei vragen buitelen door mijn hoofd, maar antwoorden heb ik niet. Misschien is het beter om eerst maar eens te horen wat er nou eigenlijk écht gebeurd is.

Jelmer draait het parkeerterrein van het ziekenhuis op en manoeuvreert zijn auto in een smal parkeerplekje. Hij draait zich naar me toe, maar voordat hij wat kan zeggen, vraag ik: 'Wil je alsjeblieft met me meegaan? Dan ben ik niet... Dan hoef ik niet...' Ik slik. Deze plek, dit ziekenhuis. Het doet me te veel aan de dood denken. Aan *Insa's* dood.

'Je hoeft niet alleen,' zegt Jelmer zacht. Hij pakt mijn hand en knijpt er even in. 'Ik ben bij je.'

Vera is nog in alle staten als we op de intensive care aankomen. Ze is meegenomen naar een aparte kamer en ze hebben haar iets kalmerends gegeven. Wessel is bij Roelie. Hij staat meteen op als we binnenkomen.

'Hester,' zegt hij en hij grijpt mijn hand met beide handen beet. 'Fijn dat je er bent.'

Ik knik, al vraag ik me af waarom ze juist mij hebben gebeld. 'Hoe is het met haar?' vraag ik met een blik op Roelie. De manier waarop ze erbij ligt in dat grote ziekenhuisbed maakt me verdrietig. Slangetjes, buisjes, infuuszakken, pompen en apparaten staan om haar bed, en piepen, zuchten en tikken aan één stuk door. Ze ziet zo wit dat haar huid doorschijnend lijkt.

Wessel knikt een begroeting naar Jelmer en kijkt dan ook naar zijn dochter. 'Er is geen blijvende schade door wat Thymen heeft gedaan,' zegt hij. 'We waren er op tijd bij.'

Ik duw hem terug op zijn stoel en zoek zijn blik. 'Vertel me nou eerst eens hoe het allemaal precies is gegaan,' zeg ik.

'Ja,' reageert hij. 'Ja. Het is... We waren wat gaan eten. Vera en ik. Dat kon prima, zei de verpleegkundige. Roelie was stabiel en als er iets zou gebeuren, zouden ze ons meteen laten halen. Eigenlijk wilden we dat een van ons zou blijven terwijl de ander ging eten, maar de verpleegkundige zei dat het ons goed zou doen om samen even in een andere omgeving te zijn.'

Dat klonk logisch. Met z'n tweeën de hele tijd naast het bed van je comateuze dochter zitten moet een enorme impact hebben.

'Dus we gingen naar het restaurantje, beneden in de hal,' vervolgt Wessel. 'Dat kon nog net voordat het ging sluiten.'

'Thymen was niet bij Roelie toen jullie weggingen?' vraagt Jelmer.

Wessel schudt zijn hoofd. 'Er was niemand. Dat vonden we best vervelend, maar de verpleegkundige zei dat ze goed in de gaten werd gehouden.'

'Hoelang zijn jullie weg geweest?' wil Jelmer weten.

'Geen idee. Een halfuur? Drie kwartier?'

'En toen jullie terugkwamen zagen jullie Thymen,' stel ik.

Hij knikt. 'Met... Met dat kussen.'

'Je zag dat hij dat op Roelies gezicht drukte?' vraagt Jelmer.

'Ja... Nee. Dat wil zeggen... Vera zag het. Zij ging als eerste de kamer in. Ze riep iets. Pas toen zag ik hem. Thymen. Met dat kussen nog in zijn handen. En toen begon er een alarm te loeien. Hij liet het kussen los en ging ervandoor.'

'Er was niemand die hem tegenhield?'

'Nee.' Wessel schudt zijn hoofd. Er staan tranen in zijn ogen en hij doet geen moeite om die ene die over zijn wang loopt weg te vegen. 'Onze aandacht ging uit naar Roelie, net als die van de verpleging.'

Begrijpelijk. Hun eerste zorg is natuurlijk de patiënt. Ik zwijg en leg mijn hand op die van hem. Ik zou hem zo graag willen troosten, maar ik weet niet zo goed hoe.

'Ik neem aan dat jullie de politie hebben gebeld?' hoor ik Jelmer vragen.

'Dat heeft de verpleging gedaan,' zegt Wessel. 'Ze zijn al langs geweest ook. Daarom is Vera zo van streek; erg subtiel gingen ze niet te werk.' Hij kijkt me aan. 'Waarom heeft hij het gedaan, Hester?'

'Ik vrees dat Thymen de enige is die daar antwoord op kan geven,' zeg ik zacht.

'Heeft híj Roelie geslagen? Is het zijn schuld dat ze hier nu ligt?'

Ik denk terug aan die ochtend. Thymen die met alle geweld met me mee wilde om Roelie te zoeken. Dat is helemaal niets voor hem, die compassie voor anderen. Flirten kan hij als de beste, maar empathie zit niet echt in zijn gedragspakket. Of was het omdat hij erbij wilde zijn als ik zijn 'slachtoffer' vond?

Nee. Dat geloof ik niet. De verbijstering en de afschuw die ik op zijn gezicht zag toen hij Roelie uit het water haalde waren niet gespeeld, die waren oprecht geweest. Toch?

'Ik weet het niet, Wessel,' zeg ik. 'Echt niet. We horen vast meer als Thymen het heeft uitgelegd.'

'Als ze hem te pakken krijgen,' zegt Jelmer.

'Ik denk dat hij in een reflex is gevlucht,' zeg ik. 'En dat is begrijpelijk. Als hij onschuldig is, of een verklaring heeft, dan weet ik zeker dat hij zich meldt.'

In stilte rijden Jelmer en ik een poosje later weer naar huis. Vlak voordat we vertrokken was ik nog even langs Vera gegaan, die in de keuken achter de zusterpost bij zat te komen. Naar omstandigheden was ze vrij rustig, maar dat kwam vast door het kalmeringsmiddel dat ze haar gegeven hadden. Ze had zich om mijn nek laten vallen en had stilletjes gehuild tot ze geen tranen meer overhad. Ze had dezelfde vragen gehad als Wessel, vragen die ik ook nu niet kon beantwoorden. Met de belofte dat ik haar over alles op de hoogte zou houden, waren we weggegaan.

'Wat denk jij?' vroeg Jelmer toen we halverwege waren.

'Waarover?' reageer ik. 'Of Thymen schuldig is? Ik heb geen idee.'

'Hij is betrapt toen hij een kussen op Roelies gezicht duwde.'

Dat was inderdaad wat Vera ons ook had verteld en ik zucht diep. 'Dat weet ik,' zeg ik. 'Maar Thymen werkt al jaren voor me. Ik kan me niet voorstellen dat hij zoiets zou doen.'

'Tja,' zegt Jelmer. 'Hoe goed ken je iemand écht?'

Goede vraag. Blijkbaar kende ik Thymen niet zo goed als ik dacht.

We zwijgen weer en pas als Jelmer zijn auto op het parkeerterrein naast de zeilschool heeft gezet, draait hij zich naar me toe. 'Ik weet dat je het je heel erg aantrekt,' zegt hij. 'Maar probeer niet de hele wereld op je schouders te nemen. Jij bent minstens zo belangrijk als een ander, dus pas een beetje op jezelf, oké?'

Ik glimlach om zijn lieve woorden.

'En op dat andere beetje pas ik wel,' fluistert hij.

Zijn blik is lief en zorgzaam. Dan buigt hij zich naar me toe – zijn ogen vinden de mijne en dan drukt hij zacht zijn lippen op die van mij. Het voelt goed en een aangename warmte stroomt door me heen. Hij is zo teder, zo voorzichtig, en onwillekeurig leg ik een hand in zijn nek en trek hem dichter naar me toe. Zijn armen sluiten zich om me heen en zijn kus wordt steviger.

'Ik mag je heel erg graag, Hester,' fluistert hij tussen twee zoenen door. 'Al vanaf de eerste dag dat ik je zag.'

Ik leg mijn hoofd in mijn nek en kijk hem aan. 'Toen was ik nog met Gerlof.'

'Ja,' zegt hij en hij kust me een paar keer kort na elkaar. 'Ik kon hem wel schieten.'

'Ik heb nooit iets gemerkt,' zeg ik zacht. 'In ieder geval niet voordat Gerlof vertrok.'

Jelmer grimast. 'Ik heb mijn fouten,' zegt hij. 'Maar de vrouw van een ander stelen valt daar niet onder.' Hij laat me los en gaat recht op zijn stoel zitten. 'Als ik hier vorig jaar was geweest had ik al werk van je gemaakt, maar ja, mijn zoon wilde niet.'

Ik glimlach. *Werk van je gemaakt.* Dat is typisch een uitdrukking voor Jelmer.

We stappen uit en wandelen naast elkaar naar mijn huis. Vanaf het binnenplein achter Het Skûtsje hoor ik gepraat en gelach. Blijkbaar zitten de volwassenen nog bij elkaar na de barbecue. Silke en Jort zijn ook nog niet thuis en misschien vind ik dat wel zo fijn. Even rust. Even niets. Even alleen zijn om te verwerken wat er gebeurd is. Ik kan nog steeds niet geloven dat Thymen geprobeerd heeft Roelie wat aan te doen. Het klopt niet. Het klópt gewoon niet.

'Zal ik nog even mee naar binnen gaan?' vraagt Jelmer als we bij het tuinhek staan. Zijn intentie is duidelijk, en onder andere omstandigheden had ik misschien ja gezegd. Maar nu zit mijn hoofd zó vol dat ik liever even alleen wil zijn.

Ik leg mijn hand tegen zijn borst en kijk naar hem op. 'Vandaag niet,' zeg ik zacht. 'Ik heb... Er is te veel...'

Zijn vinger raakt voorzichtig mijn lippen aan. 'Sst,' fluistert hij. 'Ik begrijp het. Ik kom morgenochtend vóór het ontbijt wel even langs. Probeer wat te slapen.'

Ik glimlach en knik. Dan draai ik me om en loop door de tuin naar de achterdeur. Daar kijk ik even om en zie dat Jelmer er nog steeds staat. Ik steek kort mijn hand op en ga naar binnen.

De keuken is in het donker gehuld. Mijn blik gaat naar de gebloemde gordijnen voor het raam boven het aanrecht. Die zijn dicht. Dat is gek; ik kan me niet herinneren dat ik dat gedaan heb. Wel dat ik ze vanochtend heb geopend. Is Silke binnen geweest? Heeft zij de gordijnen misschien dichtgedaan om de zon die 's middags vol op het keukenraam staat buiten te sluiten?

Dan ineens valt het me op. Bisky. Meestal komt ze me wel begroeten. Zou ze bij de kinderen zijn? Of is ze nog steeds buiten op stap?

Net als ik aan de andere kant van de keuken kom en het licht aan wil doen, hoor ik een zacht geluid. Als bevroren blijf ik staan en luister, mijn hand nog steeds bij de lichtschakelaar.

Niets. Verbeelding?

Alweer?

Dat gebeurt de laatste tijd dan wel erg vaak. Of...

Opnieuw hoor ik het geluid. Licht geschraap. Luchtverplaatsing.

'Hallo?' zeg ik, zachter dan ik eigenlijk wil. Er komt geen antwoord en met een snelle beweging doe ik het licht aan. De keuken is leeg. Of tenminste, er is niemand aanwezig. Behalve de gesloten gordijnen is er niets veranderd.

Mijn blik gaat rond, maar echt niets wijkt af van normaal. Dan is het toch Silke geweest, denk ik. Maar dan hoor ik voor de derde keer het geluid en weet ik het zeker: ik ben niet alleen!

Langzaam reik ik naar mijn tas die nog om mijn schouder hangt en open de klep. Mijn mobiel zit in het buitenste vakje en op de tast haal ik hem tevoorschijn. Dan ineens getrippel, Bisky die tegen me opspringt. Van schrik laat ik mijn mobiel vallen, maar dan lach ik opgelucht.

'Bisky!' zeg ik. 'Waar kom jij vandaan? Je laat me schrikken.' Ik buig voorover en wrijf met beide handen even stevig over haar flanken.

Vanuit mijn ooghoeken zie ik een beweging en ik spring met een gil overeind. Bisky schrikt ervan en schiet in een nerveus geblaf. Dan zie ik wie er voor me staat.

'Timo?' zeg ik met een bonkend hart. 'Wat doe jij hier?' En tegen Bisky: 'Genoeg nou!'

Bisky stopt onmiddellijk met blaffen, duwt haar lichaam tegen me aan alsof ze sorry wil zeggen en kijkt naar me op, haar tong uit de bek. Mijn blik gaat terug naar Timo, die met zijn rug tegen de deurpost gedrukt staat. De uitdrukking op zijn gezicht is gespannen, in zijn ogen lees ik paniek.

'Timo?' zeg ik nogmaals. 'Wat is er?'

Ik zie hem slikken; zijn blik gaat nerveus naar de keukendeur en vervolgens weer naar mij. 'I-ik heb…' begint hij. En dan zie ik de tranen over zijn wangen stromen.

-24-

Jort was degene die het meest van Insa kon verdragen. Het was alsof hij een onzichtbaar schild om zich heen had dat hem beschermde tegen haar soms best heftige reacties op dingen of gebeurtenissen die het niet waard waren om je druk over te maken. Het was ook Jort die haar dan meestal wel tot bedaren kon brengen, al werden die keren steeds minder naarmate Insa ouder werd. Toen leek ze het niet meer te accepteren en ging ze er vaak liever vandoor dan dat ze de discussie aanging.

Slechts één keer maakte ze het zelfs bij Jort te bont. Ze was veertien en aan alles was te merken dat ze jaloers was op de nieuwe scooter die hij voor zijn zestiende verjaardag had gekregen. Hij was apetrots en zo ontzettend zuinig op het ding dat zelfs ernaar kijken al door hem als aanraken werd gezien. Toen Insa dan ook vroeg of ze er eens op mocht rijden, werd dat direct afgewezen. Zelfs Silke mocht er niet op, hoewel die al twee jaar haar scooterrijbewijs had en inmiddels bezig was met autorijlessen.

Achteraf gezien hadden we het kunnen verwachten en het misschien zelfs kunnen voorkomen dat Insa de scooter zonder toestemming meenam en ermee de weg op ging. Ze kwam niet ver; aan het eind van de landweg, toen ze vlak voor een aanstormende auto de provinciale weg overstak, verloor ze de macht over het stuur en reed met de gloednieuwe scooter de sloot in. Jort was furieus en negeerde haar drie dagen.

Soms denk ik weleens dat de band tussen die twee vanaf dat moment onherstelbaar beschadigd was.

Met een beker warme thee heb ik Timo op de bank gezet. Ik moest de gordijnen van hem dichtdoen en hoewel ik die vooral in de zomer zelden dicht heb, heb ik gedaan wat hij vroeg.

Als hij na een poosje wat gekalmeerd lijkt, vraag ik met rustige stem: 'Wat is er gebeurd, Timo? Waarom ben je zo vreselijk overstuur?'

Hij kijkt me schuchter aan en lijkt tijd te rekken door kleine slokjes van zijn thee te nemen.

'Timo?' moedig ik hem aan.

Nog steeds zegt hij niets.

Ik ga naast hem zitten en zoek zijn blik, die hij vakkundig ontwijkt. Maar daarna kijkt hij toch op en ik lees zo veel wanhoop in zijn ogen dat ik er koud van word.

'I-ik...' begint hij. Hij laat zijn beker thee zakken tot op zijn knie en slaat zijn blik opnieuw neer. 'Ik heb gelogen,' zegt hij dan.

'Gelogen?' herhaal ik. 'Waarover?'

Maar ik heb het nog niet gevraagd of ik weet het antwoord al: Insa. Mijn gevoel vanaf het moment dat ik hem in de auto van zijn vader zag stappen is geen verbeelding geweest.

'Insa,' zegt hij. 'Ik... Ik weet wél waar ze naartoe ging die avond.'

Ondanks het feit dat ik het min of meer verwachtte, benemen zijn woorden me de adem, en het enige wat ik kan uitbrengen is een bijna gepiept: 'O?'

Hij knikt, maar kijkt nog steeds niet op.

'Dat heeft ze je verteld?' vraag ik, als hij verder niets meer zegt.

Weer knikt hij.

'Waar ging ze dan naartoe?'

Hij haalt zijn schouders op. 'Een huis. In Bakhuizen.'

Zijn antwoord verrast me. 'Een huis in Bakhuizen?' herhaal ik. 'Wat moest ze daar nou?'

'D-dat weet ik niet.'

'En je bent niet met haar meegegaan?'

Nu schudt hij zijn hoofd. Hij kijkt nog steeds niet op. Ergens kan ik me niet voorstellen dat hij niet met haar is meegegaan die avond; ze waren onafscheidelijk in de zomers dat hij en zijn vader op de zeilschool verbleven. Wat heeft hem toch zo veranderd? Het lijkt me sterk dat het alleen door haar dood komt dat hij een compleet andere jongen is geworden.

Hij zwijgt nog steeds en draait de halflege theebeker rond tussen zijn handen.

'Timo?' dring ik aan. 'Vertel het me.'

Dan zie ik tranen op zijn blote knie druppen.

'Zal ik je vader halen?' vraag ik zacht.

Hij schiet overeind. 'Nee!' roept hij. Zijn stem slaat over, zijn ogen staan paniekerig. 'Pa hoeft er niet bij betrokken te raken.'

'Oké, rustig maar,' zeg ik. 'Als jij dat niet wil...'

Ik zie hem weer terugzakken in de bank. Waarom hij zijn vader er niet bij wil, is me een raadsel. Sterker nog: alles is me een raadsel.

'Waarom zit je in het donker in mijn huis, Timo?' vraag ik. 'Jij hebt zeker de gordijnen in de keuken dichtgedaan?'

Hij knikt. 'Hij mag me niet zien,' fluistert hij.

'Wie niet, je vader?'

'Nee.' Hij schudt wild zijn hoofd. En dan, zacht: 'Ik heb hem gezien. In die auto.'

Meer zegt hij niet. Bisky is naast hem gaan zitten en duwt piepend haar neus tegen zijn been. Bijna automatisch gaat zijn hand opzij om zwijgend haar kop te kriebelen.

Mijn geduld begint stilaan op te raken. Ik pak zijn kin, draai zijn gezicht in mijn richting zodat hij me moet aankijken en zeg: 'Wie heb je gezien, Timo, en in welke auto? En wat heeft dat te maken met het feit dat je je verstopt?'

Even lijkt het alsof hij weigert om te praten, maar dan zegt hij: 'Thymen.'

‘Thymen?’ herhaal ik. ‘Waarom verschuil je je voor hém? Vanwege Roelie?’

‘Wat?’ zegt hij. Hij kijkt op. ‘Hoezo vanwege Roelie?’ Met een ruk komt hij overeind zodat de overgebleven thee in zijn mok over de rand klotst. Hij merkt het niet, kijkt me alleen maar met grote ogen aan. ‘Heeft hij Roelie ook...?’ Zijn stem breekt.

Verdorie. Hij weet natuurlijk helemaal niet wat er gebeurd is in het ziekenhuis. Alleen Jort weet het, omdat ik die zelf heb ingelicht voordat ik vertrok. En Jelmer natuurlijk.

Ineens dringt tot me door wat hij zei: *ook*. Heeft hij Roelie óók. ‘Wat weet jij precies van Thymen, Timo?’ vraag ik dan.

Met trillende handen zet hij zijn beker op tafel. ‘Hij reed in die auto.’

‘Welke auto?’

‘Die van die man... die in dat huis woont.’

‘Je bedoelt dat huis in Bakhuizen?’

Hij knikt. Snuft even. ‘Amanda en ik zijn laatst bij dat huis geweest,’ zegt hij dan. ‘We zagen de man die daar woont thuiskomen. In een gloednieuwe Cupra. Nachtblauw. En toen ik vanavond wat aan het fietsen was, toen reed er in het dorp een... een auto heel erg hard voorbij, deze kant op. Het was d-dezelfde Cupra.’ Zijn handen trillen nog heftiger en met een bruuske beweging klemt hij ze tussen zijn bovenbenen. Dan kijkt hij me recht aan. ‘Thymen zat achter het stuur.’

‘En?’ vraag ik.

‘Hij reed in de auto die we bij het huis zagen waar Insa verdween!’ gooit hij er ineens uit. Vervolgens krimpt hij in elkaar. Tranen druppen onder zijn hand vandaan, die hij nu voor zijn ogen heeft geslagen. ‘Hij heeft iets met Insa’s dood te maken,’ zegt hij met verstikte stem. ‘Dat moet wel, ik weet het zeker. Hij stalkte haar. En elke keer poeierde ze hem af, steeds maar weer.’ Hij snikt. ‘Het is mijn schuld, ik heb niks gezegd terwijl ik het wel wist en nu is ook Roelie…' Hij komt niet meer uit zijn woorden. Zijn schouders schokken.

Ik ben zo verbijsterd dat ik roerloos blijf zitten. Hij verzweeg dus echt iets!

Hoewel mijn hart ineens drie keer zo snel slaat, blijf ik kalm. Het liefst zou ik Timo aan een diepgravend verhoor willen onderwerpen, maar dan slaat hij misschien compleet dicht. 'Timo,' zeg ik dus zacht. 'Waarom heb je dat nooit verteld? De politie had navraag kunnen doen bij dat huis.'

Hij haalt zijn schouders op, terwijl hij met de rug van zijn hand het vocht onder zijn neus wegveegt.

'Je weet echt niet wat ze daar ging doen?'

Ik zie hem door zijn oogharen naar me kijken. Maar dan schudt hij zijn hoofd.

'En ze ging daar alleen naartoe? Jij ging niet mee?'

'Nee,' zegt hij schor. 'Ik… Ik wilde… eh, de theorie voor mijn examen doornemen.'

'Maar hoe weet je dan om welk huis het gaat?'

'D-door Amanda,' zegt hij. 'We hebben heel lang op Street View gezocht en zo vonden we het.'

Het gevoel dat hij iets achterhoudt is nog even sterk en door zijn woorden heb ik een vermoeden dat ik weet wat hij niet wil zeggen: hij was wél met Insa mee. Hoe had hij anders geweten hoe het huis eruitzag om het te kunnen vinden met Street View? En dat ze dáár was verdwenen?

Ik besluit het hoe en waarom voor nu maar even te parkeren en vraag: 'En toen zijn jij en Amanda ernaartoe gegaan?'

Weer knikt hij. 'Met Amanda's auto. En… M-maar zij wilde kijken welke naam er op het naambordje stond.'

Onder andere omstandigheden zou ik hebben geglimlacht om zoiets kinderlijks, maar nu doe ik het niet. 'Jullie stonden dus bij de deur toen de eigenaar thuiskwam.'

Geknik.

'In een nachtblauwe Cupra?'

Geknik.

Ik zwijg even. Timo is twintig en vaak zie ik in hem de man die hij gaat worden. Maar op dit moment is het kind in hem het enige wat ik zie. Ik zucht.

'Timo, er zijn wel meer nachtblauwe Cupra's. Dat Thymen ook in zo'n wagen rijdt kan toeval zijn.'

'Toeval?' Timo kijkt op. 'Dat hij in zo'n zelfde auto rijdt als toen Insa…' Hij zwijgt ineens, met een geschrokken blik.

'Als toen Insa wat?' vraag ik.

'Ik bedoel in zo'n zelfde auto rijdt als de eigenaar van het huis waar Insa naartoe ging,' zegt hij.

Ook ik zwijg nu, terwijl er langzaam een onaangenaam gevoel in me omhoogkruipt. Wat probeert Timo nu eigenlijk te zeggen? Dat Thymen echt iets te maken heeft met Insa's dood? Maar waar baseert hij dat op? Op die auto? Dat slaat nergens op; het automerk Cupra is de laatste twee jaar tenslotte enorm gegroeid, je ziet ze steeds vaker rijden. En Thymen heeft een behoorlijk rijke vader, die kan zomaar zo'n auto voor hem gekocht hebben.

Hoewel…

Hij moet zelf voor zijn zeiljacht sparen maar krijgt ondertussen wel een gloednieuwe Cupra? Dat lijkt me sterk.

'Hij heeft mij ook gezien,' hoor ik fluisteren.

Mijn blik schiet naar Timo. Dus dáár is hij bang voor. Dat Thymen hem opzoekt. Is dat terecht? Eerlijk gezegd denk ik van niet.

'Thymen is op de vlucht,' zeg ik. 'Het kan hem echt niet schelen dat jij hem gezien hebt.'

'Maar hij is hier wel in de buurt!' roept Timo. 'Hij reed deze kant op!'

'Hiernaartoe?' vraag ik.

'Weet ik niet. Niet zéker. Hij reed het dorp door, in deze richting. Waar zou hij anders naartoe moeten zijn gegaan?'

'Misschien ging hij thuis spullen ophalen?' opper ik. 'Hij woont in de buurt.' Ik hoor zelf hoe zwak dat klinkt. Als je vlucht, ga je niet thuis nog een setje schoon ondergoed ophalen. Strikt genomen kan ik kop noch staart vinden aan het hele verhaal, maar het is belangrijk genoeg om het aan de politie melden.

Misschien kom je dan ook te weten wat er met Insa is gebeurd!

Die gedachte schiet door me heen, maar na twee jaar onduidelijkheid ben ik er nog niet aan toe te geloven dat dat mogelijk is. Want hoe groot is de kans dat er nu nog sporen van Insa bij dat huis worden gevonden? Niet heel groot, dat besef ik best. Maar toch...

'Ik ga de politie bellen,' zeg ik en ik sta op om mijn mobiel die nog in de keuken ligt te gaan halen. 'Zij moeten in ieder geval weten dat Thymen hier in de buurt is gezien.' Het is inmiddels bijna donker buiten en als ik langs het dressoir loop, doe ik een lampje aan.

Timo kijkt op. 'Kunnen we het licht niet beter uitlaten?' vraagt hij timide.

'Ik woon hier, Timo,' zeg ik. 'Thymen weet dat natuurlijk ook.'

Met zijn handen nog steeds tussen zijn benen geklemd knikt hij. Hij lijkt zo breekbaar, zoals hij daar zit. Wat weet hij precies en wat verzwijgt hij? Want dat hij nog iets verzwijgt is duidelijk.

In de keuken pak ik mijn mobiel en ik kijk rond waar ik het kaartje van die rechercheur heb gelaten. Het is nergens te zien. Het ligt niet op de tafel en ook niet op het aanrecht of in de vensterbank.

Verdomme!

Ik loop terug naar de woonkamer, waar Timo nog steeds op de bank zit, en rommel in de postbak. Misschien heb ik het daar in gegooid. Maar ook daar vind ik geen visitekaartje. De enige optie die overblijft is het politiebureau bellen. Ik laat me naast Timo op de bank zakken en ontgrendel mijn mobiel.

Het politiebureau is gesloten. Volgens een automatisch bericht kan ik 112 bellen in noodgevallen, of een 0900-nummer als het geen spoed betreft. Omdat ik geen flauw idee heb of de centralist van dat nummer contact kan leggen met rechercheur De Groot, twijfel ik of ik moet bellen. Toch doe ik het; Thymen is nu misschien nog in de buurt. En al kan ik me nog steeds niet voorstellen dat hij geprobeerd heeft Roelie te vermoorden, hij moet zich toch verantwoorden. Voor zover dat enig nut heeft – wijst vluchten niet op schuld bekennen?

De vrouw die ik aan de telefoon krijg is vriendelijk. Ik leg haar in korte bewoordingen uit wat er aan de hand is en al klinkt het alsof ze er geen fluit van begrijpt, ze verzekert me dat ze contact gaat zoeken met rechercheur De Groot. Hij zal me zo snel mogelijk bellen, zegt ze.

Nadat ik heb opgehangen, kijk ik opzij naar Timo. Hij zit nog steeds met gebogen hoofd naast me. Zwijgend. Schuldig – dat straalt hij uit. Het is mijn moederhart dat voorkomt dat ik kwaad op hem word.

'Timo,' zeg ik voor de zoveelste keer.

Hij kijkt even kort op, maar slaat zijn ogen meteen weer neer.

'Ik ben echt niet boos op je,' ga ik verder.

Ik zie hem slikken. Dan zegt hij: 'Maar ik heb informatie achtergehouden.'

'Ja, dat is zo,' beaam ik. 'En dat was dom.' Ik aai met mijn hand over zijn haar. 'Waarom heb je dat gedaan?'

Zijn schouders wippen omhoog en omlaag. Hij mompelt iets.

'Wat?' vraag ik.

'Ik wilde Insa niet in de problemen brengen,' zegt hij.

'Problemen? Wat voor problemen?'

'Dat ze...' Hij breekt af en na een nieuwe vluchtige blik op mij gaat hij pas verder: '... 's nachts wegging.'

Ik glimlach. 'Ach jongen,' zeg ik. 'Dat wisten we toch?'

'Echt?' Met grote ogen kijkt hij naar me op.

‘Ja. Insa was een nachtuil. Ze voelde zich vrij in het donker.’

Nu zie ik hem glimlachen. ‘Ja, zo was ze, hè?’

Ik sla mijn arm om hem heen en trek hem tegen me aan. ‘Zo was ze zeker,’ fluister ik.

-25-

Op de begrafenis van Insa waren er veel, heel veel mensen. Tot aan die dag heb ik nooit beseft hoeveel vrienden ze eigenlijk had. Er waren klas- en schoolgenoten, leraren, leden van de vogel- en natuurwacht waarvan ze van kinds af aan al lid was, vrienden en vriendinnen die ze had gemaakt op onze zeilschool, dorpsgenoten en zelfs mensen van wie ik geen flauw idee had waar ze Insa van kenden. Het waren er zo verschrikkelijk veel dat de ceremoniële buitenruimte van de natuurbegraafplaats te klein was en mensen de uitvaart in het groen eromheen moesten bijwonen.

Ik weet niet of het Insa's keus zou zijn geweest om begraven te worden in een natuurgebied. Op haar leeftijd dacht ze er vast niet over na of en waar ze begraven wilde worden, of dat ze liever wilde worden gecremeerd, laat staan dat ze tijd besteedde aan het uitkiezen van een plek die haar laatste rustplaats zou worden. Die beslissing moesten wij als ouders nemen.

Omdat ze een kind van de natuur was, waren Gerlof en ik het er meteen over eens dat ze terug naar die natuur moest. Een kist van gevlochten wilgentenen, een enkel boeket van witte rozen, een loopkoets die haar naar haar laatste rustplaats bracht. Daarnaast ontelbaar veel zelfgeplukte boeketjes veldbloemen die door vrienden werden neergelegd. Er moeten nog foto's van zijn, door Gerlof gemaakt, maar ik heb ze nooit bekeken.

In het begin ging ik vrijwel dagelijks naar haar graf. Inmiddels is dat verminderd tot een enkele keer per maand. Waarschijnlijk zal over een poosje het aantal bezoekjes zijn gereduceerd tot haar ver-

jaardag en Kerstmis. En misschien hoort het ook zo te gaan. Tenslotte vind ik Insa niet op een stukje grond van zestien vierkante meter met als enige gedenkteken een boomschijf met haar naam erop. Nee, ik vind haar in mijn hart. Daar zit ze voor altijd.

Nadat ik Timo ervan heb overtuigd dat Thymen hem echt niets zal doen en dat hij van de rest van zijn avond moet gaan genieten bij de barbecue, vertrekt hij met tegenzin. Ik laat hem door de keukendeur naar buiten en kijk hem na totdat hij om de hoek van het botenhuis is verdwenen.

Ik sluit de deur weer en ineens voel ik me behoorlijk alleen. Dat ben ik natuurlijk wel vaker, maar nu... het is anders. Dreigender. En even wenste ik dat ik Timo niet weg had laten gaan. Ik overweeg zelf ook nog even een glaasje te gaan drinken op het binnenplein, zuiver om niet alleen te zijn, maar ik besluit dat niet te doen. Behalve het feit dat mijn hoofd er niet naar staat, heb ik ook geen zin om vragen te beantwoorden. Want vragen zullen er gesteld worden, dat weet ik zeker.

Een beetje gejaagd loop ik door het huis, check de ramen en doe de tuindeuren op slot, evenals de keukendeur. Ik voel me ineens kwetsbaar, zo in mijn eentje. Mijn blik gaat naar Bisky, die vol verwachting bij haar etensbak zit. Die tut is ook niks waard als waakhond. De allemansvriend. Ze zat verdorie zonder enige waarschuwing gewoon naast Timo, alsof ze de beste maatjes in de wereld waren. Nou ja, misschien is dat ook wel zo. Gedeeltelijk. Bisky was altijd bij Insa te vinden en in de zomer was Timo daar ook bij; Bisky ziet Timo dus niet als gevaar. Maar ook Thymen kent ze. Zou ze hem net zo vriendschappelijk benaderen?

Langzaam loop ik terug naar de woonkamer, laat me op de bank zakken en kijk naar de gesloten tuindeuren. De overgordijnen zitten nog steeds dicht, maar ze zijn te dun om de buitenwereld te doen geloven dat er niemand thuis is, vooral niet nu het licht brandt. En Thymen trapt daar sowieso niet in. Toch hoop ik dat die rechercheur snel belt. Ik heb Timo dan wel geruststellend gezegd dat Thymen er niet op uit is om ons kwaad te doen, maar zeker weten doe ik dat niet. Vooral niet omdat ik absoluut geen idee heb wat de link is tussen de auto waarin hij reed, Insa en het huis in Bakhuizen. Als Thymen werkelijk iets te maken heeft met haar dood, iets waar Timo blijkbaar heilig van overtuigd is, zou hij ook verantwoordelijk kunnen zijn voor die van Marije. Misschien was Timo's angst voor hem niet helemaal onterecht. Misschien is hij wél gevaarlijk.

Gevaarlijk? Thymen?

We hebben een hele avond gevreeën, meerdere keren achter elkaar. Zou hij me werkelijk kwaad kunnen doen? Misschien als hij in het nauw zit…

Niet aan denken!

Een zacht geluid doet me opkijken. Alert spits ik mijn oren, maar hoor niets meer. En ook Bisky lijkt niets gehoord te hebben.

Hester, meid, doe eens niet zo paranoïde!

Huiverend sta ik op. Ik moet koffie hebben. Sterke koffie.

Net als ik in de keuken het licht aan wil doen, zie ik de deurkruk naar beneden gaan. Als bevroren blijf ik staan. Ik hoor gerommel aan het slot en mijn blik is gefixeerd op de deur als die uiteindelijk langzaam opengaat. Mijn hart klopt wild in mijn borst bij het zien van een lange figuur die de keuken binnenstapt. Even denk ik dat het Thymen is, en eerder in een reflex dan uit noodzaak doe ik het licht aan.

'Jort,' verzucht ik en opgelucht leg ik mijn hand tegen mijn borst.

'Mam?' vraagt hij. 'Wat is er? Je ziet zo wit als een spook!'

'Ik schrok gewoon van je. Je kwam ook zo stilletjes binnen.'

'Stilletjes?' herhaalt Jort lachend. Hij houdt de deur voor Bisky open, die meteen naar buiten schiet. 'Welnee, ik deed gewoon zachtjes, ik dacht dat je misschien al in bed lag.'

Zijn schaterlach verjaagt in een oogwenk de spanning die ik eerder voelde. 'Nee, ik heb een poosje met Timo zitten praten,' zeg ik. 'Die was... Die kwam langs.' Dat hij al binnen zat toen ik thuiskwam laat ik maar in het midden, dat lijkt me beter.

'Over Roelie?'

'Onder andere.'

'Hoe is het met haar? Heeft ze...'

'Er is geen schade,' zeg ik. 'Ze waren er op tijd bij.'

Opgelucht laat hij zijn adem ontsnappen. 'Gelukkig,' zegt hij. 'Hoe wilde Thymen haar... eh...'

'Blijkbaar heeft hij een paar spuitpompen gesaboteerd en wilde hij daarna een kussen op haar gezicht drukken, maar daar werd hij bij betrapt.'

Jort staart me aan. 'Dus hij wil haar vermoorden met die... die spuitpompen en gebruikt dan óók nog een kussen? Is dat niet een beetje dubbelop? Ik bedoel, als hij gewoon was weggegaan, had niemand geweten dat hij het was die die pompen gesaboteerd had. Of hij moet bang zijn geweest dat het niet zou werken.'

'Dat moet hij zelf maar aan de politie uitleggen,' zeg ik.

'Hebben ze hem opgepakt?'

Ik schud mijn hoofd. 'Hij is ervandoor gegaan. Eigenlijk kan ik niet geloven dat hij zoiets heeft gedaan. Hij zal een heel goede verklaring moeten hebben.'

'Misschien wees ze hem af,' zegt Jort. 'Je weet wat voor vrouwengek hij is.'

Maar al te goed.

Ik denk met schaamte aan onze avond samen. Was het van hem uit gemeend geweest of was ik gewoon een van zijn vele veroveringen? Het idee dat het dat laatste is wakkert mijn schaamte alleen maar meer aan. Wat heeft me bezield? Hoe kon ik me zo door hem laten inpakken? Ik zie de serieuze blik in zijn ogen weer voor me, voel zijn liefkozende aanrakingen, zijn tong die mijn mond verkent.

'Dat zou betekenen dat hij haar ook heeft neergeslagen en voor dood heeft achtergelaten in het meer,' zeg ik, om de gedachten aan die vrijpartij van me af te zetten.

'Die kans zit erin.'

Ik frons mijn wenkbrauwen. 'Zie jij hem daarvoor aan?' vraag ik.

'Dat weet ik niet,' zegt Jort. Hij loopt naar de koelkast en haalt er een flesje pils uit. Hij wipt de dop eraf, neemt een slok en vervolgt: 'Zo goed ken ik hem niet. Wie weet wat er in die kop van hem omgaat.' Hij werpt me een onderzoekende blik toe. 'Jij ziet hem zoiets niet doen?'

Ik haal mijn schouders op. 'Ik vind het nogal... drastisch,' zeg ik. 'Hij zal toch weleens eerder zijn afgewezen? Als dat tenminste de reden is dat hij Roelie heeft geslagen.'

Timo's woorden weerkaatsen plotseling vanuit het niets in mijn hoofd. *Hij stalkte Insa, maar zij poeierde hem steeds weer af.* Insa had hem dus ook afgewezen. Waarom hadden Gerlof en ik daar niets van geweten?

'Met zijn reputatie denk ik van wel,' zegt Jort lachend, waardoor ik opschrik. 'Hij heeft waarschijnlijk meisjes aan de lopende band en ik mag toch hopen dat ze niet allemáál in zijn bed belanden.'

'Maar Roelie is zestien,' zeg ik. 'Hij weet toch wel dat hij met haar niet... dat hij met haar geen...'

Ik breek mijn zin af, omdat het idee me misselijk maakt. Ik denk ineens aan zijn opmerking over mijn moedervlek. Dat Insa er ook eentje had, op vrijwel dezelfde plek. En hoewel iedereen dat misschien kon zien, voelen zijn woorden nu ineens anders. Vooral omdat Insa ook zestien was. Stel dat hij... dat hij háár...

'Seks mag hebben,' vult Jort aan. 'Natuurlijk weet hij dat. Maar of hij zich daar iets van aantrekt is een tweede. Zijn vader schiet hem toch wel te hulp als hij in de problemen komt.'

Ik staar hem aan. 'Wat bedoel je?'

Jort drinkt in een paar slokken zijn pils op en veegt met de rug van zijn hand zijn lippen af. 'Zijn vader is rechter. Wist je dat niet?'

'Rechter?' herhaal ik. 'Nee, alleen dat zijn vader behoorlijk wat geld heeft.'

'Zeker weten,' zegt Jort. 'Hij woont hier niet ver vandaan in een enorme villa in Bakhuizen.'

Het is alsof ik door de bliksem word getroffen. Bakhuizen? Waar dat huis staat waar Insa verdween? Bijna ga ik onderuit, maar ik word nog net opgevangen door Jort.

'Mam?' zegt hij. 'Gaat het?'

Ik hoor de paniek in zijn stem, maar ik hef mijn hand. 'J-ja,' zeg ik. 'Ik... Ik moet alleen even zitten.'

Jort begeleidt me naar de woonkamer en duwt me op de bank. Meteen komt hij naast me zitten, zijn blik is bezorgd.

Ik adem diep in en zeg: 'Timo was hier niet voor een gezellig praatje, Jort. Hij biechtte op dat hij heeft verzwegen dat hij... dat hij wist waar Insa die laatste avond naartoe ging.'

'Verzwegen?' herhaalt Jort. 'Twee jaar lang?' En dan, tandenknarsend: 'Die kleine etterb...'

'Laat die verwensingen achterwege, alsjeblieft,' zeg ik scherp. 'Belangrijker is de plek waar Insa naartoe is gegaan.' Ik kijk hem aan en vervolg dan: 'Naar een huis in Bakhuizen.'

Jort fronst zijn wenkbrauwen. 'Je denkt dat ze naar Thymens vader ging? Waarom zou ze dat doen? Bovendien, er staan meer villa's en landhuizen in dat dorp.'

Ik hef mijn hand opnieuw om hem tot stilte te manen. 'Thymens vader heeft blijkbaar een Cupra. Een nachtblauwe. En Timo heeft Thymen in zo'n zelfde auto zien rijden. Vanavond. Hier vlakbij.'

Stomverbaasd staart Jort me aan.

'Eerst vond ik dat niet zo heel vreemd, maar nu zeg jij dat Thymens vader in Bakhuizen woont...'

Jort haalt zijn hand door zijn haar. 'Dat is op zijn minst opmerkelijk, ja. Maar wat zou Insa te zoeken hebben gehad bij Thymens vader? Die kende ze toch helemaal niet? Er zou...' Hij kijkt me aan. 'Je denkt toch niet dat... dat Thymen Insa... dat hij haar...'

'Dat weet ik niet,' zeg ik. En omdat ik het ondanks mijn angst voor zijn reactie niet voor hem kan verzwijgen, vervolg ik: 'Maar Timo zei dat Thymen haar min of meer stalkte. En dat Insa hem regelmatig afpoeierde.'

Jort staart me verbijsterd aan. Dan lichten zijn ogen woedend op. 'De smeerlap,' sist hij. 'Als ik hem in mijn handen krijg, dan...'

Hij breekt zijn zin af als we boven ons een zachte bons horen. Het klinkt een beetje alsof er iemand uit bed stapt en zijn voeten iets te hard op de houten vloer terechtkomen.

'Wat was dat?' vraagt Jort. 'Silke?'

'Die is nog niet thuis.'

Het is nu doodstil boven.

'Ik ga kijken,' zegt Jort uiteindelijk.

'Weet je dat wel zeker?' vraag ik. 'Kunnen we niet beter...'

Jort heeft ondertussen een kandelaar van de schouw gepakt en houdt die nu stevig vast. Boven is het nog steeds stil, maar diep vanbinnen groeit mijn ongerustheid. Kan ik niet beter 112 bellen? Maar stel dat het vals alarm is?

Ik zie Jort voorzichtig de trap op gaan, zijn voeten behoedzaam op elke tree zettend. Hij gebaart met zijn vrije hand dat ik beneden moet blijven en met mijn armen om mezelf heen geslagen loop ik langzaam achteruit terug naar de woonkamer. Het is nog steeds doodstil. Ik pak mijn mobiel van tafel, klaar om het alarmnummer te bellen, en loop vervolgens weer terug de hal in. Dan hoor ik een kreet. En nog een, gevolgd door een harde bons, geluiden alsof er wordt gevochten. Er klinkt een schreeuw en tot mijn afgrijzen zie ik Jort de trap af rollen. Met een akelige smak komt hij op de vloer van de hal terecht.

'Jort!' roep ik. Ik schiet naar voren en kniel naast hem neer. Hij beweegt niet, zijn ogen zijn gesloten.

'Jort,' zeg ik nogmaals. Maar hij reageert niet.

Een nieuw geluid doet me opkijken, naar het silhouet dat halverwege de trap staat. Het is Thymen. En in zijn hand houdt hij een pistool dat hij met gestrekte arm op mij richt.

-26-

Timo geloofde het niet, dat Thymen hem geen kwaad zou doen. Al vanaf het eerste moment had hij iets tegen die gast gehad. Insa had hem ook niet gemogen. Zij was degene die hem verteld had dat Thymen iets te verbergen had. Wat precies, dat wist ze niet. Wel dat hij op een of andere manier aan informatie kon komen die niet vrijelijk was in te zien. Zoals informatie over Menno.

Insa had een bepaalde band met Menno gehad die Timo nooit had kunnen doorgronden en waarvan hij de basis ook niet had weten te ontdekken. Dat gaf niet; hij was niet jaloers aangelegd. Het kon hem geen ruk schelen met wie Insa allemaal bevriend was, zolang het de vriendschap tussen hen tweeën maar niet in de weg stond.

Zelf vond hij Menno een apart figuur. Een einzelgänger die zich met niemand bemoeide. Die zijn werk deed en aan niemand verantwoording aflegde. Nou ja, misschien wel aan Insa's ouders, maar niet aan cursisten of personeel van de zeilschool. Insa had hem eens verteld dat Menno er al rondliep toen ze nog klein was en dat ze met al haar problemen bij hem terechtkon.

Hij bleef staan toen hij merkte dat Bisky hem gevolgd was. Hij kriebelde de hond achter haar oren en fluisterde: 'Kon jij maar praten, dan zou je vast een heleboel geheimen te vertellen hebben.' Hij zuchtte diep. In de verte hoorde hij vaag stemmen; vast nog een staartje van de barbecue. Zijn blik ging naar de twee arbeidershuisjes verderop in het veld. Hij wist dat Walt, de kok, in het rechter woonde en Menno in het linker. Zou hij naar hem toe gaan? Hem vertellen wat er die avond gebeurd was en wat hij al die tijd voor Insa's moeder had verzwegen?

Hij slikte. Hij had op het punt gestaan het haar te vertellen, maar op het laatste moment had hij het toch niet gedaan. Wat had hij moeten zeggen, dat haar dochter op de avond van haar dood had ingebroken in een huis? Ze zou hem nooit geloven en hoogstwaarschijnlijk voor gek verklaren.

Eigenlijk had hij Insa moeten tegenhouden. Maar hij had het niet gedaan. En hoelang hij daar ook over had gepiekerd, hij had geen idee waarom niet.

Zijn blik ging weer naar de verlichte ramen van het linkerhuis. Menno zou het misschien begrijpen. Insa had steeds gezegd dat hij haar beter aanvoelde dan haar ouders en dat ze haar hart altijd bij hem had kunnen uitstorten. Als Timo nou eens alles aan hem vertelde, dan kon dat zijn loodzware last misschien wat verlichten.

Hij keek even kort over zijn schouder en nam toen een besluit. Hij liep achter het botenhuis langs tot aan het hekje van Menno's tuin, duwde het open en liep verder naar de voordeur. Daar aangekomen hield hij zijn vinger voor de bel en aarzelde. Was dit een goed idee? Misschien niet. Maar hij móést het aan iemand vertellen. Anders werd hij gek. Hij wierp een korte blik op Bisky, die met de tong uit haar bek naast hem stond, en drukte toen kordaat op de bel.

'Timo?' vroeg Menno, die opendeed. 'Wat kom jij nou doen?'

'I-ik wil, eh… praten,' zei hij zacht.

'Waarover?'

Timo slikte. 'Over Insa.'

In de stilte die volgde liet Menno zijn ogen langzaam over hem heen gaan. 'Kom dan maar binnen,' zei hij ten slotte, terwijl hij een stap opzij deed om ruimte te maken.

Hij liep de gang in. Menno sloot de deur en kwam achter hem aan. Aan het eind van de gang stond een deur op een kier en over

Timo's schouder heen duwde Menno hem verder open.

Het was een grote woonkeuken die hij binnenstapte. De aanblik was ouderwets, het grote gasfornuis met de schouw erboven als afzuigkap, het granieten aanrecht met de zwart-wit geblokte gootsteen, het geruite gordijntje eronder, de gladde houten kastdeurtjes onder het keukenblok. Maar de apparatuur was modern, dat zag hij meteen – deze keuken was met zorg retro gehouden. Zijn blik ging naar de lange eikenhouten tafel in het midden en pas toen zag hij haar.

-27-

Insa kon slecht tegen geheimen. Ze voelde zich altijd buitengesloten als ze merkte dat iemand iets voor haar verzweeg. Zo was er haar zestiende verjaardag die eraan zat te komen. We planden een feestje waar ze niets over mocht weten.

Maar Insa zou Insa niet zijn als ze niet al snel ontdekte dat we iets voor haar achterhielden. Omdat we vlak voor kerst de eerste plannen maakten voor haar verjaardag in mei, dacht ze dat het met de feestdagen te maken had. Eerst probeerde ze ons subtiel uit te horen, maar algauw ging dat over in een dwingend vragenvuur, gevolgd door een gekwetst stilzwijgen.

Inmiddels zaten we in het nieuwe jaar en kreeg ze door dat er dus iets anders op stapel stond. Haar verjaardag was nog steeds een paar maanden ver weg, dus daar dacht ze niet aan. Ze raakte zo gefixeerd op het ontdekken wat ons geheimpje was, dat dat op den duur nog het enige was wat haar bezighield. Ze raakte geïrriteerd, werd humeurig en uiteindelijk escaleerde dat in een enorme ruzie tussen haar en Silke en Jort, waarbij er zelfs klappen vielen. De enige manier om het op te lossen was om haar te vertellen waar we mee bezig waren. Kort daarna spraken Gerlof en ik af dat we nooit meer een feestje voor Insa's verjaardag zouden organiseren zonder haar erbij te betrekken.

Hoe hadden we kunnen weten dat er na die dag nooit meer een verjaardag zou volgen?

‘W-wat doe je?’ vraag ik, mijn hand nog op de schouder van Jort, die onbeweeglijk voor me op de grond ligt.

Thymen komt langzaam de trap af, nog steeds met het wapen op mij gericht. ‘Mezelf beschermen,’ zegt hij.

‘Waartegen?’ roep ik, terwijl ik naar hem opkijk. ‘Tegen mij? Denk je heus dat ik je kwaad zal doen?’

Hij maakt een beweging naar Jort. ‘Hij wilde me met een kandelaar op mijn kop slaan, Hester. Terwijl ik hier alleen maar ben om met je te praten.’

‘Praten?’ roep ik. ‘Dat zie ik, ja!’ Ik kijk weer naar Jort. Hij is buiten bewustzijn. Ik moet een ambulance bellen, hij kan wel een schedelfractuur hebben! Ik kom overeind en ontgrendel mijn mobiel, die ik nog steeds vast heb.

‘Uh-uh,’ zegt Thymen. Hij schiet naar voren en grist mijn mobiel uit mijn hand. ‘Dat doen we maar even niet.’

‘Waarom niet?’ roep ik en ik probeer mijn mobiel weer terug te pakken. ‘Er moet hulp komen. Jort…’ Mijn stem slaat over en tranen schieten in mijn ogen.

‘Straks,’ zegt Thymen, terwijl hij mijn mobiel in de zak van zijn witte broek duwt. ‘Ik wil eerst met je praten.’

‘Dat zei je net ook al. Maar als dat zo is, waarom belde je dan niet gewoon aan?’

‘Omdat ik bang was dat er iemand bij je was,’ reageert hij. ‘Ik zag Timo vertrekken en kon het risico niet nemen.’ En dan, zachter: ‘En toen kwam Jort thuis. Ik wachtte te lang.’

Het klinkt alsof hij oprecht spijt heeft, maar waarvan kan ik niet bedenken. Dat hij te lang wachtte om naar binnen te sluipen? Dat hij Jort heeft geslagen? Dat hij überhaupt bij me binnen is gedrongen en mij nu kidnapt?

‘Ik hoop bij jou hulp te krijgen,’ klinkt het dan zacht.

‘Hulp?’ snauw ik. ‘Waarvoor?’

‘Omdat ik zeker weet dat jij me gelooft als ik zeg dat ik Roelie geen kwaad heb gedaan,’ antwoordt hij. ‘Daar weet je van, ze zullen het je ongetwijfeld hebben verteld. Maar echt, ik heb het niet gedaan!'

'Je bent betrapt, Thymen,' zeg ik ijzig. 'Naast Roelies bed, met een kussen dat je op haar gezicht drukte. Alles wijst in jouw richting.'

'Dat deed ik niet, ik...'

'De politie is al onderweg,' onderbreek ik hem. 'Die heb ik gebeld, meteen nadat Timo weg is. Ze hebben die rechercheur opgeroepen en die komt nu hierheen. Je kunt geen kant meer op.'

Ik zie iets in zijn ogen oplichten. Woede? Angst? Ik heb geen idee. Ik weet alleen dat Jort hulp nodig heeft. Ik kniel weer neer en voel in zijn hals. Zijn hart klopt nog. Nog wel, in ieder geval.

'Meekomen,' hoor ik Thymen dan zeggen.

'Ik moet eerst...' begin ik.

Maar hij laat me niet uitpraten. 'Vooruit,' zegt hij. 'Als we weg zijn, bellen we wel een ambulance.' Hij grijpt me bij de arm, trekt me overeind en duwt me in de richting van de keuken.

Het maakt me woest. 'Laat me los!' schreeuw ik. Ik ruk mijn arm uit zijn greep en graai met twee handen naar de zak van zijn broek. Ik wil mijn mobiel hebben, ik wil nú 112 bellen. De tranen lopen over mijn wangen.

Ik kan niet nog een kind verliezen!

Thymen pakt me bij mijn pols, trekt me opzij en richt vervolgens het pistool op mijn gezicht. Het ding is zo dichtbij dat het lijkt alsof ik via de loop helemaal tot in de kamer van het wapen kan kijken.

'Kalm,' zegt hij. 'Hoe meer heisa je maakt, hoe langer het duurt voordat we hulp voor Jort kunnen inroepen.' Hij pakt me opnieuw bij mijn arm, duwt me de keuken in en door naar de achterdeur.

Het is stil buiten en inmiddels al bijna donker. Ik hoor geen stemmen meer; iedereen is nu naar bed. Bisky is in geen velden of wegen te bekennen. Waar is Silke? Is zij nog in de school? Ik overweeg te gaan gillen, haar naam te schreeuwen, maar op het laatste moment besluit ik dat niet te doen. Het zou ongetwijfeld iedereens aandacht trekken, maar misschien ook Thymen kwaad maken. Ik slik, adem even diep in en voel dat de spanning zich in mijn lichaam nestelt.

'Eén kik...' begint Thymen, als we de tuin door lopen naar het hekje aan de zijkant dat naar het parkeerterrein leidt. Er staan diverse auto's, allemaal van cursisten, maar Thymen duwt me naar een donkere auto vlak naast het hek. De Cupra. Timo had dus toch gelijk.

Thymen trekt de deur aan de bestuurderskant open en gebaart dat ik moet instappen.

Verrast kijk ik naar hem op.

'Vooruit,' zegt hij en hij maakt een beweging met het wapen.

Ik laat me achter het stuur zakken zonder mijn ogen van hem af te wenden.

Als hij het portier heeft gesloten loopt hij voor de wagen langs naar de andere kant, het wapen nog steeds op mij gericht. Dan schuift hij zelf op de passagiersstoel. 'Rijden,' zegt hij.

Ik start de motor en rij langzaam het terrein af. 'Waarnaartoe?' vraag ik als ik de landweg op draai.

'Bakhuizen,' antwoordt hij, en hij zwijgt verder.

Ik moet even wennen aan het rijden in de Cupra. De auto is elektrisch en reageert sneller dan een wagen op brandstof. Bovendien is hij een stuk stiller.

Vanuit mijn ooghoeken zie ik dat Thymen mijn mobiel tevoorschijn haalt. Hij tikt op het scherm en de foto van mijn drie kinderen die ik als schermafbeelding gebruik verschijnt.

Thymen kijkt opzij. 'Code?' vraagt hij.

Ik werp hem zwijgend een korte blik toe. Waarom zou ik hem die code geven? Die bestaat niet voor niets.

Hij zucht. 'Hester,' zegt hij. 'Ik ben niets van plan met je mobiel. Je wilde hulp bellen voor Jort. Dat is het enige wat ik ga doen.' Hij kijkt me vragend aan.

Mijn blik gaat naar het wapen dat hij op zijn schoot heeft gelegd. Is er een kans dat ik dat ding te pakken krijg? Niet tijdens het rijden. Ik denk aan Jort, die dringend hulp nodig heeft. Ik kan zwijgen, hem zijn zin niet geven, maar mijn zoon gaat daar de prijs voor betalen.

'Hester?'

Even klem ik mijn kiezen op elkaar. Dan zeg ik de code.

Hij toetst de cijfers in en het beginscherm verschijnt, net op het moment dat ik moet stoppen aan het eind van de landweg. In de verste verte is er geen auto te bekennen op de provinciale weg. Natuurlijk niet. In deze contreien is het 's avonds na een uur of negen uitgestorven. Ik kijk naar wat Thymen doet en ik zie dat hij WhatsApp heeft geopend.

'Ik dacht dat je een ambulance ging bellen,' bijt ik hem toe.

Hij geeft geen antwoord, lijkt een bericht in te toetsen. 'Zo,' zegt hij uiteindelijk, terwijl hij mijn mobiel uitzet en in het dashboardkastje legt. 'Je hebt zojuist Silke geappt dat ze naar huis moet komen omdat Jort een ongelukje heeft gehad.'

'Een ongelukje?' snauw ik. 'Hij kan inmiddels wel dood zijn!'

Zijn blik is onverschillig. 'Hij viel me aan, Hester,' zegt hij kalm.

Ik zwijg. Mijn handen omklemmen het stuur zo stevig dat mijn vingers er pijn van doen. 'Je bent zeker binnen gekomen via de slaapkamer?' merk ik uiteindelijk op.

Hij knikt kort. 'Langs dezelfde weg als ik laatst vertrok.'

Tandenknarsend denk ik aan de balkondeuren die in de zomer eigenlijk dag en nacht openstaan. Ook dit jaar, vooral gezien de hitte van de afgelopen weken. Ik heb er niet aan gedacht die dicht te doen. Stommeling die ik ben.

'Waarom?' vraag ik in een opwelling.

'Waarom wat?' is zijn wedervraag.

'Waarom doe je dit? Jort neerslaan, mij bedreigen met een wapen en me dan tegen mijn wil meenemen. Je wilde toch alleen maar praten?'

Hij reageert niet meteen, kijkt zwijgend voor zich uit. Dan ademt hij even diep in en zegt: 'Het is duidelijk dat ik me vergist heb. Zelfs jij hebt je oordeel klaar. Zelfs jij veroordeelt me.' Hij kijkt opzij en vervolgt: 'Ik was zo stom te denken dat jij misschien nog een beetje voor rede vatbaar was.'

'Ik kan er niet omheen, Thymen,' zeg ik ijzig. 'En als je werkelijk onschuldig bent, moet je het de politie uitleggen. Niet mij.'

Opnieuw zegt hij niets. Ik had gedacht dat hij zichzelf zou gaan verdedigen, zou proberen me ervan te overtuigen dat ik het bij het verkeerde eind had, maar hij doet geen van beide. En juist dat zwijgen is voor mij het bewijs dat hij alles te maken heeft met Roelies toestand op dit moment.

'De politie.' Hij snuift. 'Nee, dank je. Die zoeken niet naar de waarheid, alleen naar nog meer bewijzen voor mijn schuld. Ik duik wel onder.'

'En daar heb je mij bij nodig?' wil ik weten.

'Het vergroot mijn kans aanzienlijk als ze achter me aan komen.'

Ik reageer er niet op. Waar wil hij heen? Snapt hij dan niet dat hij geen kant op kan? Ik kijk tersluiks opzij en zie zijn gezicht en profil. Nog steeds doet de aanblik van zijn knappe trekken me iets, maar anders dan eerst. 'Was het gemeend?' vraag ik.

'Wat?' vraagt hij zonder naar me te kijken.

'Je... aandacht voor mij,' zeg ik. 'Onze avond samen.'

Nu kijkt hij me wel aan. Om zijn lippen speelt weer dat lachje. 'Ik doe nooit iets wat ik niet meen,' zegt hij dan. 'Maar als je het per se wil weten: ik had je nodig om Jelmer te laten stoppen met aan mijn kop te zeuren over zijn zoontje. Hij zocht me overal op, bij de boten, tijdens de theorielessen, in het botenhuis, en bleef maar mauwen dat ik dat joch te weinig aandacht gaf. Ik kon geen stap zetten zonder dat hij in mijn nek hijgde.'

Ik werp een korte blik opzij, voordat ik weer voor me op de weg kijk en vraag: 'Waarom had je mij daarvoor nodig?'

Thymen grijnst. 'Ik zou hem gezegd hebben dat hij moest opdonderen omdat ik anders zijn vriendinnetje zou inpikken.'

'Je... Je zou hem werkelijk gezegd hebben dat wij... dat wij samen...'

Hij haalt zijn schouders op. 'Het was toch zeker geen geheim?'

Als ik niet achter het stuur had gezeten, had ik hem in zijn gezicht geslagen. 'En Roelie?' ga ik verder. 'Ze was zestien, Thymen. Wilde je haar ook? Wees ze je af?'

'Ik heb Roelie geen haar gekrenkt,' zegt hij.

'Je wilde haar vermoorden!'

Hij grijpt het pistool en duwt het tegen mijn slaap. 'Ik heb Roelie geen haar gekrenkt,' herhaalt hij langzaam. 'Er was al iemand bij haar in het ziekenhuis voordat ik binnenkwam.'

Ik knik. 'Natuurlijk,' zeg ik.

Nog even houdt hij het wapen tegen mijn slaap. Dan laat hij het terug op zijn schoot zakken. 'Je gelooft me niet,' zegt hij.

'Jawel hoor,' werp ik tegen. Ik ben echt niet van plan tegen hem in te gaan. Nog in geen honderd jaar.

'Niet waar,' zegt hij. 'En dat is precies de reden waarom we hier zitten. Niemand gelooft me, ik ben op voorhand al schuldig omdat iedereen me als een vrouwengek ziet.'

Dat ben je toch ook?

Ik wil het zeggen, maar kan me nog bijtijds inhouden. Dit is niet het moment om hem kwaad te maken.

'Hier naar links,' zegt hij, als we de T-splitsing bij het dierenpension naderen.

'Maar je wilde toch naar...' begin ik.

Hij kapt me af met een bits: 'Naar links!'

Ik doe wat hij zegt en verlaat even later de provinciale weg. We komen op een onverlichte, smalle weg. Links en rechts zijn weilanden, lichtpuntjes her en der geven de positie aan van enkele boerderijen.

Thymen zwijgt weer en kijkt diep in gedachten door het zijraampje naar buiten. Hij let niet op, ik zou dat wapen kunnen pakken. Mijn blik gaat omlaag en ik zie dat zijn hand het pistool stevig omklemt. Geen goed idee dus.

'Wat heb je met Insa gedaan?' vraag ik, als we bij het einde van de smalle weg komen en ik van hem naar rechts moet afslaan.

Met een ruk draait hij zijn hoofd in mijn richting. 'Wát?'

'Insa. Ze was bij jou thuis, die avond dat ze verdween.'

Hij staart me aan, zijn ogen groot. 'I-ik heb haar... Insa is helemaal niet...'

Ik laat mijn ogen over hem heen gaan voordat ik ze weer op de weg richt. Zijn gestamel zegt me dat ik een gevoelige snaar heb geraakt bij de altijd zo coole Thymen. Hij schrok van mijn woorden. Betekent dat dat hij inderdaad met Insa's dood te maken heeft?

'Ze was bij het huis van je vader die avond,' ga ik verder, vastbesloten om nu voor eens en altijd de waarheid boven tafel te krijgen. 'Dat hoef je niet te ontkennen. Iemand heeft haar daar gezien. En heb ik gelijk als ik zeg dat jij daar ook was?'

Hij haalt nerveus zijn hand door zijn haar. Zie je wel. Typisch gedrag van iemand die schuldig is.

'Wie heeft haar dan gezien?' vraagt hij.

'Is dat belangrijk?' is mijn wedervraag. 'Wat gebeurde er die avond? Moest ze niets hebben van je avances?'

'Mijn... wát?'

'Geef toe dat je graag met jonge meisjes flirt, Thymen,' bijt ik hem toe. 'Insa, Roelie, Amanda. Marije...?'

'Hou je kop!' schreeuwt hij ineens. Hij duwt het pistool krachtig tegen mijn wang. 'Hou alsjeblieft je kop!'

Ik zie de woede van hem af stralen en besef te laat dat hij degene is die de touwtjes in handen heeft, met dat wapen. Of hij werkelijk zal schieten weet ik niet, maar ik ben niet van plan daar achter te komen. Ik hoor hem snuiven en voel de druk van het pistool tegen mijn wang. Bewegen durf ik niet, mijn hart gaat in de hoogste versnelling.

Dan laat hij het wapen weer zakken, zijn ademhaling normalioeert, en opgelucht zucht ik zacht voor me uit.

'Daar rechts,' zegt hij kortaf.

Ik doe wat hij me opdraagt en stuur de wagen een nog smallere weg op. Het is er donker en het enige wat ik zie is het asfalt voor me en donkere struiken en bomen langs de kant. Een eenzame boerderij doemt rechts van de weg op. De ramen zijn verlicht en even overweeg ik met een rotvaart de tuin in te rijden en de auto tegen de gevel te rammen.

Er is een periode geweest dat ik dat zonder aarzelen zou doen. Mijn jongste dochter was dood. Vermoord. Ik zag het allemaal niet meer zitten, wilde zelf niet meer verder leven, vooral niet nadat ook Gerlof me in de steek liet. Maar dat was toen. Ik heb mezelf een weg omhoog gevochten. Ik heb nóg twee kinderen. Ik heb Jelmer. Of tenminste, dat hoop ik. En ik zou er heel wat voor overhebben om hem nu bij me te hebben. Zijn arm om me heen te voelen, hem in mijn oor te horen fluisteren dat alles goed gaat komen.

Tranen wellen op, maar ik knipper ze weg. Ik wil niet dat Thymen me ziet huilen. Niet weer. Hij hoeft niet te weten hoe wanhopig ik me voel.

'Links,' zegt Thymen.

Pas na heel goed kijken zie ik wat hij bedoelt en stapvoets rijd ik het landweggetje op.

'Doorrijden tot het einde,' vult hij aan.

Zwijgend doe ik het en ik rij door totdat er twee paaltjes opdoemen en de weg overgaat in een fietspad. Links van me zie ik een ijzeren hekwerk en daarachter, zo'n vijftig meter vanaf de weg, doemt een enorm landhuis op.

Het huis in Bakhuizen.

Het huis waar Insa de avond waarop ze stierf naartoe ging.

Ik kijk opzij naar Thymen en besef dat ik naast een moordenaar zit.

Thymen haalt een apparaatje uit zijn broekzak en richt het door het raam naar buiten. Het ijzeren hek trilt en schuift dan langzaam open. Hij maakt een beweging met het wapen dat ik de oprit op moet rijden. 'Tot aan de voordeur,' zegt hij alleen maar.

Langzaam rij ik door het hek. Grind knarst onder de banden. Een lamp aan het huis springt aan zodra we in de buurt komen. Achter de ramen is alles donker; zijn vader is blijkbaar niet thuis.

Vlak voor de voordeur stop ik de auto en direct schakelt Thymen de motor uit via een knop op het dashboard. 'Uitstappen,' zegt hij.

Zonder een woord doe ik wat hij zegt. Ook hij stapt uit en richt zijn wapen over de auto heen op mij. 'Naar de voordeur,' vervolgt hij.

Ik werp kort een blik om me heen. Zo te zien zijn we hier van God en alles verlaten. Ik zie in ieder geval nergens iets waar ik naartoe zou kunnen vluchten. En ondanks het feit dat ik gewend ben in *the middle of nowhere* te wonen, geeft het me nu een eenzaam gevoel. Er is niemand die ons ziet, niemand die me hoort, al zou ik me schor schreeuwen.

'Hester?' klinkt het dreigend.

Ik kijk naar Thymen. Hij maakt een gebaar in de richting van de voordeur en langzaam loop ik om de auto heen.

'Denk je dat ze je hier niet zullen vinden?' zeg ik in een opwelling. 'Ze weten waar je woont.'

'Dankzij jouw getuige.' Het is geen vraag, eerder een vaststelling. Hij lacht. 'Het maakt niks uit. We blijven hier niet.' Hij reikt langs me heen en raakt een plaatje aan op de plaats waar normaal een sleutelgat zit. Er klinkt een zacht gezoem en de deur klikt open.

Blijkbaar kijk ik zo verbaasd dat Thymen even kort glimlacht. 'Een slim slot,' zegt hij. 'Werkt via een app. Mijn vader raakt altijd zijn sleutels kwijt, vandaar. En zijn mobiel raakt hij nooit kwijt.' Met zijn vrije hand duwt hij de deur verder open en laat me voorgaan naar binnen.

-28-

Een vraag die me regelmatig bezighoudt is waarom Insa die avond wegging. Waar ging ze naartoe? Had ze een afspraak met iemand? En zo ja, met wie dan? Niemand van haar vrienden had naderhand aangegeven dat ze met een van hen had afgesproken.

Nu was het niet zo dat Insa 's avonds nooit wegging. Vooral als het vroeg donker werd en er op de zeilschool niet veel reuring was had ze de behoefte om vrienden op te zoeken. Natuurlijk had ik haar liever thuis, juist tijdens de wintermaanden, maar haar daartoe dwingen had geen zin; uit ervaring wisten we dat de rest van de avond dan al op voorhand verpest was.

In de zomer was ze echter zelden weg. De aanwezigheid van cursisten, de bedrijvigheid, de bezigheden die de zeilweken met zich meebrachten, de aanspraak – het was voldoende om Insa gelukkig te maken op het terrein zelf. Waarom was ze die avond in augustus dan weggegaan?

Timo had verteld dat hij met haar op het water was geweest en dat hij niet weet wat ze daarna is gaan doen, omdat hij zelf naar bed was gegaan met lichte hoofdpijn. Mijn gevoel heeft me altijd gezegd dat dat niet waar was. Dat hij heel goed wist waar Insa naartoe was gegaan. Of dat hij zelfs met haar mee was gegaan, want niemand had hem nadat ze van hun zeiltochtje terugkwamen nog gezien. Het wantrouwen dat hij iets met Insa's dood te maken had, heb ik altijd heel diep weggestopt. Want dat was, en is, iets waar ik absoluut niet aan wilde denken.

Nadat hij mijn handen heeft samengebonden, moet ik van Thymen op een keukenstoel gaan zitten. Met een extra tiewrap maakt hij me aan de leuning vast en komt dan weer overeind.

'Zo, nu ga ik snel mijn spullen pakken,' zegt hij. 'Wacht je hier even op me?'

Ik werp hem een vernietigende blik toe, die hij met zijn bekende scheve lachje beantwoordt. Het pistool legt hij op een lange, lage buffetkast tegen de muur en zonder nog naar me te kijken verdwijnt hij. Ik hoor zijn voetstappen wegsterven en uiteindelijk is het helemaal stil om me heen, op een ritmisch getik na. De grote staande klok in de gigantische hal, besef ik. Ik heb hem gezien toen Thymen me nadat we het huis binnengingen in de richting van de keuken duwde. En wat voor een keuken – hij is kolossaal, ongeveer zo groot als mijn eigen keuken en woonkamer samen. De stoel waarop ik zit is er een van de acht die rondom een enorme eettafel staan. Over mijn schouder kijk ik de hal in en zie de trap naar boven, wat me meteen aan Jort doet denken. Zou Silke hem al gevonden hebben? Hulp hebben gehaald? O God, laat dat alsjeblieft zo zijn!

Ik richt mijn blik weer voor me uit en beweeg voorzichtig mijn handen. De tiewraps snijden in mijn huid, maar toch probeer ik of ik me kan loswrikken. Het lukt niet. Ik zie het pistool liggen en word ineens woedend om zo veel arrogantie. Thymen wéét dat ik niet los kan komen en daarom heeft hij dat wapen daar neergelegd. Vol in het zicht. De klootzak.

Nijdig wrik ik nog harder, probeer een hand uit de tiewrap te schuiven, maar het enige wat er gebeurt is dat mijn vel steeds ruwer wordt. De pijn is moordend, maar ik weiger op te geven. Ik ruk en trek terwijl de tranen over mijn wangen lopen.

De schoft!

Onbesuisd sta ik op en trek daardoor de stoel mee, die met een klap omvalt. Het ding is zo zwaar dat ik meegesleurd word en er languit overheen val. Met mijn zij kom ik op de rand van de zitting terecht en ik klap meteen dubbel. Een scherpe pijn schiet door me heen en ik uit een harde schreeuw.

Vanuit de hal komen snelle voetstappen dichterbij. Thymen rent de keuken binnen en vloekt luid als hij me ziet liggen. Meteen grijpt hij me bij mijn arm en hijst me overeind, tegelijk met de stoel, waar hij me meteen weer op neerduwt. Een nieuwe pijnscheut beneemt me de adem.

'Wat heb je gedaan?' bijt Thymen me toe.

Ik schud mijn hoofd, klem mijn kiezen op elkaar en zwijg.

'Stomme trut,' gromt hij, terwijl hij mijn shirt aan de linkerkant omhoogtrekt en zijn vingers in mijn zij drukt, wat me doet sidderen. 'Dat wordt een flinke blauwe plek.' Hij trekt mijn shirt weer omlaag en slaat zijn armen over elkaar. 'Niet slim,' snauwt hij.

Ik heb geen idee wat ik daarop moet antwoorden. Of misschien ben ik te veel met mezelf bezig om iets gevats te bedenken.

'Of het je bedoeling was, weet ik niet, maar je hoeft niet te proberen me zover te krijgen dat ik je hier achterlaat. Mijn vader is voorlopig nog niet thuis, maar ik loop niet graag het risico dat hij je hier vindt.'

'En dan?' breng ik tandenknarsend uit. 'Zou hij écht de politie bellen?'

Met zijn hoofd schuin kijkt hij me aan. 'Waarom zou hij dat niet doen?'

'Nou, dit is wél zijn huis. Insa is hier geweest.'

Het blijft even stil. Dan doet hij een paar passen bij me vandaan, draait zich om en slaat zijn armen over elkaar. 'Wil je beweren dat mijn vader haar vermoord heeft?'

'Vertel jij het me maar,' snauw ik. De pijn wordt langzaam minder scherp. Misschien heb ik geluk gehad, heb ik geen gekneusde of gebroken ribben.

Nu komt hij op me af en blijft dreigend voor me staan. 'Mijn vader heeft Insa geen kwaad gedaan,' zegt hij toonloos. 'Sterker nog, hij kénde haar niet eens.'

'Maar jíj wel,' zeg ik. Ik blijf hem aankijken. 'Wat gebeurde er, Thymen? Je moet het me vertellen!'

Zijn blik wordt donker als hij zijn gezicht vlak voor dat van mij brengt. 'Er is niks te vertellen,' zegt hij dan. 'En al helemaal niet over Insa.'

'Waarom is ze dan voor het laatst hier gezien?' bijt ik hem toe.

Nog even staart hij me aan, dan komt hij weer overeind. Hij haalt zijn hand door zijn haar en draait zich van me weg. 'Dat... weet ik niet,' zegt hij.

Weer die aarzeling. Waarom blijft hij ontkennen als de schuld zo overduidelijk van hem af straalt?

'Dat weet je niet?' herhaal ik. 'Zal ik het dan maar voor je invullen?' De pijn in mijn zij is wat gezakt en ik ga rechtop zitten. 'Je wilde Insa. Net zoals je alle andere meisjes wil. Je sprak hier met haar af. Ze kwam. Maar zoals altijd weigerde ze om seks met je te hebben. Ze wees je voor de zoveelste keer af en toen werd je kwaad. Je sloeg haar. Hard. Te hard. En toen je merkte dat ze dood was, heb je haar meegenomen naar het Slotermeer en haar daar...'

'Bek houden!' schreeuwt hij. Met een paar passen is hij bij de buffetkast en hij grijpt het pistool. 'Gewoon je bek houden!' Hij richt het wapen op mij en komt langzaam teruggelopen. 'Anders schiet ik je gegarandeerd overhoop en dump ik jouw lichaam ook in het Slotermeer!'

Oók?

'Net als dat van Insa, bedoel je?' zeg ik zacht.

Met een woedende kreet maait hij de fruitschaal van de tafel en schopt daarna zo hard tegen een van de stoelen dat die met een klap tegen de tafel knalt. Dan draait hij zich weer naar mij en kijkt me zo woest aan dat ik voor het eerst echt bang van hem word. Onwillekeurig krimp ik ineen.

Secondelang, voor mijn gevoel een eeuwigheid, kijkt hij me aan. Vervolgens haalt hij met zijn vrije hand een mes uit het blok op het aanrecht en houdt het vervaarlijk dicht voor mijn gezicht. Dan laat hij het zakken en snijdt de tiewrap door die me aan de stoel vastgebonden hield.

'Opstaan,' zegt hij, terwijl hij het mes weer op het aanrecht gooit.

Ik doe wat hij zegt. Het kost me moeite; ik kan mijn handen niet gebruiken en mijn zij voelt nog niet fijn als ik me inspan. Zijn ogen gaan langzaam over me heen, wat me een onbehaaglijk gevoel geeft. Dit is niet de Thymen die ik ken. En hoewel ik er inmiddels zo goed als zeker van ben dat hij mijn dochter heeft vermoord, kan ik me haast niet voorstellen dat hij zo veranderd is. Ik zoek naar een motief waarom hij het gedaan zou hebben, maar verder dan dat hij door haar is afgewezen kom ik niet.

Zijn hand sluit zich om mijn bovenarm en hij duwt me in de richting van de hal. 'Lopen,' zegt hij.

Weer doe ik zonder protest wat hij zegt. Mijn polsen zijn nog steeds achter mijn rug samengebonden en ik heb het idee dat hij niet van plan is ze los te maken.

In de hal – groot, strak en klinisch – leidt hij me naar de voordeur. Hij opent hem en gebaart dat ik naar buiten moet gaan. Hij volgt me en trekt daarna de deur achter zich dicht.

'Ik dacht dat je je spullen bij elkaar ging zoeken?' vraag ik als hij me met het pistool in mijn rug prikt en me naar de auto duwt.

Hij antwoordt niet, trekt het portier aan de passagierskant open en gebaart met het pistool dat ik moet gaan zitten. Ik laat me op de stoel zakken en hij sluit het portier.

De stilte in de auto valt over me heen. Ik probeer iets te zien in het donker buiten, maar er is niets. Slechts vaag in de verte, tussen de bomen door, zie ik kleine lichtpuntjes, maar ik weet dat ik, zelfs al waren mijn handen niet achter mijn rug gebonden, nooit snel genoeg zal zijn om Thymen voor te blijven. Hij is in een uitstekende conditie en bijna half zo jong als ik.

Het portier aan de bestuurderskant gaat open en Thymen stapt in. Hij gooit een sleutelbos in het lege bakje achter de versnellingspook en ik zie dat er een sleutelhanger van een anker aan zit. Gemaakt van kurk, besef ik. De sleutels van een boot? Dat moet haast wel.

Met het pistool op zijn schoot trapt hij het gaspedaal in en start de auto. Vervolgens rijdt hij langzaam de oprit af en draait even later het smalle pad op naar de weg. Ik kijk over mijn schouder en zie het hek sluiten. Niemand weet dat we daar geweest zijn. De enige die iets kan gaan vermoeden is Thymens vader – die vindt de troep in zijn keuken als hij thuiskomt. Áls hij thuiskomt. Wie weet is hij wel op vakantie.

Mijn blik gaat naar het klokje op het dashboard. Bijna halftwaalf. Zou Jort al naar het ziekenhuis zijn gebracht? Stel dat Silke het berichtje dat Thymen haar gestuurd heeft niet gezien heeft?

Onzin, Hester!

Silke is echt niet tot middernacht bezig; ze is vast allang thuis en heeft hulp voor Jort geregeld. Hopelijk heeft ze ook de politie gebeld toen ze mij niet kon bereiken en is iedereen nu naar me op zoek.

Bedachtzaam werp ik een blik opzij. Thymen kijkt zelfverzekerd voor zich uit terwijl hij de Cupra bestuurt. We zijn inmiddels de wat bredere landweg op gereden en niet veel later draait Thymen de wagen de provinciale weg weer op, terug naar waar we vandaan zijn gekomen. Naar de zeilschool?

Thymen rijdt met een behoorlijke snelheid, harder dan toegestaan, maar in plaats van dat hij afslaat naar het dorp waar we doorheen moeten om bij de zeilschool te komen, gaat hij de andere kant op, in de richting van Lemmer.

‘Waar gaan we naartoe?’ vraag ik.

Geen antwoord. Hij kijkt niet eens naar me. Mijn blik gaat door het raampje naar buiten. Ik zie amper wat. De voetbalvelden die we passeren zijn in het donker gehuld. Ik blijf opzij staren om Thymen maar niet te hoeven zien. Zelfs zijn profiel dat ik vanuit mijn ooghoeken zie maakt me angstig. Wat is er in hem gevaren? Waarom doet hij dit?

Omdat hij een moordenaar is! Daarom!

Maar waarom sleept hij míj dan mee? Is dat alleen omdat ik hem niet geloof? Omdat hij met mij een grotere kans heeft om er ongestraft mee weg te komen? Dat is toch bullshit? Of is het misschien omdat hij ook mij niet kon krijgen? Omdat ik voor Jelmer heb gekozen en hem van het veld zou sturen. Want dat wist hij; ik weet zeker dat hij dat gesprek tussen mij en Walt heeft gehoord. En daarom zou ik dus hetzelfde lot moeten ondergaan als mijn dochter? En Marije? En Roelie…?

Ik huiver ineens.

'Koud?' hoor ik Thymen vragen.

Nu kijk ik wel naar hem. 'Kan het je wat schelen?'

'Ik heb een zeiljack op de achterbank liggen,' zegt hij zonder op mijn sneer te reageren. 'Zal ik het voor je pakken?'

'Nee, dank je,' zeg ik. Ik hoef van hem geen gunsten meer.

'Ook goed,' zegt hij.

Zijn blik is strak op de weg gericht. In de verte doemt het knipperlicht van de sluis op, daarachter de lichtjes van Lemmer.

'Waar gaan we naartoe?' vraag ik nogmaals.

Weer geeft hij geen antwoord, maar rijdt zonder snelheid te minderen Lemmer in. Er rijdt amper verkeer op de doorgaande weg door het dorp. Dorp. Het klinkt me ineens raar in de oren voor een plaats met meer dan tienduizend inwoners. Ik hoor ineens het getik van de richtingaanwijzer en Thymen slaat af naar rechts. We rijden langs het strand en vervolgens de dijk over. En dan weet ik het: De Friese Hoek. We gaan naar de jachthaven!

In de verte doemt vaag de omtrek van de Reus van Lemmer op, de replica van de vuurtoren die er ooit had gestaan. Maar nu brandt het licht niet meer; het donker is hier net zo grijs als elders.

Thymen stuurt de Cupra tot aan een slagboom en laat het zijraampje zakken. Hij pakt een pasje uit een bakje in het dashboard en steekt zijn arm naar buiten. Vrijwel meteen gaat de slagboom omhoog. Stapvoets rijdt hij het terrein op. Zoals te verwachten op dit uur is er niet veel bedrijvigheid; het havenkantoor is gesloten, het restaurant ook.

De wagen stopt. Thymen heeft hem geparkeerd langs de zijkant aan het andere eind van het parkeerterrein. Hij zet de motor uit en draait zich naar me toe.

'We gaan een wandelingetje maken,' zegt hij. Met zijn ene hand op het pistool pakt hij met zijn andere de sleutelbos uit het bakje en vervolgens het zeiljack van de achterbank. 'En geen onbezonnen aandachttrekkerij, begrepen?'

-29-

Met een glas koude cola in zijn hand keek Timo naar Menno, die tegenover hem op de bank zat, met Amanda vlak naast hem.

'Je vraagt je vast af wat ik hier doe,' zei ze.

Zijn blik ging nu naar haar.

'Hij is mijn opa,' ging ze verder.

Timo had net een slok genomen en verslikte zich bijna. Na een korte hoestbui veegde hij met de rug van zijn hand zijn lippen af en vroeg: 'Je opa?'

Ze knikte en keek glimlachend opzij naar Menno.

Oké. Dat kwam als een verrassing. Maar nu hij hen zo dicht naast elkaar zag, was de gelijkenis overduidelijk. Waarom had hij dat niet eerder gezien? Vrijwel meteen wist hij het antwoord: omdat hij ze nooit bij elkaar in de buurt had gezien. Hij begreep nu wel hoe het kwam dat hij iets bekends in haar gezicht had gezien.

'Ik denk niet dat je het weet, maar mijn opa was een verdachte in de zaak van Insa.'

Timo liet zijn glas zakken. 'W-wat?'

Ze zuchtte. 'Toen opa jonger was, is hij beschuldigd van aanranding van een vijftienjarig meisje.'

Zijn blik schoot naar Menno, die met zijn benen over elkaar achterovergeleund op de bank zat. 'Een zwarte periode in mijn leven,' vult Menno zacht aan. 'De zwartste, eerlijk gezegd.' Hij wrijft met zijn hand over zijn spijkerbroek en vervolgt: 'Het stak allemaal wat anders in elkaar. Ik was trainer van een voetbalelftal. Allemaal jochies van een jaar of twaalf. Een van hen had een zusje en ik merkte algauw dat ze steeds vaker met haar broertje mee naar de training kwam. In het begin was ik vriendelijk tegen haar en misschien is dat wel de trigger geweest, ik weet het niet. In ieder geval werd haar interesse in mij steeds ongezonder. Ik was halverwege de dertig en vond haar aandacht helemaal niet prettig. Ik bleef dus zo veel mogelijk uit haar buurt. Totdat ze me een keer alleen trof, na een avondtraining. Ze leek te denken dat we wat hadden samen, omdat ik blijkbaar een keertje naar haar geglimlacht had. Ik wees haar af, natuurlijk. Zei dat ik niet in haar geïnteresseerd was en dat ze iemand van haar eigen leeftijd moest zoeken. Als ik had geweten dat die afwijzing zo slecht zou vallen, had ik het misschien anders aangepakt. Ze beschuldigde me ervan dat ik haar niet met rust kon laten, dat ik met mijn handen onder haar shirtje had gezeten, haar eh… borsten had bevoeld, en dat ze bang werd toen ik haar volgens haar verklaring wilde dwingen tot seks.'

Met open mond staarde Timo hem aan. 'Dat deed ze omdat ze haar zin niet kreeg?'

Menno knikte. 'Ik werd opgepakt en omdat het haar woord tegen dat van mij was, en zij huilend en snikkend haar verhaal had gedaan, werd zij geloofd en niet ik. Dus werd ik veroordeeld voor ontucht met een minderjarige.'

'Hij moest een jaar de gevangenis in,' vulde Amanda aan.

Timo wist niet wat hij moest zeggen. Hij keek naar Menno's gezicht, naar zijn ogen. Hij had hem altijd een norse kerel gevonden, met harde trekken rond zijn mond en een stem waar de vrieskou vanaf droop. Maar hij had nooit verder willen kijken. Nooit willen ontdekken wat Insa in hem had gezien. Want Menno's ogen waren verre van koud. Er waren geen harde trekken rond zijn mond en zijn stem was gewoon diep en schor. Een doorgroefd gezicht zou hij het nu noemen. Een huid vol rimpels, gebruind door de zon, en ogen die vol liefde naar Amanda keken.

'En toen Insa werd vermoord dachten ze meteen aan jouw opa,' stelde Timo.

Amanda knikte. 'Vrijwel direct werd hij opgepakt, vooral omdat Insa en hij elkaar kenden.'

Timo schudde vol ongeloof zijn hoofd. 'Je zou zeggen dat als Menno… je opa… die eerste keer wél schuldig was geweest hij niet zo'n overduidelijk slachtoffer als Insa zou uitkiezen, toch? Ik bedoel, ze zagen elkaar dagelijks!'

Menno schoot ineens in de lach. Het was zo aanstekelijk dat Timo's mondhoeken ook omhoogkrulden en hij niet veel later meelachte. 'Ja, dat is toch zo?' zei hij.

'O, je hebt helemaal gelijk,' beaamde Menno. 'Maar zo zag de politie het helaas niet. Maar deze keer had ik het geluk dat Gerlof, Insa's vader, me van een alibi kon voorzien. We waren samen aan het werk op het tijdstip dat Insa aan haar einde kwam.'

'Maar toch bleven ze hem de hele tijd in de gaten houden,' zei Amanda. 'Alsof ze dachten dat Insa's vader gelogen had, of zo.' Ze pakte Menno's hand tussen de hare en wierp hem een korte blik toe. 'Toen ik in de krant las dat er hier in de buurt een meisje van zestien vermist werd, wist ik meteen dat de politie, als dat meisje niet snel opdook, opa weer in het vizier zouden krijgen,' ging ze verder.

'Ja, dan zijn ze er als de kippen bij,' mompelde Timo.

'En dus kwam ik hierheen,' zei Amanda, alsof dat de gewoonste zaak van de wereld was.

'Dat snap ik wel,' zei Timo. 'Maar waarom? Wat kun jij doen als ze je opa opnieuw beschuldigen?'

Er viel een korte stilte, maar toen zei ze: 'Dat weet ik niet. Zeggen dat hij het terrein niet af is geweest?'

'Je was hier helemaal nog niet toen Marije verdween,' zei Timo. 'Bovendien, zouden ze een alibi dat door familie wordt gegeven accepteren?'

'Het is ook onzin,' viel Menno hem bij. 'Ik wilde dat ze naar huis ging, maar ze stond erop te blijven, helemaal toen Marije dood werd gevonden. En nadat de politie mij inderdaad weer op het matje riep, besloot Amanda voor detective te gaan spelen.' Die laatste woorden sprak hij bars en met stemverheffing uit. 'Dat ik niemand vertelde dat je mijn kleindochter bent, was omdat je me dat vroeg en ik me er iets bij kon voorstellen. Ze zijn hier niet zo op me gesteld. Maar het was niet om je de kans te geven te gaan rondsnuffelen.'

Amanda haalde haar schouders op.

'Zocht je daarom contact met mij?' vroeg Timo. 'Omdat ik met Insa bevriend ben geweest?'

'Min of meer,' zei ze en ze sloeg haar blik neer. 'Maar later was het omdat ik je echt aardig vind. Bovendien lijk je meer te weten over haar dood en zou je mijn opa kunnen vrijpleiten van verdenkingen.'

Meteen kwam Menno overeind. 'Wat?' zei hij. De lach die net nog zijn gezicht domineerde was verdwenen.

Timo slikte. Menno zag er weer net zo dreigend uit als anders.

'Wat weet jij dan over Insa?' vroeg Menno met zijn blik strak op Timo gericht.

'Ik... eh niets,' stamelde hij. 'Niet veel, bedoel ik. Ik... Ik weet alleen waar Insa die laatste avond naartoe ging.'

Menno fronste zijn wenkbrauwen. 'Is dat zo?' Zijn stem klonk weer als vanouds, krakerig en autoritair.

Hij knikte aarzelend.

'En hoe weet jij dat, als ik vragen mag?'

'O-omdat ik, eh... bij haar was.'

Menno staarde hem aan. 'Jij was bij Insa de avond dat ze stierf?'

Weer knikte hij.

'Ze had hem meegenomen, opa,' zei Amanda.

'Meegenomen?' herhaalde Menno. 'Waarheen?'

'Naar eh...' Timo aarzelde.

'Naar een huis, om in te breken,' zei Amanda in zijn plaats.

'Pardon?' vroeg Menno. 'Ik dacht even dat je om in te breken zei.'

'Dat zei ze ook,' mompelde Timo.

'Wacht even,' zei Menno. 'Beweer je nou dat Insa die avond inbrak in een huis?'

Hij knikte.

'Waarom, in vredesnaam?'

'Ze... Ze zocht informatie,' zei hij aarzelend.

'Informatie? Wat voor informatie?' Menno schudde zijn hoofd. 'Ik weet het niet, Timo, maar dat klinkt wel een beetje vreemd.'

Hij sloeg zijn blik neer. Hoe kon hij Menno ervan overtuigen dat het echt waar was?

'Oké,' zei Menno. 'Laten we ervan uitgaan dat het waar is. Wat zocht Insa dan voor informatie?'

Het was duidelijk dat Menno's geduld begon op te raken. Maar hem vertellen wat Insa precies had gezocht, was niet zo gemakkelijk.

'Timo?' Menno's stem begon nu dreigend te klinken.

'Ze zocht informatie over jou,' gooide hij er toen uit.

Met opgetrokken wenkbrauwen keek Menno hem aan. 'Over mij?'

Timo knikte. 'Ze wist dat er vroeger wat gebeurd was, dat had ze een keer gehoord van haar vader, en ze wilde weten wat dat was. En ze dacht het te vinden in het huis van iemand die De Jong heet.'

Het bleef even stil, een stilte waarin Menno hem verbouwereerd aankeek. Maar toen leek hij het ineens te snappen. En dat was aan de ene kant maar goed, want Timo zelf snapte het nog steeds niet. Insa had hem nooit verteld waarom ze juist in dát huis wilde inbreken.

'Rechter De Jong,' zei Menno langzaam. 'De rechter die mij veroordeelde. En Insa dacht dat hij dossiers over zulke oude zaken thuis bewaarde?'

Timo knikte aarzelend.

'Ze had het ook gewoon aan me kunnen vragen,' mompelde Menno.

Er viel een nieuwe stilte en door zijn oogharen zag Timo dat

Menno diep nadacht, alsof hij probeerde alle puzzelstukjes op zijn plaats te leggen. Maar dat zou hem niet lukken. Niet zonder die ándere informatie.

'D-dat is nog niet alles,' fluisterde hij nu.

'Er is meer?' klonk Menno's stem.

Hij knikte. 'Die laatste avond...' Hij slikte, voelde tranen opwellen. 'Ze werd betrapt. Insa. En ik... ik... ging ervandoor.'

Tranen drupten nu op de grond. Na al die tijd had hij het nu eindelijk tegen iemand gezegd. En hij schaamde zich. Hij schaamde zich zo verschrikkelijk dat hij het liefst door de grond zakte en in het niets verdween.

'Timo,' klonk het zacht.

Hij voelde een hand op zijn schouder en hij keek op. Het was Amanda die naast hem stond. Ze hurkte en wreef nu over zijn rug.

'Het is goed,' zei ze zacht. 'Ik begrijp het wel.'

Met zijn hand wreef hij het vocht onder zijn neus weg en zweeg.

'Vertel ons alles maar,' klonk Amanda's stem. 'Echt alles.'

Hij knikte, ademde diep in en begon.

Toen hij uiteindelijk zweeg, viel er een korte stilte.

Menno keek van Timo naar Amanda. 'En jij wist hiervan?'

'Nee, alleen dat hij met Insa naar dat huis was gegaan.'

'En waar staat dat huis?'

'Vlak bij Bakhuizen,' zei Timo.

'Bij Bakhuizen,' zei Amanda tegelijkertijd.

Menno trok zijn wenkbrauwen weer op.

'We, eh... zijn er van de week samen naartoe geweest,' verklaarde Amanda.

'Natuurlijk,' zei Menno cynisch. 'Logisch.'

'Er is nog meer,' fluisterde Timo.

Zowel Menno als Amanda draaiden hun hoofd naar hem toe. 'O?' zei Menno langgerekt.

'Ik heb de auto van de bewoner weer gezien toen ik vanavond wat aan het fietsen was. Maar er reed nu iemand anders in. Thymen.'

Menno schoot overeind. 'Thymen?'

'Ja,' zei Timo. 'En hij zag dat ik hem zag, en toen ben ik naar Hester gegaan om haar alles te vertellen. Ik was als de dood dat hij...'

'We moeten naar Hester,' onderbrak Menno hem. 'Nu meteen.'

-30-

Terwijl ik wacht tot Thymen het portier voor me open doet, denk ik voor de zoveelste keer aan Jort. Hoe zou het met hem zijn? Hij lag zo stil. Het kan toch niet zo zijn dat Thymen straks de dood van twee van mijn kinderen op zijn geweten heeft?

Het portier wordt opengetrokken. Thymen pakt me bij mijn bovenarm en hijst me uit de auto. Over zijn arm hangt het jack, zo op het oog heel nonchalant, maar ik weet dat hij zijn pistool de hele tijd op mij gericht houdt. En waarom? De paar mensen die hier lopen hebben geen aandacht voor ons. Die willen waarschijnlijk gewoon graag naar hun bed. Thuis, of op hun boot. Ik zou er heel wat voor geven om zelf tussen mijn lakens te kunnen kruipen. De geur van wasmiddel ruiken. Door het openstaande raam het geluid van het water horen, de klapperende lijnen tegen de mast.

Thymens stem doet me opschrikken. 'Ik maak je handen los, maar geen geintjes, oké?' Hij haalt een zakmes uit zijn zak en snijdt in één haal de tiewrap rond mijn polsen los.

Mijn handen beginnen te tintelen zodra de bloedstroom weer op gang komt en opgelucht wrijf ik ze tegen elkaar. Mijn polsen branden waar de tiewrap heeft gezeten, de schaafplekken zijn rauw en vuurrood. Dan geeft Thymen me een duwtje in mijn rug. 'Daarheen,' zegt hij en hij gebaart met de sleutels naar een pad rechts van ons.

Zonder iets terug te zeggen loop ik die kant op en zie even later aan de linkerkant een bruggetje dat naar een lange houten steiger leidt, waaraan zij aan zij zeiljachten afgemeerd liggen. Het is niet de enige steiger; hoe verder we het pad af lopen, hoe meer we er passeren. We komen niemand tegen en ook op de afgemeerde boten is geen teken van leven te bekennen.

Als we vier steigers voorbij zijn, stopt het pad. Er is nog één steiger over. Een bruggetje zie ik hier niet, wel dat de ligplaatsen ruimer lijken. Thymen gebaart dat ik de steiger op moet gaan en met hem vlak achter me loop ik langs de jachten. Bijna aan het eind liggen aan de rechterkant drie grote schepen achter elkaar. Ik kan er niets aan doen dat mijn zeilershart sneller gaat kloppen bij het zien van deze beauty's.

'Hier is het,' hoor ik Thymen zeggen.

Ik blijf staan en zie hem achteromkijken, maar er is niemand te zien.

'Jij eerst,' zegt hij en hij maakt een beweging met zijn hand.

'Je bedoelt dat dit jouw schip is?' vraag ik vol ongeloof. Mijn blik gaat naar de voorste van de drie, die de naam *Orinoco* draagt. Het is een schoener, zie ik. Twee achteroverhellende masten, waarvan de achterste het hoogst is, gaffel- en gaffeltopzeilen, stagzeilen, en op zijn minst vijftien meter lang.

Hij glimlacht. 'Dat mocht ik willen,' zegt hij. Hij helpt me aan boord en vervolgt dan: 'Hij is van mijn vader.'

Zijn vader. Blijkbaar heeft die meer op zijn bankrekening staan dan ik kon vermoeden. Genoeg om zijn zoon een zeilboot te geven voor zijn wereldreis, half zo groot als deze, maar dat niet doet en hem er zelf voor laat sparen.

Alsof hij mijn gedachten raadt, zegt Thymen: 'Mijn vader is nogal ouderwets, zie je.' Hij stapt achter me aan in de kuip en duwt me het middendek op. 'Hij heeft me met de paplepel ingegoten dat ik moet werken voor mijn spullen,' vervolgt hij dan. 'Als kind moest ik dat al. Had ik een leuke knuffel gezien die ik heel graag wilde hebben? Ga het gras maar maaien. Wilde ik een nieuwe computergame? Ga maar klusjes doen. Een nieuwe fiets? Ga maar kranten rondbrengen. Een eigen boot? Zie maar dat je werk krijgt en spaar ervoor.' Met een nijdig gebaar steekt hij de sleutel in het slot van de kajuitdeur en draait hem om.

Ik kijk toe en besef ineens dat hij geen gemakkelijke jeugd moet hebben gehad. Iedereen, ook ik, dacht dat hij geboren was met een zilveren lepel in zijn mond. Alles wat hij wilde hebben had gekregen. Blijkbaar was de zilveren lepel eerder die paplepel.

'Naar binnen,' zegt hij als hij de kajuitdeur heeft geopend.

'Waarom?' vraag ik. 'Wat ben je van plan?'

Het bekende scheve lachje verschijnt weer om zijn lippen. 'Ben je bang voor me, Hester?' zegt hij dan langzaam.

'Moet ik dat zijn?'

Zijn blik houdt me vast. Dan haalt hij zijn schouders op. 'Misschien,' reageert hij. 'Als je tegendraads gaat zijn.'

Een vreemde prikkeling glijdt over mijn rug omlaag als ik besef dat hij tot alles in staat is. De enige vraag die me blijft achtervolgen is: waarom?

Ik klim het trapje af naar de kajuit. Het licht brandt; dat is automatisch aangegaan zodra Thymen de deur opende. Het is er behoorlijk ruim, met rechts de kombuis met fornuis en dubbele spoelbak, en links een vrij grote tafel, aan twee kanten inklapbaar, met een hoekbank voorzien van lichtgrijze kussens. Vrijwel alles is van teakhout, wat het geheel een vrij knusse uitstraling geeft.

'Doorlopen,' zegt Thymen.

Na een afstap naar de achterkajuit kom ik in een klein halletje met een stuk of wat deuren. Hutten. Hoeveel slaapplaatsen heeft deze boot eigenlijk?

Thymen pakt mijn arm beet en ik blijf staan.

'Hierin,' zegt hij en hij trekt een schuifdeur links van ons open. Erachter is inderdaad een hut, met een stapelbed. Ik kijk opzij en na een korte knik van Thymen ga ik de hut binnen. Daar draai ik me om en zoek zijn blik. Hij zegt niets, blijft me aankijken. Hij gaat me opsluiten, daar ben ik zeker van. En als er één ding is waar ik een hekel aan heb, dan is het aan afgesloten deuren, vooral als ik erachter zit.

'Thymen,' zeg ik haastig en ik hef mijn hand. 'Niet...'

Zonder zijn blik af te wenden schuift hij de deur dicht.

'... doen.'

Vol ongeloof staar ik naar de gesloten deur. Niet veel later hoor ik de motor starten.

Voor mijn gevoel zit ik al uren opgesloten. Het gebrom van de motor is diep en gestaag; als ik me concentreer kan ik ook het water tegen de boeg horen slaan. Het schip is behoorlijk stabiel. Er is weinig beweging, slechts een enkele keer merk ik een meer dan normale slingering op.

Ik zit op de onderste kooi van het stapelbed en kijk weer naar de deur. Zorgvuldig checken of ik die niet toch open kon krijgen, leverde niets op. Blijkbaar zit er iets van een stevige haak aan de buitenkant die voorkomt dat de deur uit zichzelf kan gaan schuiven bij zwaar weer. En die Thymen nu gebruikt heeft om mij in te sluiten.

Ik zucht diep en probeer een betere zithouding te vinden. Deze onderste kooi is dan wel breder dan de bovenste, waardoor ik zonder mezelf te hoeven opvouwen redelijk goed kan zitten, maar daar is ook alles mee gezegd; het blijft ongemakkelijk.

Woede borrelt ineens in me omhoog. Ik sta op en beuk met mijn vuisten op de deur. 'Thymen!' schreeuw ik. 'Doe open!'

Er gebeurt niets. De deur blijft potdicht en niets wijst erop dat Thymen onderweg is om gehoor te geven aan mijn eis. Ik hoor de motor van het schip ronken, maar het zachtjes deinen doet me vermoeden dat we stilliggen, ongetwijfeld een heel eind uit de kust. Het zou me niets verbazen als we inmiddels midden op het IJsselmeer zitten.

Opnieuw ram ik mijn vuisten tegen het hout. 'Thymen!' Mijn stem slaat over en ik voel de tranen over mijn wangen lopen. Dat heb ik altijd: als ik kwaad ben ga ik huilen. Een kwestie van onmacht, zei Gerlof altijd. Maar zelf geneer ik me er voor, hoewel het me nu geen fuck kan schelen.

'Laat me eruit!' schreeuw ik. 'Thymen!'

Dan ineens wordt met een ruk de deur opengeschoven en ik deins achteruit als ik Thymen zie staan, zijn ogen donker van woede, het pistool recht voor zich uit op mij gericht.

'Hou daar in godsnaam mee op!' sist hij me toe. 'Of ik bega een ongeluk.' Zijn hand omklemt het wapen zonder te trillen. En juist dat feit doet me beseffen dat ik voorzichtig moet zijn. Dat hij koelbloedig genoeg is om zonder aarzelen de trekker over te halen.

'Waar gaan we naartoe?' wil ik weten. Ik kan niet voorkomen dat mijn stem trilt.

'Nergens naartoe,' bijt hij me toe. 'Het water op, oké?'

Dat wist ik al. 'Waarom?' vraag ik. 'Wat heb je daar te zoeken?'

'Rust!' schreeuwt hij dan. 'Ik wil gewoon rust! En als jij nou even je kop houdt, dan kan ik misschien nadenken!'

'Nadenken?' echo ik. 'Waarover?'

'Nergens over,' gromt hij. 'Over alles. Over jou, over Insa. Ik heb haar niet vermoord, hoor je?'

Ik zwijg, kijk naar hem en zie ineens wanhoop in zijn ogen. Waarom? Als hij onschuldig is, zoals hij zegt, dan hoeft hij toch nergens bang voor te zijn? Laat staan wanhopig.

Thymens blik houdt me vast. Maar hoe radeloos hij misschien ook is, zijn hand ligt nog net zo vast om dat pistool als net. In plaats van hem kwaad te maken door ertegenin te gaan en hem met bewijzen om zijn oren te slaan, kan ik hem beter te vriend houden en hem niet tegen me in het harnas jagen.

'Breng me terug, Thymen,' zeg ik kalm. 'Het is nog niet te laat.'

'Niet te laat voor wat?' snauwt hij.

'Om de politie te vertellen wat er werkelijk gebeurd is. Vertel ze dat er vóór jou iemand anders bij Roelie was. Dat zei je toch? Dat je iemand uit haar kamer zag komen?'

Hij kijkt me aan, zijn wenkbrauwen gefronst. 'Klets geen onzin,' zegt hij. 'Denk je nou heus dat ze me geloven? Dat ze zeggen: "Oké meneer De Jong, het is goed, we zagen u met dat kussen boven Roelie hangen, maar als u het zegt, dan zal iemand anders wel geprobeerd hebben om haar te vermoorden, u mag naar huis"?' En dan, schreeuwend: 'Ze sluiten me op, Hester! Dat weet je toch? Voor hen is het al een uitgemaakte zaak! En voor jou ook blijkbaar. Jij, die me...'

Een schrapend geluid doet hem ineens zwijgen. Zijn blik gaat even kort over zijn schouder en ik zie mijn kans. Ik spring naar voren en duw zijn arm met het pistool met kracht naar boven. Er klinkt een harde knal, Thymen valt achterover, houtsplinters dwarrelen omlaag. Zonder te aarzelen stap ik over Thymen heen, sprint door de kombuis naar het trappetje naar het achterdek en haast me naar boven. Ik heb geen idee waar het schip zich nu bevindt, maar misschien kan ik overboord springen en naar de dichtstbijzijnde wal zwemmen. Want behalve zeilen kan ik ook uitmuntend zwemmen.

Achter me hoor ik gevloek. Gerommel. Ik stap net het dek op als ik achter me voetstappen dichterbij hoor komen. Zijn val heeft hem niet langzamer gemaakt, vrees ik, maar dat was ook te verwachten. Thymen is in vorm, hij is altijd in vorm, en zijn uithoudingsvermogen zal niet veel onderdoen voor dat van een beroepssporter.

Ik gooi de deur van de kajuit dicht om hem te vertragen, grijp met twee handen de reling langs het middendek vast en kijk rond. Het eerste wat me opvalt is dat Thymen blijkbaar begonnen is om het schip zeilklaar te maken; de huik is losgemaakt. De motor draait stationair, het heklicht en de boordlichten branden, net als het toplicht. Verder is er niets te zien. Donkerte. Water. Een flauwe maan achter wolken die snel dichttrekken. Geen wal, geen andere zeilschepen, behalve vage stipjes licht in de verte. We zitten inderdaad midden op het IJsselmeer. Veel te ver om naar land te zwemmen, om niet te spreken over levensgevaarlijk.

Achter me klapt de deur van de kajuit open en geschrokken draai ik me om. In het licht dat door de opening naar buiten valt, zie ik een nijdige Thymen het dek op komen stuiven.

'Niet slim, Hester,' zegt hij. 'Je kunt geen kant op, dat begrijp je toch wel?' Hij maakt een beweging met het wapen dat hij nog steeds in zijn hand heeft. 'Benedendeks,' zegt hij.

Met zijn rug naar de kuip laat hij me voorgaan, terwijl hij me voortdurend blijft aankijken. Hij is woedend. Ik zie het aan alles, zijn donkere blik, de gespannen spieren in zijn arm, de op elkaar geklemde kiezen, en diep vanbinnen voel ik aan dat ik nu voorzichtig moet zijn. Of hij me werkelijk zal neerschieten weet ik niet, maar mijn verstand zegt me dat ik niet moet uitproberen om daarachter te komen. Doen wat hij zegt is beter. Misschien op hem inpraten. Naar hem luisteren. Hém laten praten. Wellicht kan ik hem overhalen het op te geven en ons terug te varen.

Ik laat zijn blik niet los als ik mijn voet op het trapje naar de kajuit zet. Alles lijkt ineens zo futiel bij het besef dat ik elk moment kan worden neergeschoten. Ik pak de handsteun vast en buig voorover om naar binnen te gaan, als ik opnieuw dat geluid hoor. Zacht geschuur, een afwijkend klotsend geluid. En dan weet ik wat het is.

Een andere boot!

Langszij. Waarom heb ik die net niet gezien?

Omdat ik aan stuurboord stond en die boot aan bakboord ligt.

Ook Thymen heeft het geluid gehoord en met een ruk kijkt hij opzij, op hetzelfde moment dat er een schaduw uit de kuip omhoogkomt.

'*What the…*' begint Thymen, maar verder komt hij niet.

-31-

Zonder geluid te maken zakt Thymen in elkaar op het tussendek. Het pistool is uit zijn hand gevallen en ligt nu naast zijn lichaam.

Mijn hart slaat een paar slagen over als degene die Thymen heeft neergeslagen het wapen pakt en overeind komt. Het licht van de kajuit valt op het gezicht en dan zie ik wie het is.

'Silke?'

Ik kan mijn ogen niet geloven.

'Silke...' verzucht ik nogmaals. Ik sla mijn armen om haar heen en trek haar stevig tegen me aan. De spanning in mijn lichaam vloeit weg en maakt plaats voor opluchting. Alles komt nu goed. Ik stap achteruit en met mijn handen op haar schouders kijk ik haar aan. 'Hoe kom jij hier?'

'Ik zag jullie vertrekken,' zegt Silke. 'Bij Het Skûtsje. En toen ben ik achter jullie aan gegaan.'

'Heb je de politie ingelicht?' vraag ik meteen.

Ze kijkt me aan. 'Natuurlijk,' zegt ze. 'Dat is het eerste wat ik gedaan heb.'

'En Jort?' wil ik weten. 'Is hij...'

Thymen, die tot op zijn knieën overeind is gekomen, kreunt luid. Silke draait zich naar hem toe en even denk ik dat ze hem opnieuw zal slaan met het wapen dat ze in haar hand houdt, maar dat doet ze niet. In plaats daarvan wacht ze geduldig totdat hij helemaal overeind is gekomen en wankelend op zijn benen staat.

'Jezus,' gromt hij met zijn hand tegen zijn achterhoofd gedrukt. 'Wie heeft ...?' Hij kijkt opzij en ziet Silke. Zijn ogen worden groot. 'Jij?' roept hij. Meteen schiet hij in de lach.

'Hou daarmee op,' bijt ze hem toe.

Hij staakt zijn gelach en heft zijn kin. 'Wat kom jij doen? Het onderonsje tussen je moeder en mij verstoren?'

'Kappen,' zegt Silke. 'Ik meen het.'

'Je meent het?' Thymen snuift, maar stopt daar onmiddellijk mee als Silke het pistool recht op zijn gezicht richt.

Heel even voel ik me trots. Dat is mijn dochter. Mijn sterke, moedige dochter. Maar dan denk ik weer aan Jort. 'Hoe is het nou met Jort?' vraag ik opnieuw.

'Jort?' herhaalt ze.

Een ijzige kou trekt over mijn rug. 'Ja. Je moest naar hem toe. Heb je dat appje niet gelezen?'

'Mijn mobiel ligt nog op mijn slaapkamer,' zegt ze. 'Ik heb geen appje gezien.'

Ik word nog kouder dan ik al ben. Ligt Jort daar dan al de hele tijd onderaan de trap? O mijn god!

'Wat is er dan met Jort?' vraagt ze.

'Die is van de trap gekukeld,' zegt Thymen.

Ik hoor het sarcasme in zijn stem.

Ook Silke hoort het blijkbaar en zegt: 'Gevallen? Of geduwd?'

'Hé, kijk niet naar mij,' reageert Thymen met zijn handen geheven in een kalmerend gebaar. 'Het was zelfverdediging.'

'Jij had een vuurwapen!' roep ik.

'En hij een kandelaar,' werpt Thymen tegen.

Binnen in me lijkt alles te verschrompelen. Stel dat Jort zwaargewond is geraakt door die val? Dat hij daar nu nog steeds ligt. Als niemand hem vindt, dan… dan…

Ik kijk wanhopig van Silke naar Thymen en weer terug. 'We moeten nu direct terug naar Lemmer,' zeg ik. 'Naar huis. Jort kan wel…' De rest van de zin durf ik niet uit te spreken.

'Terug naar Lemmer?' herhaalt Thymen. 'Helaas, lieve Hester. Behalve het feit dat de brandstoftank bijna leeg is, is het eerste wat ze daar doen mij oppakken en opsluiten. No way.'

Met haar hoofd een beetje schuin kijkt Silke hem aan. Dan gaan haar ogen naar mij.

'Hij heeft vanavond geprobeerd Roelie te vermoorden,' zeg ik zacht. 'Daarom zoeken ze hem. En hij heeft ook Insa...'

'Nee!' roept Thymen nijdig. 'Hoe vaak moet ik je het nog zeggen! Er was iemand anders bij Roelie! Ik haalde dat kussen juist van haar af!'

'Waarom heeft niemand die "iemand anders" dan gezien?' vraag ik. 'Er was niemand anders, Thymen!'

'Wel waar!' schreeuwt hij nu.

'En je zag niet wie het was?'

'Nee! Iemand in een hoody, ik zag alleen zijn rug toen hij wegliep!' Hij doet een stap in mijn richting, maar Silke duwt hem het pistool tegen zijn hoofd. Meteen blijft hij staan.

'En Insa dan?' vraag ik schor. 'Was dat ook "iemand anders"?'

'Nee, nee, nee!' Hij schudt wild zijn hoofd.

'Waarom, Thymen?' ga ik door. 'Waarom heb je Insa vermoord?'

'Dat héb ik niet gedaan!' brult hij. 'Ik heb haar alleen maar geneukt, oké?' Hij sluit zijn ogen, ademt diep in en herhaalt dan zacht: 'Ik heb haar alleen maar geneukt.'

Er valt een stilte. Ik probeer te bevatten wat hij zegt, maar het dringt nog niet helemaal tot me door.

'Je had seks met Insa?' vraag ik dan.

Weer schudt hij zijn hoofd. 'Niet gewoon seks.' Hij kijkt op. 'Ze wilde niet. Ze wilde nooit, ze wimpelde me altijd af. Ik heb haar... gedwongen.'

Ik knipper met mijn ogen. 'Je hebt haar... wát?'

'Verkracht,' zegt Silke nu.

Mijn blik schiet naar mijn dochter. Het valt me nu pas op dat ze ongewoon kalm is. Ze zal het toch niet in haar hoofd halen om de trekker over te halen nu ze weet wat Thymen met haar zus heeft gedaan?

‘Silke,’ waarschuw ik.

‘Ik weet wat je denkt,’ zegt ze zonder naar me te kijken. ‘Maar is het niet beter als we er hier en nu een einde aan maken? Niemand zal er iets van zeggen. Hij heeft jou ontvoerd. Hij heeft je pijn gedaan. Hij viel ons aan. Ik vocht met hem en toen ging het pistool af en sloeg hij overboord. Iedereen zal het geloven.’

Even weet ik niets te zeggen. Is het echt mijn dochter die me zojuist voorstelde om Thymen… om hem in koelen bloede te vermoorden?

‘Zeg het haar, Silke,’ roept Thymen nu.

Met opgetrokken wenkbrauwen kijkt ze hem aan.

‘Dat je me kwijt wil. Omdat ik je gezien heb.’

Silke blijft hem vragend aankijken.

‘Wat bedoel je?’ wil ik weten.

Zijn ogen schieten naar mij. ‘Nadat Insa… Nadat ik haar…’ Hij ademt snel door zijn neus in en uit en vervolgt: ‘Ze ging weg en ik keek haar na toen ze naar buiten liep. Door het raam. Ze bleef bij het hek staan en belde iemand. Met haar mobiel.’

‘Je liet haar gaan?’ vraag ik. ‘Dat geloof ik niet. Ze zou aan iedereen vertellen wat je gedaan hebt.’

Hij schudt zijn hoofd. ‘Nee. Want dan zou ik haar geheim openbaar maken.’

‘Welk geheim?’

‘Dat ze…’ Hij aarzelt even en vult dan snel aan: ‘Dat ze… Nou ja, dat ze bij mijn vader had ingebroken.’

Ik staar hem aan. Wacht, wat? Insa had ingebroken?

‘Maar daar gaat het niet om,’ gaat Thymen verder. ‘Insa werd een kwartier na dat telefoontje opgehaald. Door iemand in een blauwe Fiat.’ Zijn blik gaat terug naar Silke.

Een blauwe Fiat? Zo eentje die Silke heeft? ‘Jij haalde Insa op?’ vraag ik verrast.

Het blijft even stil. Ik zie haar met een giftige blik naar Thymen kijken. Maar dan knikt ze kort. ‘Insa belde me in tranen op dat ik haar moest komen ophalen omdat er iets gebeurd was. Ze wilde niet vertellen wat, en tja, iedereen moest altijd meteen opdraven als het prinsesje iets wilde.'

Ik hoor een toon in Silkes stem die ik niet van haar gewend ben. Minachting?

'Dus ik stapte in de auto en ging haar halen,' gaat Silke verder. 'Dat het al na middernacht was, kon haar niet schelen. Ik pikte haar op bij een duur landhuis en onderweg naar huis vroeg ik haar weer wat er gebeurd was. Ik moest me er niet mee bemoeien en mijn bek houden, zei ze. We kregen ruzie. Erge ruzie.'

Het dringt niet meteen tot me door, maar zodra ik besef wat ze eigenlijk zegt, sluit een ijskoude hand zich om mijn hart.

-32-

'Thymen is de zoon van rechter De Jong,' zei Menno, terwijl ze met z'n drieën haastig naar het huis van Hester liepen.

'Wat?' riep Timo.

'Heet hij niet De Jong?'

Timo dacht na. Eigenlijk had hij geen flauw idee wat Thymens achternaam was. Hij kende hem alleen als Thymen.

'Maar de naam De Jong komt zo vaak voor in Friesland,' zei Amanda. 'Hij hoeft toch helemaal geen familie van die rechter te zijn?'

'Ik vind het té toevallig dat Timo hem in zo'n zelfde auto heeft zien rijden,' verklaarde Menno. 'Tel daarbij op dat hij Insa kende en dat zij bij dat huis is geweest…'

Timo voelde de haartjes op zijn armen overeind gaan staan. Bedoelde Menno nou dat… dat Thymen iets te maken had met Insa's dood? Dat kon toch niet? Aan de andere kant… hij had ook geprobeerd Roelie te vermoorden. En had hij misschien ook de hand in de dood van Marije?

'En je denkt dat hij Hester kwaad wil doen?' vroeg Amanda.

'Dat weet ik niet,' zei Menno. 'Maar ik wil zeker weten dat ze in orde is.'

Bisky, die voor hen uit was gelopen, kwam ineens blaffend teruggerend. Meteen wist Timo dat er iets mis was. Bisky blafte wel vaker, maar deze keer leek het geblaf hoger van toon dan anders. Alarmerender.

Menno was de eerste die de keuken binnenstapte. Timo volgde

en daarachter kwam Amanda. Het licht was uit, geen geluid was te horen.

'Hester!'

Menno's stem dreunde door het huis. Bisky blafte paniekerig, rende voor hen uit naar de hal en kwam meteen weer terug, nog steeds hoog blaffend. Pas toen Timo zijn hand op de rug van de hond legde, kalmeerde ze wat.

'Hester!' riep Menno nogmaals. Hij beende door de keuken naar de hal, Timo liep achter hem aan en deed bij de deur het licht aan.

'O mijn god,' klonk het vanuit de hal.

Kippenvel trok over Timo's armen bij het horen van de toon in Menno's stem. Hij draaide zich om en stoof de hal in. Daar lag Jort, onderaan de trap, zijn ogen gesloten. Een plasje bloed had zich naast zijn hoofd gevormd.

'Jezus!' riep hij uit.

Menno knielde neer en voelde met twee vingers in Jorts hals. 'Bel een ambulance!' zei Menno. 'Snel!'

Timo haalde zijn mobiel tevoorschijn en draaide zich weg van Jort. Tranen prikten achter zijn ogen terwijl hij het alarmnummer intoetste. Hij had niet weg moeten gaan! Hij had geweten dat Thymen in de buurt was. En hij was ervan overtuigd dat dit het werk van die klootzak was. Wat had hij met Hester gedaan?

Met verstikte stem vroeg hij om met spoed een ambulance te sturen en keerde zich toen weer naar Jort. Amanda zat geknield naast hem, Menno zag hij niet meer. Wel hoorde hij boven voetstappen en hij nam aan dat Menno daar op zoek was naar Hester.

Niet veel later kwam Menno de trap weer af. 'Niets,' zei hij. 'Hester is weg. Heb jij in de woonkamer gekeken?' vroeg hij meteen erachteraan.

Timo schudde zijn hoofd, zonder zijn blik van Jort af te wenden. Hij leefde toch nog wel? O, dit was allemaal zijn schuld.

Thymen moest hem gezien hebben toen hij naar Hester ging en zijn kans hebben afgewacht.

'Timo?'

Een zware hand op zijn schouder deed hem opschrikken. Het was Menno die zojuist in de woonkamer was geweest en nu achter hem stond.

'Hij leeft nog, dat is het belangrijkste,' zei Menno zacht.

'En Hester?' vroeg hij schor.

Menno schudde zijn hoofd. 'Niet in huis.'

'Misschien is ze hulp gaan halen?' opperde Amanda.

'Dan zou ze in de eerste plaats naar Walt of mij komen,' zei Menno. 'En dan hadden we haar moeten zien, of op zijn minst moeten horen.'

'Of mijn vader,' zei Timo. 'Misschien is ze wel naar hem toe.'

'Ga kijken,' beval Menno. 'Ondertussen bel ik de politie.'

Timo was al weg en haastte zich door de tuin naar de slaapvertrekken achter het botenhuis. Hij gooide de deur open en rende de gang door. Vervolgens stoof hij de kamer van zijn vader binnen. Alles was er donker. In het bed onder het raam zag hij zijn vader liggen, diep in slaap. Geen Hester.

'Pa!' riep hij en hij deed het licht aan. 'Pa, wakker worden!'

'Huh?' mompelde zijn vader. Hij draaide zich smakkend op zijn rug, de ogen nog steeds gesloten.

'Pa!' Timo schudde hard de schouder van zijn vader. 'Hester is zoek!'

Het duurde nog een kort moment voordat het tot de nog half slapende man doordrong. 'Wat?' zei hij, terwijl hij overeind schoot.

'Kleed je aan, ik vertel het je onderweg wel!'

'Onderweg waarnaartoe?'

'Naar Hesters huis. Jort is van de trap gevallen en Hester is weg.'

'Weg?' Zijn vader zwiepte zijn lange benen uit bed en hees zich in luttele seconden in zijn jeans. Hij greep een polo van een stoel en duwde Timo de kamer uit. Onderweg naar buiten trok hij het shirt aan.

Terwijl ze zich naar de grote boerderij haastten, vertelde Timo alles aan zijn vader, en deze keer ook écht alles.

‘En jij denkt nu dat Thymen naar Hester is gegaan?’ vroeg zijn vader toen hij uitverteld was.

‘Ja,’ zei hij. ‘En Jort is zwaargewond. Als dat echt door Thymen komt, wat zal hij dan met Hester doen?’

Zijn vaders stappen werden groter. ‘Als hij haar ook met maar één vinger heeft aangeraakt, dan vermoord ik hem,’ gromde Jelmer.

In de verte klonken sirenes. ‘Daar is de ambulance al,’ zei Timo.

Met zijn armen langs zijn zij keek Timo de ambulance na. In het ziekenhuis zouden ze bekijken hoe Jort er precies aan toe was, maar de verpleegkundigen hadden laten doorschemeren dat het waarschijnlijk minder erg was dan het leek. Onderzoeken zouden echter moeten uitwijzen of dat werkelijk zo was.

Achter zich hoorde hij stemmen en hij keek om. Veel cursisten waren wakker geworden door de commotie op het terrein en waren komen kijken. Menno had hun alleen maar verteld dat Jort van de trap was gevallen en dat het goed zou komen. Gelukkig vroeg niemand naar Hester. Waarschijnlijk dacht iedereen dat ze met de ambulance mee was en dat kwam goed uit, had Menno tegen hem en zijn vader gezegd. Want paniek op de school kon beter voorkomen worden.

‘We moeten Hester zoeken,’ zei Jelmer toen de ambulance uit zicht was verdwenen.

‘Mee eens,’ zei Menno. ‘Ik weet vrijwel zeker dat Thymen te maken heeft met haar verdwijning en met Jorts val van de trap.’

‘Hoe dat zo?’ wilde Jelmer weten.

‘Er is een mogelijke link tussen hem en de dood van Hesters dochter.’

‘Van Insa?’ riep Jelmer. ‘Godallemachtig, dat is nogal wat. Zou hij daarom geprobeerd hebben om Roelie te smoren?’

‘Wat?’ vroeg Menno.

‘Thymen heeft een poging gedaan om Roelie te vermoorden,’ zei Timo. ‘In het ziekenhuis.’

‘Misschien wist ze iets,’ opperde Jelmer. ‘En wilde hij haar het zwijgen opleggen.’

Timo vond dat heel geloofwaardig klinken. Tenslotte liep Roelie hier ook rond, ten tijde van de moord op Insa. Alleen kon hij Marije niet in dat plaatje plaatsen.

Er viel een stilte. Niemand wist blijkbaar nog iets in te brengen, ook Timo niet. Hij dacht aan een paar uur eerder, toen hij naast Hester op de bank had gezeten. Hoe ze hem getroost had en gerustgesteld. Ze was hier niet vrijwillig weggegaan, dat wist hij zeker. Thymen moest stiekem naar binnen zijn geslopen, had Hester overvallen, en misschien ook Jort. En Jort had hij van de trap geduwd. Maar wat zou hij met Hester doen?

Meenemen. Dat was het meest logische, want hier was ze niet. Hij moest Hester gedwongen hebben met hem mee te gaan. Misschien met een wapen? Aannemelijk. En toen zijn ze in de Cupra weggereden. Vandaar dat Hesters auto nog op de parkeerplaats stond. Maar waar zou Thymen Hester mee naartoe nemen? Naar het huis van zijn vader?

Nee. Niet logisch. Thymen wist donders goed dat dat de eerste plek is waar gezocht zou gaan worden. En ook dat de politie zou worden ingeschakeld zodra Jort gevonden werd.

Denk na, Timo!

Wacht! De boot van zijn vader, waar Thymen laatst zo over opschepte. Een joekel van zo’n achttien meter. Hoe heette ze ook weer…

‘De *Orinoco*!’ zei hij hardop.

-33-

In de eerste maanden na Insa's dood heb ik nachtenlang wakker gelegen. Dan vroeg ik me dingen af als: heeft ze geleden? Heeft haar belager haar vastgebonden? Hoelang heeft hij haar misbruikt? Deed hij het één keer voor hij haar ombracht, of verkrachtte hij haar keer op keer, misschien wel urenlang? Had hij haar mond afgeplakt zodat ze niet kon schreeuwen? Haar handen samengebonden?

De vragen die ik mezelf stelde werden steeds bizarder, steeds heftiger en gruwelijker. Ik probeerde het van me af te zetten. Aan andere dingen te denken als ik midden in de nacht naar het plafond lag te staren. Maar het ging niet. De beelden drongen zich telkens weer aan me op als een film in de bioscoop, op een groot scherm en met het geluid zo hard dat de hele zaal alles kon horen.

Uiteindelijk werden die beelden minder, zwakten af, en tot slot was het slechts af en toe dat zo'n nacht zich aandiende en ik de – imaginaire – film noir voor me zag. Toch vraag ik me van tijd tot tijd af wat eigenlijk erger is: dat wat Insa is overkomen, of leven in de wetenschap dat haar dat is overkomen.

De wind is aangetrokken. Boven het IJsselmeer trekt de lucht sneller dan ik verwachtte dicht en rillend steek ik mijn handen tussen mijn bovenbenen om ze op te warmen. Heel in de verte zie ik lichtjes. Het feit dat Silke terug naar Lemmer vaart, doet me vermoeden dat de politie van niets weet. Ze heeft hen niet gebeld, er is geen hulp onderweg. En van wat er gebeurt als we in de haven aankomen, heb ik geen flauw idee.

Mijn blik gaat naar Silke, die aan de andere kant van het stuurwiel op het bankje zit. Zij lijkt het niet koud te hebben, maar daarentegen is ze nooit een koukleum geweest. Als wij nog in een spijkerbroek liepen, huppelde zij al rond in een short, met daarop een truitje met korte mouwen.

Ik kijk naar Thymen, die buiten westen op het middendek ligt. Na Silkes bekentenis wilde hij haar het wapen afpakken, maar ze was sneller dan hij en sloeg hem met het pistool behoorlijk hard tegen zijn hoofd, waarna hij deze keer wel volledig out ging. Aan de ene kant zou ik willen kijken hoe het met hem gaat. Hij kan wel doodgaan na die klap die Silke hem gaf. Aan de andere kant kan het me geen zak schelen.

Mijn blik gaat terug naar Silke. Mijn Silke. Mijn oudste dochter. Mijn énige dochter nog. Ik weet dat ik kwaad zou moeten zijn. Woedend. Op Silke. Maar iets in me kan dat niet. Omdat ik het niet begrijp.

'Wat heb je gedaan?' vraag ik zacht.

Silke antwoordt niet, haar blik is strak langs het schip gericht.

'Silke,' zeg ik. 'Kijk me aan.'

Even nog weigert ze, maar dan doet ze wat ik vraag. Haar ogen staan donker.

'Wat gebeurde er toen je Insa had opgehaald?' vraag ik nogmaals. 'Vertel het me. Ik wil het begrijpen.'

Ze blijft zwijgen, kijkt weer voor zich uit terwijl ze stoïcijns de schoener over het water loodst. Het gaat haar gemakkelijk af; zelfs een schip van dit formaat kan ze moeiteloos aan, maar ik had ook niet anders verwacht. Ze is praktisch op het water opgegroeid. Net als Jort en Insa.

'Silke,' dring ik aan.

'Ze ging gewoon te ver,' reageert Silke dan. 'Niet voor het eerst. En elke keer ging ze een stapje verder.'

'Een stapje verder met wat?' wil ik weten.

'Met haar manipulatieve gedrag. Ze wist iedereen te laten doen wat zij wilde, vaak ten koste van anderen. Van mij.' Ze richt nu een woedende blik op mij. 'Want zo was ze, mam. Manipulatief. Eigengereid. Egocentrisch.' En na een korte stilte: 'Een over het paard getild kreng.'

Haar woorden zijn als messteken in mijn hart. Ik kan amper geloven wat ze zegt. 'We hebben haar toch nooit méér gegeven dan jullie?' werp ik tegen. Het zijn zwakke woorden, dat besef ik best. Want is dat zo? Hebben Gerlof en ik Insa niet altijd de hand boven het hoofd gehouden?

'In materialistisch opzicht niet, nee,' zegt Silke. 'Maar voor de rest... Het was altijd: ach, laat haar maar, ach, ze is nog jong, ach, ze doet het niet expres. Ze deed het wél expres, mam! Ze wist precies hoe ze jou moest bespelen. En zelfs pap ging erin mee. Altijd kwamen Jort en ik op de tweede plaats. Alles moest wijken voor Insa. Want ach, haar tere zieltje zou eens gekwetst kunnen worden.'

'Zo hebben we het nooit bedoeld,' zeg ik. 'We hebben altijd geprobeerd om geen onderscheid te maken, om jullie alle drie op dezelfde manier te behandelen.'

Silke snuift. 'Nou, daar zijn jullie dan goed in geslaagd,' reageert ze spottend.

Ik zwijg, omdat ik niet meer weet wat ik moet zeggen.

'Waarom heb je dit nooit gezegd?' vraag ik dan zacht.

Ze kijkt me weer aan. 'Zou je me geloofd hebben?'

'Dat... Dat weet ik niet,' zeg ik. 'Maar we zouden misschien wat kritischer naar onszelf zijn gaan kijken.'

Silke lacht bitter. 'Droom lekker verder, mam.' Ze kijkt weer recht vooruit en zwijgt.

Ook ik zeg niets meer. Schuldgevoel heeft me overspoeld en drukt nu zo zwaar op mijn schouders dat ik verwacht elk moment door de bodem van de boot te zakken. Ik kijk omhoog, naar de wolken waarmee de lucht nu volledig is dichtgetrokken. Maan en sterren zijn niet meer te zien. Het valt me op dat de wind nog meer is aangetrokken, maar aan het schip is niet veel te merken, dat vaart gestaag door zonder aan snelheid in te boeten.

Dan valt me nog iets anders op: de windrichting. We varen nu met ruime wind over bakboord. In noordwestelijke richting dus. En als ik langs de kajuit kijk, zie ik inderdaad geen lichtjes meer. Silke is van koers veranderd. Waar wil ze heen? De motor zal niet lang meer draaien als de tank inderdaad bijna leeg is zoals Thymen zei; ik hoorde net al een vage hapering in het gebrom.

'Waar gaan we naartoe?' vraag ik voor de zoveelste keer die avond.

Er komt geen antwoord.

'Silke?'

Geen reactie.

Maar nu maakt het me nijdig. In wat voor situatie we ook zitten, wat ze ook gedaan heeft en waar ze me ook van beschuldigt, ik ben nog altijd haar moeder.

'Geef antwoord!' bijt ik haar toe.

Ze kijkt opzij. 'Weg,' zegt ze.

'Weg? Waarvan?

'Van alles!' schreeuwt ze nu. 'Ik heb genoeg concessies gedaan. Genoeg ja en amen gezegd. Het houdt gewoon op. Hier en nu!' Briesend draait ze zich een kwartslag en prutst wat aan de apparaten die daar zitten. Gezien het feit dat ze daarna met een ruk opstaat, vermoed ik dat ze de besturing op de autopilot heeft gezet. Met twee stappen staat ze bij de reling en staart naar het water.

Een angstig voorgevoel kruipt in me omhoog. 'Wat ga je doen?' vraag ik.

Ze haalt zonder zich om te draaien haar schouders op.

'Silke,' zeg ik zacht terwijl ik ook opsta. Het liefst wil ik naar haar toe gaan, mijn armen om haar heen slaan en haar tegen me aan trekken, zoals ik vroeger zo vaak heb gedaan, vooral als ze weer eens ruzie met Insa had gehad. *Jij bent de oudste, Silke, heb geduld met haar.* Ik hoor het mezelf weer zeggen. Hoe fout waren die woorden geweest! Ik had haar moeten steunen, want in de meeste gevallen was het Insa's schuld. Maar elke keer liet ik mijn jongste ermee wegkomen en beschadigde ik de gevoelens van mijn oudste.

'Silke, vertel me wat er gebeurd is,' zeg ik.

Het blijft stil. Silke is rechtop gaan staan en heeft haar armen om zichzelf heen geslagen. Ik durf niet aan te dringen, bang om haar dan helemaal over de rand te duwen.

Maar dan hoor ik haar diep inademen. 'Ze stapte bij me in de auto en zag er niet uit,' begint ze. 'Natuurlijk had ze mijn make-up weer gejat, en die was helemaal uitgelopen. Haar wangen zagen zwart van de mascara. Het was overduidelijk dat ze flink gehuild had.'

'Wat is er gebeurd?' vroeg Silke bij het zien van het besmeurde gezicht van haar zusje.

'Niks,' snauwde Insa.

'Daar zie je nogal naar uit, ja,' zei Silke. 'Ben je eindelijk eens iemand tegengekomen die niet deed wat jíj wilde?'

'Rij nou maar gewoon, oké? Ik wil naar huis.'

'Jazeker madam, tot uw orders, madam.' Silke schakelde naar de eerste versnelling en reed het pad af. Naast haar staarde Insa zwijgend naar buiten.

'Weten mam en pap dat je weer eens tot laat weg bent?' vroeg Silke na een poosje.

Geen antwoord.

'Gaan ze niet leuk vinden, dat je om deze tijd pas thuiskomt. Met zo'n gezicht.'

'Wat is daarmee?' vroeg Insa schril.

'Je ziet er toch niet uit,' zei Silke. Ze trok een tissue uit de doos die

in de portierbak stond en gaf hem aan haar zusje. 'Hier, veeg je gezicht af. Als er toch niets gebeurd is, kun je die tranen net zo goed wegpoetsen.'

Met een ruk trok Insa het stuk papier tussen Silkes vingers vandaan en veegde ermee over haar wangen. Het hielp niet veel; de strepen mascara bleven zitten waar ze zaten.

Silkes blik viel ineens op Insa's short. Er zat een flinke scheur in, van de omslag in de linkerpijp tot aan de steekzak in de zijnaad. Zelfs de knoop was verdwenen, waardoor het kledingstuk waarschijnlijk tot op haar enkels zou zakken zodra ze straks uitstapte.

Foute boel. Dat wist Silke meteen. Ze wierp een blik opzij op haar zusje en vroeg: 'Heeft iemand je pijn gedaan?'

'Dat gaat je niets aan,' gromde Insa zonder om te kijken.

'Misschien niet, maar er is niet niets gebeurd. Ben je... Heeft iemand iets met je gedaan wat je niet wilde?'

Nu keek Insa wel om. 'Bespaar me dat gelul,' beet ze Silke toe. 'Er is niks gebeurd, oké?'

'Wat jij wil,' zei Silke. 'Het kan me eigenlijk niet schelen ook. Je zoekt het maar uit.'

Stilte.

Ze waren net de provinciale weg op gedraaid toen Silke Insa zacht hoorde snikken. Ze keek weer opzij en zei: 'Als je wil praten... '

Insa schudde haar hoofd.

Silke zweeg, keek naar de weg voor zich en toen weer terug naar haar zusje. 'Ben je verkracht, Insa?' vroeg ze zacht.

Het was alsof er naast haar een bom ontplofte. Insa kwam met een ruk overeind, haar ogen schoten vuur. 'Waar bemoei je je mee!' schreeuwde ze. 'Ik zei net toch al dat er niks gebeurd is, dus waarom hou je niet gewoon je kop! Jij moet altijd alles weten, en waarvoor? Zodat je weer de braverik kunt uithangen? Rot toch op, ik heb je niet nodig. Ik heb niemand nodig.' Weer snikte ze. Met haar hand veegde ze de tranen van haar wangen, waardoor de uitgelopen mascara nog meer verspreid werd.

'Insa, alsjeblieft,' probeerde Silke. Ze reed de auto de oprit naar een boerderij op en stopte naast een stapel klinkers die langs de kant in het gras gestort was. Toen draaide ze zich naar haar zusje. 'Ik wil je alleen maar helpen.'

'Jij? Laat me niet lachen. Miss Perfect. Jij zou dat nooit doen, hè? Mam en pap te schande maken. Nee, dat doet alleen kleine Insa met haar recalcitrante gedrag. Maar wat nou als mam en pap erachter komen dat hun oudste dochter helemaal niet zo perfect is als ze denken? Wat dan, hè?'

Silke verstijfde. 'Wat bedoel je?'

'Dat ik je geheimpje ken, lieve zus. En ik denk er hard over om het aan mam en pap te vertellen.'

'Je zou niet durven!'

'O nee? Wedden van wel?' Insa stak uitdagend haar kin naar voren.

Silke zag de blik in haar ogen. Triomfantelijk. Trots. IJskoud. En ineens knapte er iets vanbinnen. Ze klemde haar kiezen op elkaar en siste: 'Eruit.'

'Wat?' zei Insa.

'Je hoorde me wel,' zei Silke. 'Eruit. Ga maar lopen. Loeder dat je bent.'

Insa sloeg haar armen over elkaar. 'Zie maar dat je me eruit krijgt.'

De luchtige toon waarop ze het zei deed Silke koken van woede. Ze smeet het portier open, stapte uit en liep om de auto heen. Daar trok ze het portier naast Insa met een ruk open, greep haar bij de arm en sleurde haar de wagen uit.

'Au!' riep Insa, toen ze met een smak op de grond terechtkwam.

'Eigen schuld,' beet Silke haar toe. 'Je had ook zelf kunnen uitstappen.'

Insa vloog overeind. 'Jij rotgriet!' schreeuwde ze. Ze dook naar voren, haar short omlaaggezakt tot op haar heupen, en wierp zich tegen Silke aan, die achterovertuimelde en in het gras terechtkwam.

Insa landde boven op haar en probeerde haar snikkend met haar vuisten te bewerken.

Silke weerde de slagen zo goed en zo kwaad als het ging af en kreeg uiteindelijk Insa's polsen te pakken. Ze duwde haar van zich af zodat Insa op haar rug naast de stapel klinkers neerkwam.

Meteen stond Silke op en keek naar Insa, die huilend bleef liggen. Haar blik verschoof naar de stapel klinkers en uit het niets flitste het door haar heen, de gedachte aan harmonie, aan de zo gewenste rust in het gezin, aan hoe het zou zijn zónder het zusje dat alle aandacht opeiste. En voordat ze wist wat ze deed, greep ze een van de stenen en sloeg die met kracht tegen Insa's hoofd.

Volledig uit het veld geslagen kijk ik naar Silkes rug. Op een of andere manier ben ik te geschokt om te huilen. Haar woorden lijken niet bij me te willen binnenkomen. Silke heeft Insa vermoord. *Silke.*

Mijn blik gaat omhoog en ik stel me Silkes gezicht voor. Haar ogen. Haar lach. Ze huilt niet. Heeft ze geen spijt? Of zat de haat voor haar zusje zo diep dat ze dat niet kan?

Ik zie dat Silke een val aan het grootzeil vastmaakt en hem blokkeert onder de klamp aan de mast. Nadat ze haar verhaal gedaan had, had ze opnieuw de koers veranderd tot we in de wind voeren en was ze zonder nog iets te zeggen via het middendek op de kajuit gestapt. Daar maakt ze nu af waar Thymen al mee begonnen was: de huik van het grootzeil losmaken.

Door alle gedachten die door me geen gaan ben ik te verward om me af te vragen wat ze van plan is. Het enige wat ik voor me zie, steeds maar weer, is het beeld dat Silkes verhaal heeft opgeroepen. Het beeld van Silke met die steen in haar hand. Het beeld van Silke met diezelfde steen, besmeurd met bloed van haar zusje. Dat ze Insa daarna heeft meegenomen en haar zonder kleren in het water van het Slotermeer heeft gedumpt om het op een seksueel getinte moord te laten lijken, getuigt van een koelbloedigheid die ik nooit achter haar gezocht had. Ze was niet in paniek gevlucht na haar daad. Had niet helemaal overstuur mij of Gerlof gebeld. Niets van dat al. En juist dat maakt het allemaal zoveel erger.

Silke heeft inmiddels het grootzeil voorbereid en loopt door naar het voordek om daar het schoenerzeil los te maken. Wil ze echt gaan zeilen? Zíj? Zonder hulp, op dit enorme jacht? Ik wil opstaan, maar ik heb er de moed niet voor. Ik heb nergens meer moed voor; alle kracht is uit me weggevloeid na Silkes verhaal.

Ik kijk naar Thymen en vraag me af hoe het zo ver heeft kunnen komen. Hoe kon ik zo blind zijn? Dan wordt mijn aandacht getrokken door korte, maar overduidelijk schokjes van Thymens vingers. Komt hij bij?

Ik recht mijn rug en staar onafgebroken naar het lichaam op het tussendek. Wat moet ik doen? Mijn blik gaat naar Silke, die weer is teruggekomen en zo te zien het schip helemaal gereed heeft gemaakt om zeilend verder te gaan.

'Silke,' zeg ik. 'Wat ga je doen? Ik weet dat je goed kunt zeilen, maar deze schoener is wel wat anders dan een valk!'

Ze geeft geen antwoord. Behendig maakt ze de grootschoot los uit de klem en geeft hem wat speling. Ook haar volgende handelingen zijn precies volgens de regels. De regels die wij, Gerlof en ik, haar van jongs af aan hebben bijgebracht. Waar is het toch zo gigantisch fout gegaan?

Dan zie ik Thymen overeind komen en even verdwaasd om zich heen kijken. Langs zijn slaap zitten uitgesmeerde vegen bloed. Zijn blik gaat van mij naar Silke, die juist het grootzeil heeft gehesen en de lijnen vastzet. Vrijwel meteen bolt het zeil op en zwaait de giek naar bakboord.

Ik schud verwoed mijn hoofd naar Thymen, maar hij negeert me, staat op en werpt zich zonder aarzeling languit op het tussendek. Hij grijpt Silke bij haar enkels en trekt haar onderuit, waardoor ze met een klap ruggelings op het hout terechtkomt.

Ik vraag me net af waar Silke het pistool heeft gelaten als ik haar hand in de zak van haar short zie verdwijnen en ze het wapen tevoorschijn trekt, terwijl ze ondertussen Thymen van zich af probeert te schoppen. Het lukt haar niet. Thymen kruipt naar haar toe en ze vloekt als hij haar arm vastgrijpt en omhoogduwt, zodat het pistool met een klap tegen de mast slaat.

Vanuit mijn ooghoeken zie ik ineens lichten opdoemen en ik kijk opzij. Nog een zeilboot? Waar komt die ineens vandaan?

Ik sta op en doe een stap naar voren, net op het moment dat Thymen Silkes hand met het wapen nogmaals tegen de mast slaat. Er klinkt een knal, ik hoor gerammel, er klappert iets. Het grootzeil komt met een vaart omlaag, de gaffel klapt naar beneden en boort zich met zijn punt in het dak van de kajuit. Meteen daarna zwaait de giek met een enorme vaart van bakboord naar stuurboord. Het gebeurt allemaal zo snel dat ik het te laat opmerk. Ik voel een harde klap tegen mijn rug die me naar voren lanceert, het inktzwarte water in.

-34-

Insa was opstandig en dwars, maar nooit agressief. Ze gedroeg zich alsof de wereld om haar draaide en al bedoelde ze het vaak niet kwaad, niet iedereen begreep dat. Vooral toen ze nog op de basisschool zat, gaf het weleens problemen. Dan kreeg ze weer eens ruzie om iets onbenulligs, maar zoals het vaker gaat tussen kinderen, loste dat zichzelf weer op. Behalve die ene keer, toen Gerlof en ik naar school werden geroepen omdat Insa een klasgenootje had geslagen. En niet gewoon geslagen, nee, de jongen moest naar de Spoedeisende Hulp om zijn gebroken neus te laten zetten.

Ik zie haar nog zitten, dat kleine meisje in die grote stoel in de kamer van de directeur. Ze was acht, maar door haar tengere uiterlijk leek ze op dat moment minstens twee jaar jonger.

De directeur was behoorlijk kwaad en bleef maar zeggen dat hij zulk gedrag niet tolereerde op zijn school. Op mijn vraag aan Insa of ze die jongen werkelijk geslagen had – want ergens kon ik het me niet voorstellen – zei ze ja. Zonder verdere uitleg.

Pas toen we weer thuis waren kwam de ware reden naar voren, toen ze tegen Silke zei dat ze 'het probleem had opgelost'. Op mijn vraag welk probleem ze bedoelde, antwoordde ze: 'Die pestkop.' En tegen Silke: 'Hij zal nou wel uit je buurt blijven.'

Hoe vaak ze haar zus en broer ook tot het uiterste dreef, nooit zou ze iemand toestaan hun kwaad te doen.

Alles is stil om me heen. Het donkere water rondom me sluit me volledig in. Dan zie ik allerlei kleuren in sierlijke slierten door het water dansen. Het wordt lichter, allerlei tinten roze en groen vermengen zich met het zwart en lijken te weerkaatsen tegen de grens tussen lucht en water, om daarna weer bij mij terug te komen. Ik wil die grens vastpakken, me eraan optrekken tot aan het oppervlak, maar ik kan me niet bewegen. De kleurige slierten lijken samen te komen en vormen ineens het gezicht van Insa die lachend naar me kijkt, haar hand naar me uitsteekt. Ik weet dat het niet echt is, maar toch ben ik blij. Blij dat ik haar zie. Kon ik haar nog maar even vasthouden. Haar zeggen dat het allemaal mijn schuld is, dat mijn gedrag zo'n haat bij Silke heeft veroorzaakt dat ze geen andere oplossing meer zag dan Insa uit ons leven te verwijderen. Het is mijn straf. Ik verzet me niet, laat me rustig naar de bodem zinken. Het is het enige wat ik kan doen.

Dan ineens zijn er overal om me heen luchtbellen. Water verplaatst zich langs mijn lichaam. Ik voel me nog dieper wegzinken, mijn oren suizen en dan is er een arm om mijn middel die me met zich meetrekt, omhoog, naar de oppervlakte.

Ik hap naar adem als we bovenkomen. Water loopt in mijn ogen, haren plakken aan mijn gezicht en het eerste wat ik voel is spijt. Ongelooflijk veel spijt. Naast me heeft iemand me nog steeds vast en leidt me al zwemmend naar een kleine zeilboot die naast de schoener ligt. Het is niet Silkes boot, maar een andere, eentje die ik niet herken. Een fel licht schijnt vanaf de mast over het water en de schoener van Thymens vader.

'Jelmer?' vraag ik schor als ik zie wie er naast me drijft.

'Sst,' zegt hij. 'Niet praten. We moeten je eerst aan boord van mijn boot zien te krijgen.'

Pas als we bij een trappetje aan de achtersteven komen laat hij me los en gebaart dat ik omhoog moet klimmen. Een hand wordt naar me uitgestoken. Het is Timo, die me een beetje onhandig in de kuip helpt; de pijn in mijn zij speelt ineens weer op en helpt ook niet mee om het gemakkelijker te maken. Niet veel later klimt ook Jelmer aan boord.

Mijn blik gaat naar de schoener. Silke zie ik niet meer. Wel Menno, die Thymen in een houdgreep houdt en de kajuit in duwt.

Menno?

Niet-begrijpend kijk ik op naar Jelmer, die een grote handdoek pakt en om mijn schouders hangt. Hij slaat er zelf ook eentje om en komt dan naast me op de doft zitten.

'Gaat het?' vraagt hij, als hij ziet dat ik ineenkrimp. 'Heeft hij je pijn gedaan?'

Ik schud mijn hoofd. 'Ik ben gevallen,' zeg ik. 'Min of meer mijn eigen schuld.'

'Zodra we terug zijn, breng ik je naar een ziekenhuis.'

'We moeten eerst de politie bellen. Silke zei dat ze hen gebeld had, maar volgens mij is dat niet zo.'

'Dat heb ík al gedaan. Er is een patrouilleboot onderweg.'

Ik knik, terwijl ik rustig probeer adem te halen. 'Silke...' zeg ik dan.

'Ze is veilig,' zegt Jelmer. 'Menno is bij haar. Ze zorgen ervoor dat Thymen...'

'Nee, je begrijpt het niet. Silke... Zij heeft Insa vermoord. Niet... Thymen.'

'Wat? Maar Timo vertelde...'

'Ik wéét wat Timo vertelde! Maar hij had het mis, we hadden het allemaal mis. Het was Silke!'

Ik ben nog niet uitgesproken of er klinkt een harde knal die ons alle drie doet opschrikken.

'Wat was dat?' vraagt Timo.

Het pistool. *Silke!*

Ik kom zo snel overeind dat de wereld om me heen begint te draaien; ik val opzij tegen Jelmer aan, maar weet mezelf overeind te houden. Op hetzelfde moment zie ik Silke uit de kajuit van de schoener komen. Met het pistool dwingt ze Menno voor zich uit.

De man wankelt, valt bijna om, maar Silke houdt hem met haar vrije hand overeind. Is hij gewond?

Achter ons hoor ik stemmen. Een fel licht flitst over de schoener en over onze boot die daar vlak naast ligt. 'Politie!' klinkt een mechanische stem. 'Motoren uit!'

De boot van Jelmer heeft geen draaiende motor, blijkbaar is hij zeilend hiernaartoe gekomen om ervoor te zorgen dat de motor hun komst niet aankondigde. Daarom hoorde ik hen niet aankomen. En ik was te gefocust op Silke en Thymen om iets te zien. De motor van de schoener echter draait nog steeds stationair, maar Silke maakt geen aanstalten om hem uit te zetten, ze blijft bewegingloos op het middendek staan. De wind laat haar haren om haar hoofd wapperen. Ik hoor de zeilen klapperen en vraag me gek genoeg af of ze de giek wel heeft vastgezet.

Aangezien de boot van Jelmer als eerste bereikbaar is, springen er twee agenten bij ons aan boord. Timo stapt geschrokken achteruit, maar Jelmer benadert hen meteen. 'Ik ben degene die jullie heeft gebeld,' zegt hij. Hij wijst opzij naar de schoener en vervolgt: 'Ze is gewapend.'

Een van de agenten grijpt naar zijn portofoon en maakt contact met zijn collega's. Door de wind die krachtig rond mijn hoofd blaast hoor ik niet wat hij zegt, maar dat interesseert me ook niet; mijn aandacht is vooral gericht op Silke. Mijn meisje. De steen die al in mijn maag ligt vanaf het eerste moment dat ik besefte wat ze gedaan heeft, is uitgegroeid tot een enorm rotsblok. Ze blijft hoe dan ook mijn kind. Ik wil niet dat haar wat overkomt, dat ze haar kwaad doen.

Het zoeklicht van de patrouilleboot is zo fel dat Silke haar hand boven haar ogen moet houden, maar of ze daadwerkelijk iets ziet weet ik niet. Boven de wind uit schreeuwt ze iets wat ik niet versta. Wel zie ik dat ze het pistool in Menno's zij duwt. Ze gaat zich niet zomaar overgeven, besef ik. Maar wat ze dan van plan is, weet ik niet.

Beelden van een woeste achtervolging schieten door me heen. In gedachten hoor ik schoten, zie ik Silke bloedend op het dek van de schoener liggen en onwillekeurig hap ik naar adem.

Jelmers arm schuift om mijn schouders. 'Het komt goed,' fluistert hij.

Maar dat geloof ik niet. Ik ken mijn dochter. 'Nee,' fluister ik. 'Niet zoals het er nu voor staat.' Ik maak me los uit zijn arm. 'Ik moet naar haar toe. Alleen ik kan haar ervan overtuigen het op te geven.'

Opnieuw schreeuwt Silke iets. Haar woorden worden door de wind uiteengeslagen tot flarden, maar toch kan ik eruit opmaken dat ze dreigt te schieten als iemand ook maar één voet aan boord zet.

'Laat mij met haar praten,' zeg ik en ik kijk van Jelmer naar de agent naast me. 'Ik ben haar moeder.'

'Te gevaarlijk,' zegt de agent.

'Ze zal mij niets doen,' dring ik aan. En tegen Jelmer: 'Zeg het hem. Dat het de enige manier is.'

Jelmer aarzelt en ik kan hem geen ongelijk geven. Ik zou ook aarzelen als het Timo was geweest die gewapend op dat schip stond en Jelmer naar hem toe wilde gaan.

Maar dan richt hij zich toch tot de agent. 'Ze heeft gelijk,' zegt hij. 'Hester is de enige die haar kan overreden dat wapen af te geven.'

De agent kijkt hem aan, en vervolgens naar mij, om zijn blik daarna naar Silke te verplaatsen. Hij zegt niets. Ook ik kijk naar Silke en voel ineens zo'n intens verdriet dat ik er bijna door word opgeslokt. Alles om me heen vervaagt, ik hoor steeds duidelijker het water tegen de boten klotsen, de lijnen van Jelmers boot tegen de mast slaan. Maar ook die geluiden lossen op in het vacuüm om me heen en het enige wat ik nog hoor zijn kinderstemmetjes. Van Silke, van Jort. En van Insa. Ze lachen. Ik zie hen weer voor me, in de zandbak in de tuin. Jort en Insa maken taartjes, Silke zit op de rand en leest een boekje. Ze was altijd al de oudste, niet alleen in leeftijd, maar ook in haar gedrag. Zo vol verantwoordelijkheid. Ik dacht altijd dat ze het wel aankon. Dat ze sterk was en kon dealen met de grillen van haar zusje. Hoe gruwelijk heb ik me vergist. En nu dreigen de gevolgen me mijn andere kinderen ook nog af te nemen. Dat mag niet gebeuren. Ik móét met haar praten.

Wanhopig pak ik de arm van de agent vast. 'Alstublieft,' smeek ik.

Nog even staat hij in dubio. Maar dan knikt hij. 'Onder één voorwaarde,' zegt hij. 'Dat u ervoor zorgt dat wij haar de hele tijd goed kunnen zien, zodat we kunnen ingrijpen als dat nodig is.'

Ingrijpen. Hij bedoelt neerschieten, dat is me maar al te duidelijk. Toch knik ik en nadat de agent zijn collega's heeft ingelicht, helpt Jelmer me via de zijkant van zijn boot op de schoener te stappen. Meteen daarna trekt hij zich terug en sta ik in mijn eentje op het gangboord van het zeilschip. De wind is nog net zo sterk als eerst en ik moet me stevig aan de reling vasthouden. Onder normale omstandigheden zou ik aan een lifeline zitten of een reddingsvest dragen, iets wat wij cursisten altijd als eerste aanleren.

Maar dat is nu niet belangrijk. Het enige wat telt is Silke. Mijn blik gaat naar de gaffel die half over het achterdek ligt. In het dak van de kajuit is een bres geslagen. Het mag een wonder heten dat er niemand gewond is geraakt en dat de giek me slechts overboord heeft geslagen. Het had allemaal veel erger kunnen zijn.

Erger dan de situatie nu is?

Voorzichtig loop ik over het gangboord naar het middendek. Links van me moeten de boot van Jelmer en de patrouilleboot liggen, maar door het felle zoeklicht zie ik ze niet. Op het dek staat Silke voor de geopende deur van de kajuit. Thymen zie ik niet en ik vermoed dat Menno hem benedendeks heeft opgesloten. Of heeft Silke hem uitgeschakeld?

Ik stap op het dek en dan pas ziet Silke me. Met een ruk richt ze nu het wapen op mij en ik hef kalmerend mijn handen.

'Silke,' zeg ik. 'Ik ben het. Mama.'

'Wat kom je doen!' bijt ze me toe. Het klinkt niet als een vraag, eerder als een wanhopige uitroep.

'Praten,' zeg ik, terwijl ik voorzichtig nog een stap naar voren doe.

'Dat is ver genoeg,' zegt ze.

Ik blijf staan. Mijn blik gaat naar Menno, die er niet al te best uitziet. Zijn polo is vanaf zijn schouder doordrenkt met bloed. Zijn gezicht is bleek, en al zou dat ook aan dat felle licht kunnen liggen, ik weet zeker dat het daar niet door komt.

'Laat me eerst naar Menno kijken,' zeg ik. En als ze niet reageert: 'Hij ziet er echt niet goed uit, Silke.'

Ze kijkt opzij naar Menno die, zo lijkt het, bijna het bewustzijn verliest en laat hem dan voorzichtig op het dek zakken, waar hij bewegingloos blijft liggen. Zo ken ik mijn meisje weer: grootmoedig, onbaatzuchtig.

Ik ga naar voren en kniel naast hem neer, evenals Silke.

'Het was zijn eigen schuld,' zegt ze. 'Hij probeerde het pistool van me af te pakken.'

'Dat is nu niet belangrijk,' zeg ik. Ik leg twee vingers in Menno's nek en voel zijn hartslag. Die is traag, maar sterk. Hij redt het vast wel, maar dan moet deze situatie snel worden opgelost. Voor zover er een oplossing is; het enige wat overblijft is Silkes arrestatie.

Ik kijk op naar Silke. We zitten nog steeds gehurkt. 'Stop hiermee, Silke,' zeg ik zacht. 'Het is over.'

Haar blik houdt me vast als ze haar hoofd schudt. 'Mijn hele leven lang heb ik concessies gedaan,' zegt ze. 'Elke keer weer. Al mijn grenzen zijn verschoven naar het punt waarop ik niet meer kán schuiven. Hier houdt het op, mam. De uiterste grens is bereikt.'

Ik knik. Gek genoeg begrijp ik het echt. Nu pas. Na al die jaren.

'Wat wil je dan doen?' vraag ik. 'Je kunt geen kant op, meisje. Ze laten je niet gaan.'

'Dat weet ik,' zegt ze zacht. 'Maar ik kan niet anders.'

'Je kunt om te beginnen dat pistool aan mij geven,' stel ik voor.

Ze glimlacht en kijkt naar het wapen in haar hand. 'Dat zou ik kunnen doen. Maar dit' – ze steekt het pistool omhoog – 'is de enige zekerheid die ik nog heb.'

'Dat is niet waar,' zeg ik meteen.

'Niet?' werpt ze tegen. 'Wat heb ik nog meer dan?'

'Mijn liefde,' zeg ik. 'Die heb je. Onvoorwaardelijk.'

Nu lacht ze hardop, cynisch. 'Insa slokte al jouw liefde op,' zegt ze dan. 'Zelfs na haar dood.'

Haar woorden snijden als een mes door me heen, vooral omdat ik ineens besef dat ze gelijk heeft. Voor een deel, tenminste. Want ondanks mijn allesomvattende liefde voor Insa, mijn jongste, onze benjamin, hield ik niet minder van Silke of Jort. Zij zijn me net zo lief als Insa was. Alleen Insa wist altijd de meeste affectie naar zich toe te trekken. Maar liefde is geen wiskunde. Het is niet zo dat als het ene kind eens wat meer liefde krijgt, die liefde wordt afgetrokken van de liefde voor het andere kind. Het geheel is meer dan de som der delen, en Silke, Jort en Insa hebben altijd een evenredig deel gekregen.

Maar nu is niet het juiste moment om Silke daarop te wijzen. Het is een feit dat zij het allemaal anders zag. Anders ervoer. En er zijn geen juiste woorden waarmee ik kan zeggen hoe erg me dat spijt. Als moeder heb ik gefaald en ik vraag me af of ik mezelf ooit zal kunnen vergeven.

'Misschien heb je gelijk,' geef ik toe. 'Insa's dood heeft een enorme impact op me gehad. Niet omdat ze Insa was, maar omdat ze mijn kind was. Een van de drie. Om jou zou ik net zoveel verdriet hebben gehad.'

Silke kijkt me aan. Ze zegt niets, alsof ze in mijn ogen de waarheid zoekt. Dan gaat ze weer rechtop staan en ik volg meteen. Ik werp een blik over mijn schouder en voel al die ogen vanaf de andere boten op ons gericht.

'Geef me dat pistool, Silke,' zeg ik weer en ik steek mijn hand uit.

Ze beweegt niet. Ik zie haar ademhaling versnellen. Haar blik gaat ineens opzij, naar de andere kant van het schip, weg van het felle zoeklicht. Onmerkbaar doet ze een paar stapjes achteruit tot vlak bij de reling, haar ogen gericht op de golven die door de wind worden voortgestuwd. Langzaam komt haar hand met het pistool omhoog.

'Nee!' roep ik. In een reflex pak ik haar pols beet en ga tegelijkertijd tussen haar en de politieboot staan. Zo kunnen ze haar niet neerschieten.

'Nee,' zeg ik weer, nu zachtjes.

'Wat moet ik anders!' schreeuwt ze. 'Alles is verpest. Door dat godvergeten kreng! Als zij er niet was geweest, dan… dan…' Haar stem breekt. 'Dan was dit allemaal niet gebeurd.'

Ze laat haar armen slap langs haar lichaam vallen. De tranen lopen over haar wangen. Ook ik kan ze niet meer tegenhouden en zonder iets te zeggen pak ik het wapen uit haar hand, sla mijn armen om haar heen en trek haar tegen me aan. 'Het spijt me,' zeg ik zacht. 'God, wat spijt het me.'

VERSLAG VAN HET VERHOOR VAN THYMEN DE JONG

Dinsdag 8 augustus 2023

Verhoorder:	Thymen, je weet waarvoor je hier zit?
Verdachte:	(knikt)
Verhoorder:	Kun je dat hardop zeggen voor de opname, alsjeblieft?
Verdachte:	Ja, dat weet ik.
Verhoorder:	Om bij het begin te beginnen, je hebt Insa Wijbrants tot seks gedwongen. Dat klopt toch?
Verdachte:	Ja.
Verhoorder:	Waarom heb je dat gedaan?
Verdachte:	Ik betrapte haar bij mijn vader thuis. In zijn werkkamer, toen ze een la met dossiermappen doorsnuffelde.
Verhoorder:	En toen dacht je: laat ik haar als straf eens verkrachten?
Verdachte:	Waar slaat dat nou op? Natuurlijk niet. Oké, ik geef toe dat ik haar wel zag zitten. Al een poos. Maar ze speelde een spelletje met me. De ene keer lief naar me lachen en de andere keer schold ze me de huid vol dat ik moest oprotten. En die avond deed ze dat weer, het lieve meisje spelen, maar dat kwam natuurlijk doordat ik haar betrapt had. Ze flirtte zelfs met me. Met mij! Maar toen ik haar wilde zoenen, duwde ze me weg en lachte me uit. Toen sloegen de stoppen bij me door en heb ik haar een beetje, eh… hardhandig aangepakt.
Verhoorder:	Verkracht, dus. Omdat ze je avances afwees.

Verdachte: Nou ja, wat heet verkracht? Uiteindelijk vond ze het wel lekker, hoor. Zoals al die meisjes. Altijd maar *hard to get* spelen, maar dat doen ze alleen maar omdat ze seks met me willen hebben. Logisch, natuurlijk.

Verhoorder: Hoezo logisch?

Verdachte: (glimlacht) Ik ben blijkbaar nogal aantrekkelijk.

Verhoorder: Zeggen ze dat?

Verdachte: Dat hoeven ze niet, ze stralen het overduidelijk uit. Ze kunnen me gewoon niet weerstaan.

Verhoorder: En over hoeveel meisjes hebben we het dan?

Verdachte: (glimlacht)

Verhoorder: Thymen?

Verdachte: Dat weet ik niet meer precies. Een stuk of wat. Van vijftien, zestien jaar een enkele keer veertien. Maar ook de al wat oudere vrouwen willen maar wat graag met me naar bed.

Verhoorder: Oudere vrouwen?

Verdachte: (lacht) Die vallen ook op mij, snap je? Geef ze eens ongelijk. Maar ik verkracht ze niet, hoor. Ze dringen zich aan me op en de enige manier om ze tevreden te stellen is toegeven. Niet dat ik het erg vind, daar niet van. Ik ben er nou eenmaal goed in.

Verhoorder: Goed in wat?

Verdachte: In het bevredigen van vrouwen, natuurlijk.

Verhoorder: En Roelie?

Verdachte: Wat is er met haar?

Verhoorder: Haar heb je wel verkracht, vertelde Menno de Gravenmaker.

Verdachte: (snuift) Wat weet die er nou van? Hij is zelf een pedofiel!

Verhoorder: Roelie heeft het hem verteld.

Verdachte:	Dat zal wel.
Verhoorder:	Als Roelie wakker wordt, en geloof me, volgens de artsen gaat dat geheid gebeuren, dan zal ze dus zeggen dat jij haar niet verkracht hebt?
Verdachte:	Ja.
Verhoorder:	Dat weet je zeker?
Verdachte:	Als ze zegt van wel, dan heb ik over haar ook nog wel een verhaaltje te vertellen.
Verhoorder:	Zoals?
Verdachte:	(lacht)
Verhoorder:	Als er iets is wat je kwijt wil, is dit het moment, Thymen. Als je het ter verdediging aandraagt als Roelie al wakker is, dan is het te laat, dan geloven we je niet meer.
Verdachte:	(haalt schouders op) Ze is een dief.
Verhoorder:	Een dief?
Verdachte:	(knikt)
Verdachte:	Ja. Ze heeft gestolen uit het kantoor van Hester.
Verhoorder:	Wat dan zoal?
Verdachte:	Geld.
Verhoorder:	En daar chanteerde je Roelie mee om haar mond te houden?
Verdachte:	Nee, zij niet, ik hield mijn mond, in ruil voor… Nou ja, in ruil voor een wippertje. Of twee. Maar ik had nooit gedacht dat ze het aan die ouwe zak zou vertellen. Geen wonder dat hij me in de gaten hield en zowat ontplofte toen ik per ongeluk Amanda's blote been aanraakte.
Verhoorder:	Amanda is Menno's kleindochter.
Verdachte:	(zwijgt)
Verhoorder:	Dat wist je niet?
Verdachte:	(schudt zijn hoofd) Niet dat het uitmaakt. Zij

was ook wel voor me gevallen, hoor. Dat doen ze namelijk allemaal.

Verhoorder: Ongetwijfeld.

Verhoorder: (staat op) Thymen de Jong, ik arresteer je voor de verkrachting van Insa Wijbrants, Roelie Vranken en op verdenking van verkrachting van een nog nader te bepalen aantal minderjarige meisjes. Heb je daar nog iets op te zeggen?

Verdachte: Ik heb hen niet verkracht, zeg ik je toch! Ze wilden het zelf, echt waar! Het was gewoon mijn charme die hen aantrok en daar ben ík nu het slachtoffer van!

VERSLAG VAN HET VERHOOR VAN SILKE AMARINS WIJBRANTS

Dinsdag 8 augustus 2023

Verhoorder:	Je hebt tijdens een eerder verhoor bekend dat je twee jaar geleden, op 20 augustus, je zusje Insa van het leven hebt beroofd. Je blijft bij die verklaring?
Verdachte:	(fluisterend) Ja, ik heb Insa vermoord.
Verhoorder:	Waarom heb je dat gedaan?
Verdachte:	Omdat ik er genoeg van had.
Verhoorder:	Waarvan?
Verdachte:	Van haar! Iedereen vond haar zo lief, zo aardig, zo vriendelijk, en dat was ze misschien ook wel. Buiten de deur. Maar thuis terroriseerde ze ons.
Verhoorder:	Kun je dat toelichten?
Verdachte:	(zwijgt)
Verhoorder:	Silke, op wat voor manier terroriseerde Insa jullie?
Verdachte:	(zacht) Alles draaide om haar. Als ze haar zin niet kreeg, liep ze weg en verstopte ze zich totdat mam en pap doodongerust waren. Weet u dat ze eens meerdere dagen achter elkaar wegbleef? Jullie... de politie... kwam er zelfs aan te pas. Toen ze uiteindelijk werd thuisgebracht, hoefde ze alleen maar lief te lachen om door iedereen vergeven te worden.
Verhoorder:	Insa was de jongste thuis, nietwaar?
Verdachte:	Dat heeft er niets mee te maken.
Verhoorder:	Vaak zijn de jongste kinderen de lievelingetjes.
Verdachte:	(fel) Vertel mij wat. Hoe vaak ze mijn spullen

niet ongevraagd gebruikte. Mijn kleding droeg en vuil terug in de kast hing. Mijn dure zeilspullen pikte. Ontelbaar vaak. En mam en pap deden er niets aan.

Verhoorder: Kun je me vertellen wat er die avond gebeurde? Nadat je haar ophaalde bij het huis van rechter De Jong?

Verdachte: Insa belde me op. Dat ik haar moest ophalen omdat ze niet meer wist hoe ze thuis moest komen. Ik zei: op dezelfde manier als je ernaartoe bent gegaan, op de fiets. Maar ze wist niet waar die was, zei dat ie gestolen was. Omdat ik wist dat mam kwaad zou worden als ik haar negeerde, ben ik naar haar toe gereden.

Verhoorder: Ja?

Verdachte: (zwijgt)

Verhoorder: En toen?

Verdachte: (zwijgt)

Verhoorder: En toen, Silke?

Verdachte: (fluisterend) Ze stapte huilend bij me in de auto. Toen ik vroeg wat er nou gebeurd was, zei ze dat het me niet aanging. Ik zag dat haar short gescheurd was en dat de knoop ontbrak en toen vermoedde ik dat ze was aangerand. Ik vroeg ernaar en toen begon ze te schelden, zei dat ik mijn bek moest houden omdat ze mam anders zou vertellen wat ík allemaal uitspookte.

Verhoorder: En dat was…?

Verdachte: Niks belangrijks.

Verhoorder: Alles is belangrijk in dit onderzoek, Silke. Wat wilde Insa aan je ouders verklappen?

Verdachte: (snikt) Dat ik weleens pillen verkocht.

Verhoorder: Wat voor pillen?

Verdachte:	XTC. GHB.
Verhoorder:	Die verkocht je?
Verdachte:	(knikt)
Verhoorder:	Hardop graag!
Verdachte:	Ja, die verkocht ik.
Verhoorder:	En omdat Insa dat dreigde te verraden, heb je haar vermoord.
Verdachte:	(schudt haar hoofd) Nee, omdat ze ons tiranniseerde. Leegzoog. Vooral mam. Ik wilde dat we weer een gelukkig gezin werden. Van vóór Insa.
Verhoorder:	Oké. En Marije? Je hebt bekend ook haar te hebben omgebracht. Waarom heb je dat gedaan?
Verdachte:	(met trillende stem) Ze had Insa bij mij in de auto gezien toen ze naar huis fietste na een avondje stappen. Dat was de avond dat Insa... verdween. Ze herinnerde het zich ineens weer toen ze pillen van me kocht. En dat zei ze doodleuk, tijdens het afrekenen. Dat ik zomaar weleens de moordenaar van mijn eigen zus zou kunnen zijn omdat ik misschien wel de laatste was geweest die Insa levend had gezien. Misschien was het een grapje, dat weet ik niet. In ieder geval wilde ik niet dat ze het aan anderen zou gaan vertellen en om dat te voorkomen, heb ik haar... Nou ja...
Verhoorder:	Marije was op de dag dat ze vermoord werd dus op weg naar jou? Niet om een nieuwe cursus te boeken?
Verdachte:	(schudt haar hoofd) Marije had een bloedhekel aan zeilen. Dat was in die eerste cursus al naar voren gekomen. Ze deed er niets voor, behalve een zere enkel faken zodat ze niets meer hoefde te doen. En zodat de jongens haar zielig vonden. Dus ja, ze was op weg naar mij om pillen te ko-

pen. We hadden halverwege de landweg naar de zeilschool afgesproken.

Verhoorder: En was dat ook het geval met Roelie?

Verdachte: Roelie?

Verhoorder: Over haar hebben we het nog niet gehad, maar ik vermoed dat jij daar ook mee te maken hebt.

Verdachte: (huilt zachtjes)

Verhoorder: Héb jij ermee te maken, Silke? Heb jij Roelie geslagen en voor dood in het water achtergelaten?

Verdachte: (fluisterend) Toen Roelie vertelde dat ze 'iemand' met Marije had zien praten vlak voordat ze verdween, raakte ik in paniek. Ik zocht haar op om haar uit te horen en toen bleek dat ze ons gezien had. Ze herinnerde het zich ineens weer en zei dat ze naar mijn moeder zou gaan om het te vertellen. En dat de politie het moest weten, in verband met haar dood. Ik denk niet dat ze vermoedde dat ik Marije had… gedood. Maar toch moest ik haar tegenhouden.

Verhoorder: En met tegenhouden bedoel je haar vermoorden? Want Thymen had gelijk toen hij zei dat er iemand vlak voor hem in Roelies ziekenhuiskamer was. Dat was jij. En jij hebt met de pompen geknoeid en haar een kussen op het gezicht gedrukt.

Verdachte: Nee, dat is niet waar. Wel van die pompen, maar niet van dat kussen. Dat had ik alleen maar over haar gezicht gelegd om de aandacht van die pompen af te leiden. Zodat ze niet meteen doorhadden dat daar iets mis mee was.

Verhoorder: En je dacht er niet aan dat er dan wel een alarm zou afgaan? Want dat gebeurt, als er iets niet goed gaat met de patiënt.

Verdachte:	(zwijgt)
Verhoorder:	(staat op) Silke Wijbrants, ik arresteer je voor de moord op Insa Wijbrants, Marije van Steenwijk en poging tot moord op Roelie Vranken. Heb je daar nog iets op te zeggen?
Verdachte:	(zacht huilend) Alleen dat ik spijt heb. En dat ik wilde dat ik de tijd twintig jaar kon terugdraaien.

-35-

Ik heb me nooit afgevraagd of het beeld dat ik na Insa's overlijden van haar had wel zuiver was. Waarom zou ik ook? Ik zag haar voor me, hoorde haar stem, alsof ze er gewoon nog was, en Insa was Insa – er was geen ander beeld mogelijk. Nu weet ik dat beelden bedrieglijk kunnen zijn, hoe echt ze ook lijken. Want was Insa achteraf bezien niet heel anders dan dat ik me haar herinner? Waren Gerlof en ik haar fratsen op het laatst niet ook vreselijk zat? Telkens weer die ruzies. Elke keer die strijd. Steeds maar weer de boel gladstrijken.

Vrienden had Insa in overvloed. Want buiten de deur was ze de meest trouwe en meest loyale mattie die ze zich maar konden wensen. Maar thuis, achter de voordeur, was het vaak een hel.

Insa's dood verblindde mijn perceptie op de werkelijkheid. Het is iets wat vaker gebeurt. Over de doden niets dan goeds, is het spreekwoord. Wat mij betreft mag het uit het woordenboek geschrapt worden. Want er is nog altijd zoiets als de waarheid en die hoeft niet respectloos te zijn. Maar het kan wel een beter beeld geven van hoe een persoon zijn of haar leven leefde, wat iemands invloed was op de mensen eromheen. Insa leefde háár leven en oefende een enorme invloed uit op de mensen om haar heen. Op ons, haar familie. Of ze dat bewust deed weet ik niet, maar toch vermoed ik dat ze het wist. Dat ze het soms uitbuitte, dat ze onze liefde voor haar daarvoor gebruikte. En de harde waarheid is dat juist dat laatste tot haar ondergang heeft geleid.

De vier kinderen staan op een rijtje op de steiger, hun haren nat, hun kleding doorweekt, zwemvesten stevig vastgegespt. Het is de laatste week van het zeilseizoen en het weer is ons behoorlijk goedgezind geweest tijdens deze herfstvakantie. Er was vaak harde wind, buien die striemend omlaagkwamen en temperaturen die dan weer koud en dan weer aangenaam waren, maar iedereen die er was heeft genoten.

Ik zie dat Felix de kinderen de allerlaatste instructies geeft voordat hij ze vrijlaat en ze achter elkaar aan de steiger af komen rennen.

'Je vindt het jammer, hè?' klinkt het naast me.

Ik kijk op en zie Jelmer naast het bankje staan waar ik op zit.

'Best wel,' zeg ik en ik schuif een stukje op zodat hij naast me kan komen zitten.

'Maar volgend jaar is er weer een nieuw seizoen,' vult hij aan. 'Toch?'

Zijn vragende blik doet me glimlachen. 'Misschien,' zeg ik. Want eerlijk gezegd weet ik helemaal niet zeker of ik de zeilschool verder wil voortzetten. Misschien is het beter om hem over te dragen aan Jort. Hij is wel jong, maar hij kan het aan. Tenslotte is hij ermee opgegroeid.

Aan de val van de trap heeft hij gelukkig niets overgehouden. Een fikse hersenschudding, een paar dagen hoofdpijn en verder niets. Thymen had de waarheid gesproken dat hij Jort niet had geduwd. Hij was tijdens het handgemeen met Thymen achterover de trap af gevallen en was ongelukkig terechtgekomen. Verbazingwekkend genoeg waren er geen botbreuken, alleen een paar blauwe plekken en een flinke hoofdwond die met zes hechtingen was gedicht.

Menno heeft een week in het ziekenhuis doorgebracht met een schotwond in zijn schouder die hij opliep toen hij Silke het wapen afhandig had willen maken. Hevig bloedverlies hadden de bewusteloosheid op het schip veroorzaakt, maar het had geen nadelige gevolgen voor hem gehad. Inmiddels is hij weer thuis en heeft aangegeven met pensioen te willen. Ik heb hem aangeboden dat hij zo lang hij wil in het huis van de zeilschool kan blijven wonen en dat heeft hij met beide handen aangegrepen.

Met Roelie gaat het een stuk beter sinds ze uit haar coma is bijgekomen. Ze had inderdaad een aantal keren spullen uit mijn kantoor gestolen. Nooit geld, altijd alleen dingen die ze nodig had. Dingen die ik in eerste instantie niet eens miste, zoals kleine attributen voor het zeilen die ze niet zelf kon betalen, een nieuw zwemvest. Menno wist ervan en ging zelfs zo ver dat hij soms spullen teruglegde. Dat deed hij ook die keer dat ik hem betrapte toen hij stilletjes uit mijn kantoor vandaan kwam. En ook de kast bij de receptie was door hem niet goed afgesloten. Hoe dan ook, ik weet dat Roelies ouders elk dubbeltje moeten omdraaien en al kromliggen voor de zeillessen die Roelie zelf nog moet volgen, en dus heb ik haar gezegd dat ik het door de vingers zie. Maar wel met de afspraak dat als ze in de toekomst iets nodig heeft, ze het me gewoon vraagt. Ik weet nu in ieder geval waar dat onbestemde gevoel steeds vandaan kwam als ik in mijn kantoor of bij de receptie was; ik voelde gewoon dat er iets niet klopte.

Nu Thymen niet meer bij ons werkt, wil Roelie dolgraag volgend seizoen terugkomen naar de zeilschool. Nadat ik haar over hem vertelde, wat hij allemaal had uitgespookt, had ze zelf ook aangifte van verkrachting gedaan. Ze had me verteld dat ze die ochtend dat ze met voorgewende migraine in bed was gebleven Thymen niet onder ogen had willen komen. Ze had op het punt gestaan me in vertrouwen te nemen, maar had het niet gedurfd. Ik heb haar op het hart gedrukt mij in de toekomst altijd in te lichten als ze door mensen wordt geïntimideerd, of gedwongen wordt dingen te doen die ze niet wil.

Al met al zijn de meesten er goed afgekomen. Op Thymen en Silke na, die een gevangenisstraf uitzitten van respectievelijk negen maanden en twaalf jaar. Thymen heb ik niet meer gesproken.

Wel heb ik al verschillende gesprekken met Silke gehad. Ik zoek haar regelmatig op in de gevangenis en dan praten we. Over vroeger, over Gerlof, Jort, en soms over Insa. Het lijkt een haat-liefdeverhouding te zijn geweest. Er waren momenten dat alles was zoals het zijn moest, volgens Silke dan, om daarna ineens om te slaan in momenten van disharmonie, van ruzie en geschreeuw en dat waren de momenten waarop ze Insa haatte. Die nacht waarin Insa stierf had Silke haar zusje willen helpen, dat weet ik zeker – als Insa maar had verteld wat er gebeurd was, dat ze door Thymen was verkracht. Bloed is nog altijd dikker dan water en ik ken Silke goed genoeg om te weten dat ze Thymen ter verantwoording had geroepen, diezelfde nacht nog.

Helaas liep het anders en laaide de haat bij Silke weer op toen Insa haar afsnauwde en daarmee haar hulp afwees. Met alle gevolgen van dien.

En dan ikzelf. Naar buiten toe lijk ik de Hester van vroeger. Door wat er gebeurd is, heb ik Insa eindelijk kunnen loslaten. Ze blijft voor altijd mijn dochter, zestien jaar oud, en niets kan daar wat aan veranderen. Maar ik moet verder met mijn leven en dat doe ik ook, voor de buitenwereld. Ik geef les, ik lach, ik doe mee aan de Bonte Avond. Ik doe de administratie, ik kook, voer sollicitatiegesprekken voor de vrijgekomen vacatures, ik wandel met Bisky.

Maar vanbinnen ben ik stuk. Wat Silke gedaan heeft, wat haar daartoe heeft gedreven, het is allemaal mijn schuld, en dat is iets wat ik mezelf niet kan vergeven.

Jelmer is de liefste man die ik me maar kan wensen. Hij blijft de hele tijd in mijn buurt, zorgt voor me, houdt me in de gaten. En ook Timo doet zijn best. Ik weet dat hij zich nog steeds schuldig voelt omdat hij nooit verteld heeft over het huis van rechter De Jong, dat hij daar met Insa was en dat hij vluchtte toen er gevaar dreigde. Maar ik kan hem dat niet kwalijk nemen. Ook hij was toen nog maar een kind, niet jong meer, maar ook niet oud genoeg om bepaalde gevolgen te overzien.

Hoe dan ook, ik zal er alles aan doen om ervoor te zorgen dat Jelmer deel blijft uitmaken van mijn leven. Bij hem voel ik me goed, voel ik me veilig. Geborgen. En geborgenheid is wat ik op dit moment zo hard nodig heb.

Ik voel Bisky's neus tegen mijn hand en ik kijk op naar Jelmer, die me met een warme blik opneemt.

'Zullen we een eindje wandelen?' vraagt hij ineens.

Ik laat mijn ogen over het water gaan, zwijgend. Dan zoek ik zijn blik weer en vult mijn hart zich met liefde. Voor hem. Voor deze plek. 'Dat wilde ik net aan jou vragen,' zeg ik.

Lees ook van Linda Jansma

Caleidoscoop/ Kwetsbaar
Tweestrijd
Houvast
Schuilplaats
Vrij spel
Verbroken
Doelwit
Judaskus
In eigen hand
Slaap maar zacht

De cirkel van het kwaad-trilogie:
Schaduwkinderen
Uitverkoren
Bloedband

Over de familie Van Foreest
In naam van de vader
Verlos ons van het kwade

Korte verhalen (verschenen als e-book bij De Verhalenfabriek)
Kwaad bloed
Rozen met liefde

Genoten van dit boek? Dan vind je vast de andere boeken van De Crime Compagnie ook leuk! Onze boeken zijn te herkennen aan de kleine doodskopjes op de achterkant, onze e-books aan de roze balk op de voorkant. Enkele van onze titels zijn:

Loes den Hollander – *Geloof mij nooit*
Angelique Haak – *Afgeschreven*
Marelle Boersma – *De lijst*
Tamara Geraeds – *Doden praten niet*
Sophie Wester – *Een lege plek*
Eva Nagelkerke – *Niet mijn droom*
Marijke Verhoeven – *De regels van het spel*
Nadine Barroso – *Dodelijke cocktail*
Annerieke de Vries – *Een duistere plek*
Vera van Beers – *Onheilspad*
Liz Ouwens – *Wie zwijgt…*
Carmen Prins – *Stille nacht*
Marly van Otterloo – *Nadorst*
Martine Kamphuis – *De nieuwkomer*

Kijk voor meer informatie ook op www.crimecompagnie.nl.